間借り鮨 まさよ

原宏一
Hara Kouichi

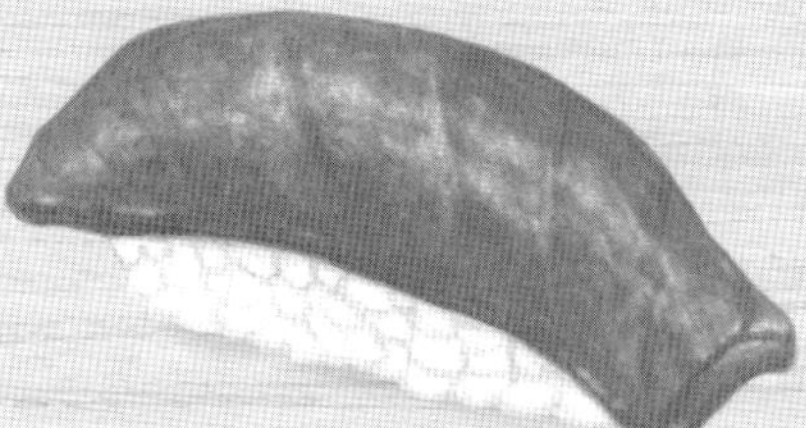

双葉社

間借り鮨まさよ

目次

間借り鮨まさよ

装幀　重原 隆
装画　唐仁原多里

第一貫　バスクの誓い

1

そのおばちゃんが訪ねてきたのは、妻の佑衣《ゆい》が店を飛びだした直後だった。

夕方五時半からの営業に向けて野菜を切ったり食器を拭いたりしていたら、いつしか夫婦喧嘩《げんか》になってしまった。最初はぐちぐちと言い合っていたのだが、ほどなくして口論に発展した。二人とも手を止めてなじり合っているうちに佑衣が突如、逆上して、布巾で拭いていたスペイン製の皿を厨房《ちゅうぼう》のコンクリート床に投げつけた。

派手に音を立てて砕け散った皿を見たコックコート姿の椋太《りょうた》は、

「いくらしたと思ってんだ！」

思わず怒鳴りつけた。それでなくても店は赤字続きで、皿一枚といえども無駄にできない。修業先のスペインからの帰国間際に買った皿を台無しにして、どうするつもりだ。

なのに佑衣ときたら、

「ああすみませんでしたね」

悪びれることなく吐き捨て、もう一枚、同じ皿を手にするや、力まかせに再び床に投げつけて叩《たた》き割り、

「もう勝手にして！」

罵声を浴びせるなり皿の破片を蹴散らし、接客用のサロンエプロンを着けたまま飛びだしていった。

一瞬、追いかけようかと思った。だが、いまはそれどころではない。腸《はらわた》は煮えくり返っていたものの、一時間後には店を開かなくてはならない。時間通り開店したところで口開けに客など来ないとわかっていても、千円でも二千円でも多く売上げたい身としては、料理の仕込みだけは終わらせておきたい。

ったくもう！

厨房の壁に、がつんと拳を叩きつけた。このところは夫婦喧嘩が常態化していたが、結婚して二年半、ここまで激昂《げきこう》した佑衣は見たことがない。まさかあんな女だったとは、と猛烈に腹が立った。

ったくもう！

再度悪態をつきながら、床に飛び散った皿の破片を掃き集めていると、

「ちょっといいかい？」

声をかけられた。中年女性らしき声だった。

え、と顔を上げると、見知らぬおばちゃんがいた。ガラス格子の扉を押し開けて顔を覗《のぞ》かせている。丸ぽちゃ顔に農作業用の日除け帽子。ころんと小太りの体に洗い晒《ざら》したジャージの上着を羽織《はお》り、よれよれのジーンズを穿《は》いている。

ふと見るとガラス格子の向こうに軽トラックが停まっている。下町風情が残る日本橋人形町《にんぎょうちょう》界

隈の飲食店にも、最近、新たな直売先を求めて野菜を売り込みにくる都内や近県の農家が増えている。その品質と価格に納得した飲食店と年間直売契約を結んでいるらしく、うちも契約してみようよ、と佑衣から何度か言われたことがあるが、

「野菜は間に合ってます」

即座に断った。途端におばちゃんは欧米人のごとくオーバーに肩をすくめ、

「やだもう農家じゃないわよ」

やけに人懐こい笑みを浮かべて、厨房前に設《しつら》えたオーク材のカウンターに歩み寄り、

「野菜じゃなくて鮨なの」

どんぐり眼《まなこ》を細めて笑いかけてくる。海苔《のり》巻きの売れ残りでも押し売りにきたのかもしれない、と警戒しながら、

「鮨も間に合ってます、うちは自前で賄いを作ってるんで」

とっとと帰れとばかりに顔を伏せて、再び皿の破片を掃き集めはじめた。

それでもおばちゃんは引き下がらない。

「そういうことじゃなくて、おたくって夜だけの営業でしょ？」

小首をかしげて問いかける。まあそうっすけど、と仕方なくうなずくと、

たたみかけてくる。

「仕込みは何時から？」

「午後二時」

つい答えてしまった。

椋太夫婦が営む『スペイン食堂　Ｒ＆Ｙ』の営業時間は、夕方五時半から十一時半まで。料理の大半は作り置きしていてメニュー数も抑えてあるから、食材の仕込みや食器類のセット、店内の掃除などを含めても、午後二時過ぎからでもなんとか間に合う。

「つまり午後二時まで店は空いてるのよね」

「まあ一応」

「だったら午後二時まで間借りさせて」

「間借り？」

「だって、いまどき昼にお客さんを入れないなんて、もったいないでしょう。仕込みがはじまるまで店を貸してほしいの」

　おたがいにお得な話だし、と椋太の目を覗き込んでくる。

「要は間借りカレーってこと？」

　いまどきは、あちこちでやっている。

「カレーじゃなくて鮨。間借り鮨」

「海苔巻きとか作って売りたいと」

「違う違う、ちゃんとした江戸前鮨」

　鮨を握る仕草をしてみせる。

　一瞬、心が動いた。昼だけ店を貸せば日々の売上げに間貸し代を上乗せできるから、この苦境を乗り切る足しになるかもしれない。

　ただ考えてみれば、スペイン食堂のランチタイムにカレーならまだしも、江戸前鮨は場違いすぎないか。おまけに、このとぼけたおばちゃんが握る鮨だ。まず期待はできないし、間借りさせても閑古鳥が鳴いて、間借り料滞納なんて事態になったら目も当てられない。

「ちょっと無理ですね」

首を横に振りながら告げた。厄介なことは背負い込まないほうがいい気がした。

「あら、どうして？　間借り料もちゃんと払うし」

「ていうか、ここの大家の婆さんはうるさいから、許可してくれないと思うんすよ」

とっさに思いついた言い訳だった。実際、椋太が入居契約を結んだときは、ごたごた言われて難儀したものだった。

「だったら、あたしが話してみるわよ」

「は？」

「大家さんと話して許可してもらうから、それならいいでしょ」

屈託なく笑いかけてくる。

「大家さんと、っすか」

下手に言い訳したのが失敗だった。思わぬ申し出に困惑しながら椋太は時計を見た。

開店まで五十分を切っている。このまま相手をしていたら仕込み時間がなくなる。面倒臭くなった椋太は、これ見よがしに嘆息し、

「そうっすか、だったら話してみてください」

思いきって仲介の不動産屋を教えた。どうせ大家が許可するわけがないし、不動産屋の担当者が盾になってくれる可能性もある。これ以上関わり合いたくない一心で突き放したつもりだった

が、すかさずおばちゃんは、

「あたし、雅代《まさよ》」

と名乗って握手を求めてきた。払い除《の》けるのも大人げない。しぶしぶ応じると、ありがと、と雅代は日除け帽子を脱いで頭を下げる。帽子の下は、ざっくりとカットした短髪だった。へえ、と見ていると、

「じゃ、ちょっと行ってきちゃおっかな」

雅代はメモ用紙を取りだし、名前と携帯番号を書いて椋太に渡すなり店を後にした。

結局、佑衣は店に戻ってこなかった。

いつもは喧嘩しても営業時間になれば素知らぬ顔で戻ってくるのに、どうしたことか。仕方なく椋太は一人で仕込みと掃除を終わらせ、開店後は厨房と客席を往復しながらワンオペで切り盛りした。

数少ない客を長々と待たせて怒られる場面もあったが、それでも、幸か不幸か相変わらず大して客が来なかったおかげで、どうにか一人で乗りきれた。

店を閉めたのは、長っ尻の男女二人客が席を立った午前零時近くだった。表向きの閉店時間は午後十一時半なのだが、あと一品でいいから注文してくれ、と祈りつつ長居させてやったのに、最後まで追加注文はなし。女を口説き損ねた男が不機嫌そうにカードで支払い、終電を逃すまいと足早に帰っていった。

ったく、カード手数料だって馬鹿にならないんだし、せめて現金で払え、と毒づきながら客席

の電気を消した。まだ片付けが残っているが、もうくたくただった。とりあえず皿だけは洗ったものの、あとは明日でいいや、と投げだして自転車で帰路についた。

深夜の人形町は思いのほか人が歩いていた。新型コロナウイルスと東京五輪に振り回された去年の夏までは、午後八時を回ったら、ろくに人など歩いていなかったのに、長引くコロナ禍《か》の憂さ晴らしなのか、朝まで飲むぞ！　とばかりに飲める店を探している。

もうちょい店を開けとけば、こいつらが飛び込んできたかも、と未練がましい思いに駆られながら自転車を漕《こ》ぐこと十分。日本橋浜町《はまちょう》の隅田川沿いに借りている築三十年の五階建てマンションに辿《たど》り着いた。

三階を見上げると、椋太夫婦の２Ｋの部屋に明かりは灯《とも》っていなかった。佑衣は早々に、ふて寝してしまったようだ。こっちは深夜まで頑張ってたのに、と舌打ちしながら三階に上がり、鍵を開けて居間の電気を点《つ》けた。

居間のソファテーブルは、缶ビールの空き缶とコンビニ弁当の食べ殻で散らかっていた。寝室を覗いてみると佑衣はダブルベッドに大の字になって寝息を立てている。

やれやれ、と椋太はソファテーブルのゴミを片付け、安焼酎を紙パックごと持ってきて二人掛けソファに体を投げだした。グラスに注ぐのが面倒臭くて、紙パックに口をつけて生《き》のままラッパ飲みする。

疲れきった体内に二十五度のアルコールがどくどくと熱く流れ落ちていき、腹の底から怒濤《どとう》の酔いが湧き上がってきた。さすがにくらくらしたが、追い打ちをかけるようにまた、ごくりごくり音を立てて喉に流し込み、ふう、と息をついてソファに寝転んだ。

コロナさえなかったらなあ。思わず独り言ちて椋太は天井を仰ぎ見た。

食いしん坊たちから一目置かれる人形町の街に『本格バスク料理　Ｒ＆Ｙ』を開いたのは、二年半前の十一月のことだ。そう、当初はスペイン食堂ではなく、同じスペインでも本格バスク料理が売りのレストランテで、店名は椋太と佑衣の頭文字からつけた。

　もともと椋太は西東京の高校を卒業後、都内の調理師専門学校を経て渋谷のイタリア料理店に就職した。ところがある日、銀座のスペイン料理店で働く先輩料理人に忠告された。

「これからはイタリアンなんかより、バスク料理だと思うぜ」

　この言葉に触発されて半年後には、グルメガイド本の星の数が人口当たり世界最多と言われる美食の街、スペインのバスク地方にあるサンセバスチャンへ渡航した。先輩料理人の友人が働いていると聞いて、その伝手《つて》を頼りに星付きレストランテに渡りをつけたのだ。

　当初はバイト待遇で皿洗いや野菜の皮剝《かわむ》きといった下働きに甘んじていたが、ほどなくして手先の器用さと勘の良さが買われて〝コシネロ〟と呼ばれるシェフに引き上げられた。数年後には頑張った甲斐《かい》あって、先輩料理人の友人も抜き去って二番手にまで昇格したのだが、そんな折に出会ったのが佑衣だった。

　都内のアパレルショップに勤めていた佑衣は、食べ歩きと一人旅が大好きだった。盆暮れの休暇には格安航空券を手に世界の街々を訪れて食べ歩くのが楽しみで、その年の夏に選んだのがサンセバスチャンだった。現地に降り立った佑衣は、生ハムや魚介、チーズ、野菜などを串刺しにしたおつまみ〝ピンチョス〟が人気のバルめぐりを満喫し、地元民御用達の本格バスク料理レストランテにも足を運んだのだが、その店こそ椋太が働いていた店だった。

バスク地方はフランスとの国境に位置し、フレンチと融合した独自の料理が世界の食いしん坊から注目されている。佑衣もその一人で、初めてのバスク料理店に舞い上がり、接客係に片言英語で質問しまくった。ところが、接客係も片言英語のため意思疎通が上手くいかず、日本人の椋太が客席に呼びだされた。

それがきっかけで、くりっと目が大きく快活な佑衣に椋太は一目惚《ぼ》れし、佑衣もまた海外修業に打ち込む椋太に心《こころ》惹《ひ》かれたらしく、瞬く間に意気投合。翌日は椋太がオフだったため、佑衣を誘って旧市街の〝ラ・ブレチャ市場〟や穴場のバルを案内して歩いた。

この異郷のデートが二人の恋心を掻《か》き立て、その晩、佑衣は椋太のアパートに泊まった。以来、佑衣が帰国してからもリモート遠距離恋愛が続き、やがて椋太が、

「来春には帰国して自分の店を開く準備に入るから、オープン前日に結婚しよう！」

とリモート求婚した。

「了解！　あたしも椋太の店を手伝う」

佑衣も即座に受けてくれて、半年後の春には椋太が現地のレストランテを辞めて帰国し、本格バスク料理店の開店準備に取りかかった。

看板メニューは、バスクの伝統料理にモダンバスク料理の要素も加えたディナーコース。バスク定番の前菜〝鮋《かさご》のパテ〟。干し鱈《たら》を唐辛子と大蒜《にんにく》を効かせた乳化ソースで煮た〝バカラオのピルピル〟。炭火焼き真子《まこ》鰈《がれい》に微発砲白ワインのチャコリをかけた〝真子鰈のチャコリ風〟。牛舌《ぎゅうたん》をトマトと煮込んだ〝牛舌のトロサ風シチュー〟。卵入りラタトゥイユに生ハムを添えた〝生ハムのピペラード〟といった料理に、相性のいいリンゴ酒〝シードラ〟やワインをペアリングさせた。

試食した佑衣の評価は、

「おいしいけど、コースだけじゃ敷居が高いから、アラカルトも出そうよ」

というものだった。しかし椋太は、コース一本で気張らなきゃダメだ、と押し切り、佑衣が生まれ育った江東区の下町、木場《きば》に住んでいる従兄の伝手で、夫婦ともに気に入った人形町の路地に店舗物件を確保した。

店の内装も、佑衣の父親が木場で営んでいる工務店が格安で請け負ってくれて、その紹介で調理器具も割安の新古品を調達できた。

こうして七か月後の十一月初旬、ウェイティングバーとテーブル席で全二十五席と小ぶりながらも、大人のレストランテが完成した。

開業前のプレオープン日には、グルメ雑誌の記者やグルメレビュアーに呼びかけてコース料理を大盤振る舞いした。これが大好評で、

『サンセバスチャンの星付き店で腕を磨いた若き日本人コシネロが、満を持して本場仕込みのバスクディナーを饗《きょう》する〝本格バスク料理　Ｒ＆Ｙ〟をオープン。最速で星を取るのでは、と早くも期待が高まっている』

といった先行情報がメディアに拡散されて、一気に弾みがついた。

「あたしたちって、出会ったときもそうだったけど、出会いに恵まれてるね」

開業前日、婚姻届を提出した帰りに佑衣が喜んでいたものだった。

実際、店には初日から食に敏感な日本人のほか、椋太がスペイン語の日常会話を話せるためか在日スペイン人も訪れるなど瞬く間に客がついた。その後もグルメ誌に掲載されたり、テレビの

情報番組に取材されたりして、つぎつぎに予約が舞い込み、佑衣の従妹にバイトを頼むほどの人気店になった。

まさに、のっけから飛ぶ鳥を落とす勢いの上昇気流に乗った気分だったが、これぞ好事魔多しというやつだろう。それからわずか三か月後、年明けの二月にコロナ騒ぎが勃発。〝緊急事態宣言〟やら〝まん延防止等重点措置〟やらの発出で状況が一変した。

とりわけ、飲食店いじめと揶揄《やゆ》された夜の時短営業と酒類禁止はきつかった。椋太の店は夜の時間帯に、わきまえた大人がシードラを片手にゆったりとディナーを味わう店なのに、若者グループが馬鹿飲みして騒ぎ立てる居酒屋と同列に扱われた結果、予約のキャンセルが相次ぎ売上げが七割もダウンした。

それでも生き延びなければならない。開業時の借金もたっぷり残っているだけに、

「こうなったら〝スペイン食堂〟に衣替えだ」

と椋太は決断した。値の張るコースはやめて、日本人好みに味つけしたパエリヤ、アヒージョ、トルティージャといった大衆価格のスペイン料理に切り換え、ランチとテイクアウトもはじめて乗り切ろうと考えたのだが、

「それって違くない？」

佑衣が異を唱えた。せっかく理想のレストランテを開いたのに、大衆食堂なんてダメだよ、と反発された。それでも椋太は、

「生き延びるには緊急避難も必要なんだ」

と説得してウェイティングバーを六人掛けカウンター席に改装。テーブルクロスは外し、店名

はペンキで書き換え、緊急事態宣言中の五月中旬にスペイン食堂を新規オープンした。

ただ、コースがメインのレストランテと違い、日常使いの食堂は客単価が低い。数を売らないと利益が出ないため、夜を時短にしたぶん、昼夜通し営業に変更した。

こうなると、ランチとテイクアウト用の仕込みは朝八時からでないと間に合わない。昼は客の呼び込みに声を枯らして店を回し、ピークが過ぎたら店を開けつつ夜用の仕込みもやるはめになったから休憩どころじゃない。

閉店後も片付けとコロナ対策の消毒除菌があるから、すべて終わるのは深夜。一日十六時間近く働き詰めで、客が少ないにもかかわらず夫婦二人ともくたくたになった。

「このままじゃ、あたしたち死んじゃうよ」

佑衣からは何度となくこぼされた。といって、もはや従妹にバイトを頼む余裕もない。やるっきゃないんだ、と佑衣の尻を叩いていたら、ある晩、閉店後に佑衣が倒れた。

慌てて救急車で病院に担ぎ込むと、

「血管迷走神経性失神ですね」

救急医から告げられた。長時間の立ち仕事で心身に大きなストレスが生じたせいらしく、このままだと過労死しかねないという。

翌日から佑衣を自宅で療養させた。夜営業は休止して、椋太一人でランチとテイクアウトを切り回すスタイルに変更した。

幸いにして佑衣は大事に至らなかった。店の経営も窮状を伝えた親族の支援に助けられ、緊急事態宣言もどうにか乗り越えられた頃合いに佑衣が復帰。と同時にランチとテイクアウトはやめて夜営業一本に戻した。

ところが、それを境にまた客が減りはじめた。夜の時短も酒類禁止も解けたのに、どうしたことか、と首を捻《ひね》っていると、

「やっぱ、そろそろ本格バスク料理のレストランテに戻すべきだよ」

と佑衣が言いだした。

「いや、もうバスクブームは終わってるし、ますます客が減るって。スペイン食堂のおかげで生き延びてきたんだから続けるのが筋だ」

椋太は反論したが、

「それは狡《ずる》いよ。料理はブームで食べるもんじゃないし、あのとき椋太が緊急避難だって言ったからあたしは折れたのに、話が違うよ！」

佑衣は声を荒らげ、以後、夫婦喧嘩が絶えなくなった。

それでも、もうしばらく辛抱しよう、となだめてスペイン食堂を続けてきた。だが、夫婦の対立はさらにエスカレートし、ついに今日、佑衣が店を飛びだしたのだった。

コロナさえなかったらなあ。

椋太は再び独り言ち、ソファに寝転んだまま紙パックの焼酎をラッパ飲みした。

気がつけば焼酎が半分ほどに減っている。どうりで朦朧《もうろう》としてるわけだ、と自覚しながらも、さらにまた焼酎を呷《あお》った。

2

翌日の火曜日、目覚めたときには午後一時半を回っていた。

ゆうべは片付けの途中で帰ったから、いつもの午後二時より三十分早く出勤して残りの片付けと仕込みを終わらせるつもりだったのに、この体たらく。おまけに最悪の二日酔いで頭が重く、喉もカラカラだ。

佑衣はどうしたろう。

寝室を確認すると、ダブルベッドが空になっている。いつのまにか出掛けていったらしく、念のため携帯をチェックしても着信やメールはない。仕方なく這《は》うようにして台所へ行って水道水をどっと喉に流し込み、のそのそと身繕いして自転車を駆って店を目指した。

ったく起こしてくれりゃいいのに。

恨み節を吐きながらペダルを漕いで人形町に入り、甘酒横丁、大門《おおもん》通りと辿って店がある路地に入る。その瞬間、あ、とブレーキをかけた。店のシャッター脇に軽トラが停まっている。昨日、間借りをしにきたおばちゃん、雅代の車だ。

不動産屋に断られて泣きつきにきたのかもしれない。さすがにうんざりしたが、ここは毅然《きぜん》と対処しないと今日こそ仕込みが間に合わなくなる。二日酔いの頭に、よし、と気合いを入れて店に近づくと、突如、軽トラのドアが開いた。

「遅かったわねえ、休みかと思ったわよ」

丸ぽちゃ顔に人懐こい微笑みを浮かべた雅代が降りてきた。

「いや、ちょっと用事があったんで」

軽く受け流してシャッターを開け、卸売業者が配達してくれていた食材コンテナを店に運び込もうとしていると、

「オッケーだって」

雅代が両手で丸をつくってみせる。

「は？」

「あんたなら間借り鮨やっていいよ、って大家さん、許可してくれたの」

「マジっすか」

思わず目を剝いてしまった。あの偏屈な大家の婆さんに、どうやって取り入ったんだろう。狐につままれた気分でいると、

「人間、のほほんと笑いながら生きていれば何とかなるもんなのよ」

と相好を崩している。そんなお気楽な話だろうか。驚きながらも店内に通して詳しく聞くと、不動産屋にも話をつけてきたそうで、

「早速、明日から借りたいんだけど」

早くもその気になっている。

「明日から？」

「だって今日なんか二時半まで店が空いてたんだし、もったいないでしょう」

「いやそれは」

言葉に詰まった。確かに大家が許可したのなら問題はない。厳しい経営状況の中、間借り料が入るならそれはそれで助かるものの、いまひとつ不安が拭えない。

「ただ、スペイン食堂のランチに鮨は合わないと思うんすよね」

客足は期待できないっすよ、と率直に告げた。客が入らなければ、そのダメージは椋太にも及ぶ。間貸しした瞬間から電気代、ガス代、水道代などの光熱費は割り増しになるし、万が一でも間借り料を滞納されたら光熱費が赤字になるだけで何のメリットもない。

「だったら、間借り料は前払いで月々更新の契約でいいわよ。光熱費も予想額を前払いするから、毎月の契約更新時に差額を返して」

思いがけない条件だった。そこまでして間借りしたいとは、よほど自分の鮨に自信があるのか、よほど能天気なのか。

「あの、一応確認したいんすけど、間借り鮨からはじめて、いずれは自分の店を持ちたいってことっすよね」

いつまで間借りするつもりか、目途を知りたかった。

「あたし、自分の店はいらない。間借り専門でやってくつもりなの」

「間借り専門？」

呆気《あっけ》にとられた。ふつうは店を持つためのワンステップとして間借りするものだが、何か下心でもあるんだろうか。まさか居座り前提の間借りだったりして、と訝《いぶか》っていると、

「あ、もちろん、翌月分を前払いしなかったり、あなたの都合で間貸しできなくなったりしたら、契約更新しなくて大丈夫。そのときは即刻退去するから、これなら安心でしょ？」

口角を上げてみせる。

うーん、と椋太は腕を組んだ。だったら何のための間借りなのか。

「そんなに考え込まないで、とりあえず、お試しで間貸ししてみない？　それで気に入らなかったら一か月で退去するから」

お願い、と手を合わせる。

心がなびいた。要は、最悪でも一か月分の間貸し料は入るわけで、こんな好条件はない。思いきってやらせようか、と気持ちが傾きはじめていると、雅代が携帯電話を取りだした。

ネット嫌いゆえに通話専用の携帯を使っているそうで、ポチポチポチとボタンを押して、どこやらへ電話を繋《つな》ぎ、

「昨日はありがとうございました。ちょっと待ってくださいね、店主さんと代わります」

親しげにやりとりして椋太に向き直り、

「大家さんなんだけど、まだ心配なら確認してちょうだい」

ひょいと携帯を手渡された。いきなり大家の婆さんに電話するとは思わなかったが、話さないわけにもいかない。

「いつもお世話になってます」

不本意ながら応答すると、

「よかったわあ、いい間借り人がいてくれて。いま飲食店って大変じゃない、おたくはどうなんだろって心配してたけど、これで安心ね」

嬉々《きき》として告げられた。

「ほんとにいいんっすか？」

「もちろんよ。あなたの責任で間貸しするなら応援する」

すでに覚書も交わしたそうで、雅代が言ったことに間違いはなかった。大家としてもテナント店が潰れたら困るのだろう、と思いながら念のため不動産屋にも電話してみると、そっちも話がついていた。こうなると逆に幸運な展開なのかもしれない。

「わかりました。そういうことなら、とりあえずお試しで一か月、お願いします」

問題なければ、赤字補塡のためにも契約を更新しよう、と腹を括《くく》ると、

「これ、明日から一か月分の間借り料」

雅代が封筒を差しだしてきた。万札が十枚入っていた。不動産屋が査定した相場額だそうで、光熱費も明日持参するという。

なんとも手回しのいいことだった。意外と金になるじゃん、とほくそ笑んでいると、

「あと口約束はダメらしいから、これ、契約書」

不動産屋が厚意でくれた雛型《ひながた》に、月々更新かつ前払い条項も追加したそうで、雅代の署名捺印《なついん》もある。

「ありがとうございます。中身を確認して署名捺印しときます」

「こちらこそ、ありがと。お礼に今日は仕込みを手伝うわね、もう三時過ぎてるし」

「え、いいんすか？」

「いいのいいの。魚の下拵《したごしら》えでも野菜の千切りでも何でも言って」

笑みを浮かべて、ぽんと背中を叩かれた。

瞬く間に雅代のペースに巻き込まれてしまったが、佑衣がいない中、手伝いがいるのは助かる。調理の腕を見たい気もして、野菜の下拵えを頼んでコックコートに着替えた。

　雅代は和食用の調理白衣を着て厨房に入り、

「あらら、ずいぶん荒れてるわね。ゆうべ何かあったの？」

　片付けの途中で放りだして帰った厨房を、怪訝《けげん》そうに見回している。

「い、いや、急用があったんで」

　料理人としては恥ずかしい状況だけに照れ笑いした。すかさず雅代はスポンジを手にして、ステンレスのシンクや調理台を磨きはじめた。なかなかの手際だった。負けじと椋太もデッキブラシでコンクリート床を水洗いしていると、雅代は慣れた手つきで客席の掃除も終わらせ、

「換気扇は、あとで掃除するね」

　と言うなり食材コンテナから玉葱と人参を取りだして切り方を聞く。両方ともみじん切りで、と椋太が伝えると手早く水洗いして、さくさくさくと小気味よい音を立てて切っていく。

　見た目は、ふつうのおばちゃんなのに、包丁捌《さば》きはプロの料理人のそれで、寸分の隙もない。

「さすがっすね」

　思わず椋太は漏らした。

「やだもう、おだてないでよ」

　雅代は、こそばゆそうに笑ったが、手元の包丁は規則正しく動いている。こういう二番手がいたらなあ、と見惚れていると、

「だれよその人！」

不意に怒声が飛んできた。佑衣だった。いつ店に入ってきたのか、不機嫌そうに立っている。

「おまえこそ、どこほっつき歩いてたんだよ」

とっさに言い返したものの佑衣は動じない。

「あたしは、その人だれって聞いてんの！」

「明日からうちで間借り鮨をやる雅代さんだ。今日だけ仕込みを手伝ってくれてる」

「間借り鮨？　なにそれ、あたしに内緒で勝手に決めちゃったわけ？」

「そういう言い方はないだろう。佑衣こそ勝手に帰っちまって今日も遅刻したくせに。細かいことは、あとで話すから、すぐ手伝え」

鶏肉を捌きながらせっつくと、

「ああそう、だったらあとで聞く」

と言い捨ててまた店を出ていこうとする。

「ちょっと待てよ」

慌てて引き止めたものの佑衣は無視して、またしてもぷいっと飛びだしていった。

深夜一時過ぎには、浜町の自宅マンションに帰り着いた。

昨夜より早く帰宅できたのは雅代の力添えのおかげだった。佑衣が飛びだしてからも仕込みを手伝ってくれたおかげで、定時の午後五時半に無事開店できた。その後の営業は椋太のワンオペになったものの、閉店時間の午後十一時半には再び雅代が店に現れて、片付けまで手伝ってくれた。

おかげで店仕舞いもテキパキと進んだ。今夜も客は少なく、長っ尻の客もいなかったとはいえ、プロが手伝ってくれると、こんなに捗《はかど》るものかと目を見張った。午後にやり残した換気扇も忘れずに磨き上げてくれて、午前一時前にはすべて終わった。

「すみません、こんな時間まで」

明日の昼には間借り鮨を開店するというのに、なんだか申し訳なくなった。

「いいのいいの。ほんとのこと言うと、明日は初日だから今夜のうちに準備させてもらおうと思って来たの」

子どものようにぺろっと舌をだす。

「いまから準備するんすか？」

「そのつもり。初めての店だと動線チェックも含めて、いろいろ下準備があるから、今夜だけ朝まで店を使わせてもらえると助かるんだけど」

いいかしら？　と恐縮顔で聞く。

「全然かまわないっすよ。調理器具も自由に使ってください」

「まあ、ありがと！」

雅代は丸ぽちゃ顔を輝かせながら、ぺこりとお辞儀をして、

「じゃ、明日は予定通り、午前十一時半に鮨まさよを開店します！」

にこやかに宣言して、帰宅する椋太に手を振って見送ってくれた。

いつになく気分よく自宅マンションに帰り着いて三階を見上げると、椋太たちの部屋に明かりが灯っていた。どうせ今夜もふて寝しているに違いない、と思っていたのに予想外だった。ただ

起きていたらいたで、せっかく雅代のおかげで早く帰れたのに、いまから佑衣に向き合うのかと思うと気が重い。

　ここは機嫌を取るしかないと思った。いつまでもワンオペ営業というわけにはいかないし、下手したら椋太だって倒れかねない。まいったなあ、と嘆息しながら三階の部屋に上がって居間に入ると、案の定、仏頂面の佑衣がソファで待ちかまえていた。

　ソファテーブルには今夜も缶ビールの空き缶が何本も転がっている。飲みながらゲームをしていたらしく、傍らにはコントローラーが投げだしてある。

　椋太は冷蔵庫を開けてコーラを取りだした。さて、どう切りだしたものか、とタイミングを計りながら立ったまま飲んでいると、

「何なのよ、あのおばちゃん」

　ソファの佑衣がぼそっと呟《つぶや》いた。

「間借り鮨だって言ったろう」

　あえてそっけなく答えた。

「あのおばちゃんが鮨を握るって、怪しいと思わない？　椋太、騙《だま》されてんだよ」

　呂律《ろれつ》が回っていない。かなり酔っているようだ。

「彼女がどう騙すってんだよ」

　苦笑いしながら問い返し、佑衣の隣に遠慮がちに腰を下ろした。

「どう騙すかわかんないから、ますます怖いんじゃん。いま飲食関係者は、うちらと一緒でみんな追い詰められてるから、気がついたら何か盗まれてたりとか、店を乗っ取られてたりとか、物

騒なことが起きそうだと思わない？　なのに、まんまと取り込まれて勝手に間貸ししちゃうなんて馬鹿もいいとこじゃん。何でいつもそうなのよ！」

　不意に声を荒らげる。

「だから騙されてなんかいないって。おれも最初は怪しんでたけど、あの口うるさい大家も不動産屋も直接面会して許可したんだぞ。おまけに一か月分の間借り料を前払いしてくれたんだから、ある意味、うちの店の救世主みたいなもんじゃないか」

　もっと冷静に考えろ、と言い返したものの佑衣は収まらない。

「救世主どころか、ますます怪しいじゃん。いまどき、そんなおいしい話が転がり込んでくると思ってんの？　あんなおばちゃんに、まともな鮨なんか握れるわけがないし、大家さんも体よく丸め込まれただけだよ」

「いや違うって。雅代さんはちゃんとした料理人だ。今日は仕込みと片付けを手伝ってくれたけど、厨房慣れした手際のおかげで、どんだけ助かったと思ってんだ」

　穏やかに諫《いさ》めたものの逆効果だった。

「それってあたしへの当てつけ？　そんなにおばちゃんが気に入ったんなら、そのまま一緒に店やったらいいじゃん！」

　忌々《いまいま》しげに吐き捨て、缶ビールを呷る。もはや完全に悪酔いしている。

「なあ佑衣、マジでそんなんじゃないんだ。ひょっとして妬《や》いてんのか？」

　場を和ませたくて軽口を飛ばした。

「馬鹿言わないで！　だれがあんなおばちゃんに妬くのよ！　あなたって、いっつもそう。あたしの気持ちなんか何にもわかってなくて、ちょっと目を離した隙に勝手なことばっかりはじめるんだから。いいかげん勝手はやめて！　あなたみたいな勝手男は、もうマジで、うんざりなの！」

火に油を注いでしまった。勝手勝手と連発されてかちんときたが、ここは低姿勢を崩さないほうがいい。

「ごめん。気に障ったんなら謝るから、機嫌を直して店に出てくれないか。明日からは午後二時まで間借り鮨の営業だから、すぐ交替して夜営業の仕込みにかからなきゃならないんだ。最初のうちは、ぎくしゃくするかもしれないけど、間貸し料を追い風にして店を立て直したいんだ」

おれたち夫婦の未来のためなんだから、と丁寧に説明したつもりだったが、

「ほらまた勝手に話を先に進める」

露骨に舌打ちされた。

「いや、だからおれは」

さらに食い下がろうとすると、その言葉を遮り、

「わかった。だったら明日からまた店に出る。けど、もうこれ以上、喧嘩したくないから、こっちに来て」

佑衣はソファから立ち上がり、ふらふらと寝室へ歩いていく。

仕方なくついていくと、佑衣が寝室の明かりを点けた。掛け布団が乱れたままのダブルベッドが、ぽっと照明に浮かび上がる。

すかさず佑衣は椋太の目を見据えて、

「一か月だけ、執行猶予をあげる」

大きな目で睨《にら》みつけてきた。

意味がわからなかった。椋太が首をかしげると、佑衣はベッドの脇にある小机を指差した。緑色の罫線で囲まれた書類が一枚、置かれている。書類の左上には〝離婚届〟と印刷されている。

え、と佑衣を見ると、

「あたし、明日から一か月だけ店に出る。それでもあなたが変わらなかったら、あたしたちは、おしまい」

抑揚のない声で言って小机の引き出しを開けた。ペンと印鑑が入っている。

「いきなりすぎるだろう。おれの何をどう変えろっていうんだ」

動揺を押し隠して問い返したものの、

「何をどう変えるか。それは、あなたが考えること」

能面のような顔で佑衣は答え、胸に手を当てて考えれば、すぐわかるはず、と突き放す。

椋太は唇を噛《か》んだ。突如、突きつけられた最後通牒《つうちょう》に成すすべもなく呆然《ぼうぜん》と立ちすくんでいると、佑衣がふと思い出したように付け加えた。

「あと、今夜からあなたは居間のソファで寝て」

3

シュバッ、シュバッ、シュバッと小気味よい音が聞こえてくる。

翌日の午前十時前。店に着いて厨房を覗くと、和食白衣姿の雅代が鰹節削り器に向かって鰹節を削っていた。その後ろのガスコンロでは羽釜が湯気を立て、シャリ用のご飯のいい香りが漂ってくる。

「おはようございます」

さりげなく声をかけると、

「あら早いわね」

雅代が手を止めて微笑んだ。ゆうべから一晩かけて準備すると言っていたから、ろくに寝てないはずなのに溌剌《はつらつ》とした声だった。

「雅代さんの初日なので見学にきました」

愛想笑いを浮かべて椋太は言った。

半分は嘘《うそ》だった。昨夜はソファで横になったものの、眠れないまま朝を迎えた。佑衣はまだダブルベッドで寝ていたが、顔を合わせるのが嫌で、早々に自宅を後にして早朝営業のカフェで時間を潰していた。

といって、そうそう時間は潰せない。いまもゆうべの〝一か月の執行猶予〟が伸《の》しかかっていて、のんびり過ごすどころか気ばかりが急《せ》く。だったらこの際、と思いついて鮨まさよの初日の様子を覗きにきたのだった。

「あら見学なんて、わざわざすまないわね。あれから開店準備をはじめたら楽しくて楽しくて、気がついたら朝になってたの。これだから料理仕事ってやめられない」

雅代は屈託なく笑うと、鍋に水を張って大きな昆布を入れて火にかけた。やがて沸騰しかけた鍋の火を止めて昆布を引き上げ、削り立ての鰹節をどっさり入れてからペーパーで漉《こ》している。

「雅代さんの鮨は出汁も使うんですか？」

　椋太は聞いた。

「これは、お通しと椀物《わんもの》に使うの」

「へえ、お通しも作るんすね」

「それはそうよ。芯取菜《しんとりな》っていう江戸野菜の煮びたしなんだけど」

「渋いっすねえ」

「そんなに持ち上げないでよ、一献傾ける人に喜んでほしいだけなんだから」

「昼から一献っすか」

「〝鮨っ食い〟の人たちには昼も夜も関係ないの。ときどき、鮨はお茶で食うもんだ、なんて言い張る人もいるけどね」

「それ、聞いたことあります」

「でもあれって下戸のグルメ評論家が、江戸時代の頃はそれが常識だった、って言いだしただけの話なのよ。だからあたしは、お酒だろうとお茶だろうと大歓迎」

「それ、ぼくも賛成っす。スペインじゃ昼からワインなんて当たり前だったから、帰国後もたまに夫婦で昼飲みしてたし」

「そうなのよ。車の運転とかしなきゃ全然オッケーなの。ちなみに、あたしは小鰭《こはだ》の酢締めに辛口の酒を合わせるのが好き」

　今日の小鰭もいい締め具合に仕上がったし、と盃《さかずき》を傾ける仕草をしてみせる。

「じゃあ、もう魚は仕込んじゃったんすね」

「そう。朝一番で豊洲市場に行って仕入れてきたら産直の魚も届いてたから、早速、仕込んじゃった」

「産直の魚も使ってるんすか」

「そうなの。ほら、この〝種箱《たねばこ》〟を見て」

傍らに置いてある衣装箱ほどの大きさのクーラーボックスを開け、平たい木箱を取りだした。

「あの、種箱って？」

「鮨ネタを入れる箱。鮨ネタって言葉は、もともと鮨種の〝種〟を逆さにした鮨職人の符丁だったのね。なのに、いまはふつうの人が鮨ネタって言うようになっちゃったから、あたしは元に戻して鮨種、種箱って呼んでるの」

そう説明して種箱を一つ取りだし、蓋を開けてくれた。さっき言っていた小鰭が入っていた。酢締めにした銀色の魚体が美しく並べられている。

「それってクーラーボックスより、うちのコールドテーブルに入れたほうがいいんじゃないっすか？」

テーブル型の業務用冷蔵庫を開けて見せた。

「あらありがと。でもね、電気冷蔵庫だと魚が乾燥しちゃうのよ。氷屋さんのブロック氷で冷やしたほうが、ほどよい湿気に包まれるからクーラーボックスを使ってるの」

「そこまで気を配ってるんすか」

しょせん回転鮨のパートレベルの鮨だろう、と高を括っていたのだが、思った以上にちゃんとしている。

「こう言っちゃ失礼っすけど、魚の仕込みも手慣れてるし、どこで修業したんすか？」

「べつに名店とかで修業したわけじゃないんだけど、鮨っ食いのお客さんって、うるさいじゃない。だからお客さんに育ててもらったって感じかな」

肩をすくめて丸ぽちゃ顔を綻ばせている。

そんな雅代が、かわいらしく見えた。話しているだけでも楽しくて、さっきまでの鬱々とした気持ちがふわっと上向いてくる。

ほどなくしてお通しと椀物の準備が整い、炊き上げたご飯に赤酢と塩だけの鮨酢をかけ回し、手早くシャリ切りして仕上げると、

「さあ、そろそろ店開きするわよ」

雅代が客席の隅に立ててあった細長い白木の板を持ってきて、カウンターの上に渡し置き、白帯を巻いた割り箸と小皿を並べていく。

「鮨用のカウンターまで自前なんすか。だから軽トラなんすね」

そこまでやるとは、と感心する椋太に、

「これ、鮨職人は〝付け台〟って呼ぶの。鮨を握って置く台は、やっぱ白木でないとね」

雅代はまた笑みを浮かべて、付け台の左隅に名刺立てをちょこんと配置し、〝写真撮影 ネット掲載 お断り〟と筆書きしたカードを立てた。

続いてバッグから暖簾《のれん》を取りだして物干しロープを通しはじめる。紺地に染めた暖簾の真ん中には『鮨まさよ』と白抜きされている。

　こうして午前十一時半。開店準備を終えた雅代は、スペイン食堂の扉の上に物干しロープを張り渡して暖簾を掲げた。

「あの、せっかくだからメニューとかも出したほうがいいんじゃないすか？」

　椋太は勧めた。スペイン風のファサードに、洗濯物みたいに暖簾を掛けただけでは、とても客が入ってくるとは思えない。

「よかったらメニュー黒板を立てませんか。うちのに手書きしてもらってかまわないし」

　そうも勧めたが、

「いいのいいの。あたしは一人で切り回してるから、どんどん押しかけられても困るし、暖簾に気づいてくれたお客さんだけで十分」

　鮨に気合いを入れているわりには商売っけがないらしく、あっさり拒まれた。

　これで大丈夫だろうか。心配しながら見守っていると、案の定、三十分経《た》っても客が入ってこない。暖簾をチラ見する人はいても、みんな無視して通り過ぎていく。それはそうだ。スペイン食堂の店頭で鮨屋の暖簾を見かけたところで何かの間違いとしか思わない。

　間貸ししたからには繁盛してほしいのだが、残念な気持ちでさらに待つこと二十分。やっぱ失敗だったか、と諦めかけた頃に、ジャンパー姿のおやじがぶらぶら歩いてきたかと思うと、暖簾に目を留めるなり、さっと左右に分けて入ってきた。

　厨房の隅から椋太が窺《うかが》っていると、白髪に白い口髭《くちひげ》を生やしたおやじはスペイン風の店内をぐるりと見回し、厨房前に置かれた付け台に気づくなり、

「おう」

　付け台の向こうにいる雅代に声をかけた。

「はいよ」

　雅代は、にっこり微笑み、湯呑《ゆの》みに冷や酒を注ぎはじめる。湯呑みに酒？　と思わず二度見した椋太をよそに、雅代は酒入りの湯呑みと芯取菜の煮びたしを付け台に置いた。

　おやじが湯呑みを口に運んだ。その反応に注目したが、さも当たり前のように、

「何か切ってくれっかな」

　ぼそりと告げた。

　はいよ、と雅代が種箱から皮付きの白身魚を取りだした。柳葉《やなぎば》包丁で厚めに二枚切って焼き網に置き、皮目だけコンロでサッと炙《あぶ》ってから山葵《わさび》をシャリシャリとおろし、

「鰆《さわら》の若魚《わかうお》、サゴチ。まだ走りだけどね」

　と付け台に盛りつけて山葵と塩を添える。

　おやじが割り箸を手にして、サゴチにちょんと塩をつけて食べて冷や酒を合わせる。うん、とうなずいてから、

「しかし人形町は久しぶりだなあ」

　独り言のように呟いた。

「実はあたしもそうなの、いい街よね」

　雅代が嬉《うれ》しそうにうなずいて、

「そうだ、ホッキも食べる？　根室の別海《べつかい》町のやつがけっこうよかったのよ」

と勧めた。

「じゃ、ホッキは握ってもらうかな」

おやじが言うと、はいよ、と雅代は種箱から大きな北寄貝《ほっきがい》を取りだし、手早く握って刷毛《はけ》で醤油のようなものを塗って付け台に置く。

真っ当な握り鮨だと思った。本格派の江戸前鮨店では、一貫握るたびに〝煮切《にき》り〟と呼ばれる醤油と酒を煮切った調味料を刷毛で塗ってくれる、と雑誌で読んだことがある。

握り立てのホッキの握りをおやじが指でつまんで口に運び、目を細めて味わっている。

その満足げな顔を見た雅代が、

「つぎも握りにする？」

と聞いた。おやじがうなずき、そこからは雅代が握ってはおやじが味わい、雅代が握ってはおやじが味わいの繰り返しになった。途中、おやじがふと顔を上げて、

「いまの小鰭、つまみでも食いてえな」

と注文して酒のおかわりも注いでもらい、その後はまた、握っては味わいのラリーが続いた。

最終的には、つまみ二品、握り十貫、湯呑み酒を二杯飲んだところで、

「ごっそうさん」

おやじが声をかけ、はいよ、と雅代が伝票に金額を走り書きして差しだした。

そういえば価格表がない。初めて椋太は気づいたが、すぐにおやじは、ほい、とお札を手渡し、また来るわ、と帰っていった。

その間、小一時間ほど。あとで雅代に確認すると、北寄貝に続いて握ったのは小鯛を昆布締め

にした春子《かすご》、細魚《さより》、墨烏賊《すみいか》、白鱚《しろぎす》、小鰭、漬け鮪《まぐろ》、中トロ、穴子《あなご》で、最後は馬が鞍《くら》を着けた形に握った鞍掛け玉子で締めて全十貫。

「近頃はちっこい鮨が流行りだけど、あたしのは種もシャリも大きめだから、あのおじさんには十貫でもちょうどいい量なの」

雅代がそう説明してくれた。ついでに湯呑みに酒を注ぐ理由も聞いた。

「昼酒にとやかく言う野暮《やぼ》な人対策よ。せっかくの楽しみを邪魔されると嫌でしょ。だから飲むとわかってる人には黙って注ぐの」

「へえ、それは面白いっすね」

「ただし、湯呑み酒は二杯まで。あくまでも鮨をおいしく食べるための脇役だからね」

「ああなるほど。ちなみに、いまのおやじさん、いくら払ったんすか？」

ついでに聞いてみた。

「それは、お客さんによってまちまちだから」

雅代は言葉を濁した。いわゆる時価というやつだろうか。あのおやじは顔馴染《かおなじ》みっぽかったから安かったりして、と想像していると、

「念のため言っとくけど、あたしの鮨は良心価格だからね」

と釘《くぎ》を刺し、雅代は時計を見た。

「あら、もうこんな時間」

早く片付けなきゃ、と暖簾を引っ込めようとする。言われてみれば、いつのまにか午後一時半を回っている。

「いや、もうちょっと粘っていいっすよ」

椋太は制した。初日から旧知の客が一人だけでは貸し主としても心配だ。今日は二時まで客を待ってもらって大丈夫っす、と延長を許した。

「ごめんね、気を遣わせちゃって。だったら、お客さんを待ちながら握ってあげよっか？」

「え、いいんすか？」

「まだ魚はたくさん残ってるから、兄貴にしちゃったらもったいないし」

「兄貴？」

「古い魚のこと。だから今日のうちに、ぜひ試食してみて」

お願い、と言いながら種箱を取りだした。

そのとき、店の扉が開く音がした。二人目の客が来たようだ。延長してよかった、と安堵《あんど》していると、入ってきたのは佑衣だった。椋太と違ってゆっくり寝たはずなのに、不機嫌そうな面持ちで店内に入ってくる。

「あら奥さん、いまから試食会だから、旦那さんと一緒に食べて」

雅代が気さくに声をかけた。つい昨日、佑衣は雅代がいる前で、その人だれって聞いてんの！と失礼な物言いをしただけに、

「あの、あたしはべつに」

戸惑い顔でいる。

「遠慮しないでよ。今日のお客さん、一人きりだったから魚もたくさん残ってるし」

さあどうぞ、と席を勧めたが、まだ佑衣は躊躇《ためら》っている。すると雅代は椋太の二の腕をぐいと

摑《つか》んで付け台の前まで連れてきて、

「はい、二人並んで座って」

と佑衣を促す。そこまでされて観念したのだろう。佑衣もしぶしぶ隣に腰を下ろした。

妙なシチュエーションになってしまった。

執行猶予を突きつけてきた佑衣と一緒に鮨を食べるなんて予想もしなかった。

それは佑衣も同じなのだろう。居心地が悪そうに口を閉ざしている。

「はい、まずは飲みものをどうぞ」

気まずい空気を察した雅代が、湯呑みを二つ、差しだしてきた。

「なんだかすみません」

椋太はぺこりと頭を下げ、湯呑みを口にした。思った通り冷や酒が入っている。つられて佑衣も湯呑みに口をつけて、え、と目を瞬かせている。雅代が悪戯《いたずら》っぽく微笑んで、

「奥さんも昼飲みが好きって聞いたから、湯呑み酒にしたの。うちの鮨にぴったりのお酒を選んだから、すぐ握っていくわね」

と明かすなりお櫃《ひつ》から赤シャリを手に取り、ささっと二貫握って煮切りを塗り、まずは小鰭の酢締めから、と二人の前に置く。

「野暮な人は、鮨は白身から食え、とか言うんだけど、鮨に順番なんて関係ないからね。今日の小鰭は自信作だから、さあどうぞ」

急かすように言う。

さっきのおやじを真似て指でつまんで口にした。その瞬間、ほろりとシャリが崩れた。米の粒々とともに酢締めの小鰭の旨《うま》みが口中に広がり、青魚の心地よい香りが鼻腔《びこう》へ抜けていく。椋太は唸《うな》った。こんな小鰭は食べたことがない。追いかけるように酒も口にすると、旨みの余韻がふわりと増幅される。

「おいしい！」

一緒に食べた佑衣が大きな目をさらに見開いている。

「いい締め加減でしょう」

雅代が嬉しそうに言った。その言葉に呼応するように、不機嫌だった佑衣が一転して、

「あたし、小鰭って苦手だったけど、こんなにおいしいんですね」

照れ臭そうに微笑み、また湯呑み酒を口にしている。これには雅代も気をよくしてか、

「ありがと。そんなに喜んでくれるなら、つぎから二貫ずつ握ろっか。若い二人ならたくさん食べれそうだし」

「ほんとですか、じゃ、二貫ずつで」

佑衣が声を弾ませ、椋太も同じようにしてもらった。

実際、さっきのおやじに比べたら、まだまだ二人とも食べ盛りだ。二貫食べたら雅代がまた二貫握る。二貫食べたらまた雅代が二貫握る。至福のリピートがこれでもかと続き、湯呑み酒こそ夜営業に備えて一杯で我慢したものの、各々二十貫ほども食べてしまった。

おいしいものは人を笑顔にする。ちょっとばかり酒が入ったこともあって、佑衣はすっかり雅代と打ち解け、途中からは雅代を質問攻めにしはじめた。

「雅代さんは生魚を握るだけじゃないんですね。春子の昆布締めも抜群においしかったし」
「それが本来の江戸前鮨だからね」
「昔はこれがふつうの鮨だったんですか？」
「そう。ちゃんとした魚を、ちゃんとした握りにするために生だけじゃなくて、酢締め、昆布締め、漬けにしたり、熟成させたり、煮たり、煮切りを塗ったりしてたわけ。もともと江戸前鮨は東京湾の魚で握るからそう呼んでたんだけど、いまの江戸前鮨は、本格派の江戸仕事を施した鮨って意味なのね。だからあたしは昔ながらの仕事を大事にしてるの」

といって、新しいものを拒んでいるわけでもないという。漁獲直後に船上で〝神経締め〟という処理をして鮮度を保ってもらったり、魚の細胞を壊さず冷凍できる〝プロトン凍結〟や〝ハイブリッドアイス〟を試したり、寄生虫のアニサキス対策に〝紫外線照射器〟を使ったり。よりおいしく安全に食べるための手法を取り入れる努力もしているそうで、

「じゃあ、冷凍物も使ってるんですか？」

佑衣が意外そうに問い返した。

「生でいいのがないときはそれもあり。世界に名を轟《とどろ》かしている東京の老舗高級鮨店だって、旬のイクラを冷凍保存して年中使ってます、って店主が公言してるし」

そもそも酢締めや昆布締めも魚の保存用に生まれた技なわけで、冷凍技術も鮨種の種類や特性に応じて使って当然だと言うのだった。

「へえ、ちょっとびっくり」
「だけど何事もそういうものでしょ。昔ながらの仕事に敬意を払いつつ、新しい工夫もどんどん

取り入れていく。あたし、そんな鮨職人でいたいの」

誇らしげに微笑む雅代に、

「志が高いんですね」

佑衣が眩《まぶ》しそうな目を向けた。

「あらやだ、そんな偉そうな話じゃないの。大好きな鮨を、もっとおいしくしたいって考えたら自然とそうなるじゃない」

雅代が照れ笑いした。

「なのに雅代さん、なんで間借りでやってるんですか？」

これほどの腕があるのに自分の店を持ってないなんて、と佑衣が不思議がっている。そういえば契約の話をしたときも〝自分の店はいらない〟と言い切っていた。

「それ、ぼくも知りたいっす」

椋太も興味を示すと、雅代が笑みを消した。

初めて見る表情だった。無遠慮に踏み込み過ぎたろうか。顔馴染みらしきおやじが来店したことからしても、過去に何かあったのでは、と訝っていると、

「自分の店は、もういいの」

諦観が滲《にじ》む言葉が返ってきた。

「え、どうして？」

佑衣がたたみかけた。

「それは、その、もともと鮨って江戸の屋台からはじまったことは知ってるでしょ？　だからあ

たしは、屋台気分で鮨を握りたいの。貸し主さんの都合もあるから同じ場所に長くは間借りできないけど、そのときは屋台を引いて移動するみたいに別の場所で間借りすればいいって思ってるわけ。で、新しい店で、新しい気持ちで、新しいお客さんと出会って握り続けていく。その繰り返しで十分だし」

「でもそれで商売になるんですか？」

さらに佑衣が踏み込んだ。椋太はひやひやしたが、雅代はもう動じることなく、

「商売になるかならないかじゃなくて、あたしは鮨職人として、のほほんと笑いながら生きていければ、それでいいの。店を広げたいとか鮨ビジネスで儲《もう》けたいとか、そんな野心もまったくないし」

肩をすくめている。

「すごいですね、雅代さんって」

佑衣が感嘆の声を上げた。そこまで覚悟を決めて握ってるなんて、と感じ入っている。

でも椋太は半信半疑だった。そこまで割り切れるものだろうか、という思いが勝って口を差し挟めないでいると、

「あらら、もうこんな時間。ごめんね、すぐ片付けるから」

雅代が恐縮した顔で暖簾を引っ込めてきた。

「あ、じゃ、ぼくも手伝います」

椋太が腰を浮かせると、佑衣に制された。

「あなたは夜営業の仕込みをしてちょうだい。雅代さんはあたしが手伝うから」

4

なんだか釈然としなかった。

夫婦でやってる店の仕込みはやらないで、佑衣は間借り人の仕事を手伝っている。いや、手伝うこと自体はけっして悪くないのだが、いまは違うだろう。そんな気持ちが拭えなくて椋太は苛《いら》ついた。

やはり佑衣は本気で離婚を考えているのかもしれない。いつになく意気投合した雅代と和気藹《あい》々《あい》と片付けに勤《いそ》しんでいる姿を見ていると、急に遠い存在に感じられてくる。

そんな椋太に気づいたのか、ほどなくして片付けを終えた雅代が、

「ごめんね、間借りのせいで時間が押して。申し訳ないから夜の仕込み、手伝わせて」

と言ってきた。

「大丈夫っすよ、鮨も食べさせてもらったし」

穏やかに断ったものの、

「いいのいいの、今日はお客さんが一人だけで暇だったから、もっと厨房で働きたいの」

お願い、と手を合わせられ、断り切れずに手伝ってもらったのだが、正解だった。

一方的に執行猶予を告げられた椋太と佑衣は、いまも一触即発の状態にある。もし二人きりになったら夫婦喧嘩が再燃しかねなかったが、雅代が緩衝材になってくれたおかげで平和裏に仕込みが進んだのだ。

仕込みが終わって雅代が帰ったあとも同じ心配があった。ところが、少ないながらも客が来店してくれたおかげで佑衣は客席、椋太は厨房の仕事に専念し、事務的な会話を交わすだけで無事に店を回せた。

あとは片付けを乗り切るだけだ。閉店時間が迫るにつれて再び椋太の緊張は高まったが、最後の客が会計した直後に佑衣はさっさとサロンエプロンを外し、お先に、の一言もないまま帰ってしまった。

その愛想のない態度にまた椋太は苛ついたが、一時的とはいえ一触即発の危機は回避できた。安堵した椋太は一人で片付けをすませ、一時間ほど遅れて帰宅すると、すでに佑衣は寝室で寝入っていた。

これで今夜は衝突しなくてすむ。奇妙な安堵感とともに椋太は居間のソファに倒れ込み、前夜の徹夜も響いて瞬く間に眠りに落ちた。

目覚めたのは翌朝の十時過ぎだった。

佑衣はどうしたろう。そっと寝室を窺うと、どこへ出掛けたのか、すでにいなかった。

さて、どうしたものか。

ソファに横たわったまま考えた。不本意ながらも離婚話を突きつけられたが、正直、佑衣とは別れたくない。喧嘩ばかりしていても愛情が残っていないわけではないし、店のパートナーとしても欠かせない存在だけに、やはり離婚などあり得ない。

執行猶予期限まで、あと二十九日。それまでに佑衣と和解できなかったら、本当に離婚が執行されるんだろうか。その段階でおれが拒んだらどうなるのか。弁護士を立てたりして泥沼の争いに突入するのか。

考えるほどにうんざりしたが、だからといって何をどうすればいいか糸口すら見つけられない。ったくもう、と椋太は悪態をつくと、そのままソファで二度寝を決め込んだ。

再び目覚めたときには午後一時を回っていた。すぐに出勤しないと夜営業の仕込みが間に合わなくなる。今日は作り置き料理を調理する日だから手間がかかる。仕方なく重い腰を上げてシャワーを浴びて自宅を後にした。

自転車で走りはじめると、午後の陽が眩しかった。沿道に立ち並ぶ桜の蕾《つぼみ》は早くも綻びはじめている。あと数日もすれば近所の浜町公園は花見客で溢《あふ》れるに違いないが、でも椋太は花見どころじゃない。今日も佑衣は店に来てくれるのか、それが不安だった。朝早くからどこをほっつき歩いているのか知らないが、執行猶予どころか、このまま結婚生活が自然消滅する可能性だってなくはない。

店が見えてきた。もう午後一時半を過ぎているから鮨まさよの暖簾は引っ込められている。雅代は片付けの真っ最中に違いないが、二日目の客入りはどうだったろうか。

思いをめぐらせながら扉を開けると、なんと佑衣がいた。厨房を掃除している雅代に代わって、付け台の白木の板を片付けている。

内心、ほっとした。なのに口からは、

「なんだ、店にいたのか」

そっけない言葉が出てしまった。それがいけなかったのか、佑衣は椋太を無視して片付けを続けている。

そのとき、あらおはよう、と雅代が厨房から顔を覗かせ、

「今日はお客さんが三人も来てくれたのよ」

嬉しそうに話しかけてくる。

「三人っすか」

椋太はがっかりしたが、

「佑衣ちゃんが手伝ってくれたから、楽しい昼営業になったわよ」

と目元を綻ばせている。

呑気《のんき》なものだと思った。客が三人じゃ佑衣の手伝いなどいらなかったろうし、初日と合わせても来客数は四人。とても喜んでいられる状況ではないと思うのだが、

「今日は、わざわざ遠くから足を運んでくれたお客さんもいたのよ」

満更でもない様子でいる。どうせ昨日のおやじのような客が訪ねてきたんだろうが、

「そういえば、昨日のお客さんって、どういうお知り合いなんすか？」

思いきって尋ねた。

「ああ、前に間借りしてたときの常連さん」

「常連さんを呼んだんすか」

「いやべつに、こっちから知らせたわけじゃなくて、勝手に探して来てくれたの」

「ありがたいお客さんっすね」

「うん、あたしも感謝してる。どうやって探してくるかわからないんだけど、今日来た人なんか金沢から駆けつけてくれたのよ」

「金沢から！」

「ほんとにありがたいわよねえ」

しみじみと喜びを嚙み締めている。

不思議な人だと思った。鮨職人としての力量は昨日食べてわかったものの、以前の常連が新たな間借り先を探して遠くから食べにくるなんて、そうそうあるものではない。おれの店にも、それぐらいのファンがついていれば持ち直せるのに、と羨ましくなる。

もちろん、以前の常連だけでやっていけるほど飲食業は甘くない。この先、どこまで客足が伸びるかが勝負なのだが、どうなることか、と間貸し主の立場から心配していると、

「さ、あたしの片付けは終了。椋太さん、今日も夜の仕込みを手伝わせて」

雅代が手を洗いながら言った。

気がつけば今日は、換気扇も含めて隅々までピカピカになっている。そこまでやってくれたんだ、とありがたい気分でいると、そんな椋太を牽制《けんせい》するように佑衣が言った。

「ねえ雅代さん、夜の仕込みはもう大丈夫です。それはこの人の仕事ですから」

「そう言わずに、やらせてよ。あたしも佑衣ちゃんに手伝ってもらったんだし」

相変わらず気を遣っているのか、食材コンテナ箱から野菜を取りだしはじめる。

「だったら、こうしないっすか。今日も手伝ってもらうかわりに、賄いは、ぼくが現地で覚えたバスク料理をご馳走《ちそう》します」

ふと思いついたことだった。雅代が手伝ってくれれば作り置き料理も早くできるし、余った時間で昨日の鮨のお返しも兼ねて、と考えた。

「あら嬉しい。あたし、バスク料理って食べたことないから、ぜひぜひ」

「だったら、バスク地方でよく食べられてる漁師鍋〝スケ〟を作ります」

魚、貝、海老などの魚介類とジャガイモ、トマトを野菜の出汁で煮て、アイオリソースをかけて食べる煮込み料理なのだが、

「バスクにも漁師鍋があるのね。だったら今日も魚が余ったから、よかったら全部使って」

雅代はクーラーボックスを開けて見せると、ああ楽しみ、と少女のようにはしゃいでいる。

改めて不思議な人だと思った。この人だったら、新たな常連もついて客足が伸びるかもしれない。なぜか急にそんな気がしてきた。

翌日は、以前と同じように午後二時頃に店入りした。当面、昼は雅代に頑張ってもらい、間貸し主は黙って見守っていようと思ったからだ。

「おはようっす」

厨房に入ると雅代と佑衣がいた。今日も二人で片付けをしていて、

「昨日は、ご馳走さま。バスク料理って、日本人の舌にも合うわね」

おいしかった、と雅代から礼を言われた。

「いえ、雅代さんにもらった魚のおかげっすよ。いい食材を使うと味も別物になるんすね」

これは本音だった。魚が上物だとスケがあんなに旨くなるんだと驚いただけに、昨夜の寝しなに、いまのスペイン食堂よりスケ専門店にしたほうが人気が出るかも、と閃《ひらめ》いたほどだ。

〝元のバスク料理店に戻そうよ〟

佑衣からそう言われるたびに、いまさら戻したところで離れた客は戻らないと椋太は拒んできた。でも、同じバスク料理でもスケ専門店に衣替えすれば、目新しさと旨さで新規の客を呼べるだろうし、一度は離れた客が振り向いてくれる可能性もある。そうなれば佑衣だって機嫌を直して離婚の危機を回避できるんじゃないか。

ただ、そうは思うものの、鮨まさよレベルの魚は絶対数が少ない。仕入れ値も跳ね上がるから、昨日のような旨いスケはそう簡単には作れない。いいアイディアが浮かんだまではよかったが、けっこうハードルが高そうで、これだから飲食店経営は難しい。

「そういえば、三日目はどうでした？」

一応、雅代に客数を聞いてみた。

「それがね、昨日の三倍、九人だった」

「マジっすか」

しかも、二人は雅代の常連だったが、残り七人は近隣からの新規の鮨好きだったという。

「それはいい傾向っすね」

それでなくても人形町は鮨の名店が多い街だ。早くも地元の鮨っ食いに目をつけられたようで、おれの予感が当たったのかも、と今後が楽しみになってきた。なのに雅代は、

「実は困ったことになっちゃって」

とめずらしく表情を曇らせている。鮨まさよの付け台は六席しかないのだが、今日はほぼ同時刻に九人も来店したため、三人が小一時間ほど待つはめになったという。

「テーブル席は使わなかったんすか？」

「それはダメよ。あたしの鮨は付け台で握り立てを食べてほしいの」

「でもそれじゃ商売にならないじゃないすか」

雅代が握るペースだと、客一人の滞在は小一時間。昼営業は二時間だから最大十二人しか食べられない。客単価がいくらか知らないが、これで採算ベースに乗るんだろうか。

「十二人に食べてもらえれば十分よ」

「いやそれにしても、鮨好きが多い人形町で十二人限定じゃもったいないっすよ」

それでも雅代は、一度に六人以上の客には握れない、と言い張る。

こんな偏屈な人だとは思わなかった。これでは一か月後の契約終了が目に見えている。言葉に詰まっていると佑衣が口を挟んできた。

「だったら朝十時半開店の三時間営業にしたら？　それなら最大十八人が食べられる」

「ああ、それはいい考えね。椋太さんは問題ない？」

「ぼくは問題ないっすけど、ただ朝十時半から鮨を食べに来ますかね」

「来なきゃ来ないでいいから、やってみたい」

雅代がその気になっている。

「いやしかし」

言いかけた椋太の言葉を遮って、

「いじいじ考えててもしょうがないじゃん、試してみようよ」

佑衣にけしかけられた。

いつしか佑衣が鮨まさよ側に立っているのが引っかかったが、そこまで言われては無下に拒めない。結局は、間貸しを続けるためにも、佑衣の機嫌を損なわないためにも、もし客数が十二人を超えたら三時間営業を試していい、と条件付きで妥協してしまった。

すると翌四日目の土曜日。待ってましたとばかりに客足が十四人に伸びた。十二人枠に入れなかった二人には泣く泣く帰ってもらったそうで、

「だから言ったのよ。二人もお客さんを逃すなんて、もったいないったらありゃしない」

佑衣からは嫌味たらたら文句を言われ、

「わかったわかった。明日は店休日だから、週明けの月曜から三時間営業にしていい」

あっさり押し切られてしまった。

嬉しいような面倒臭いような余韻を残しつつ、今日は午後二時からの仕込みも夜営業も佑衣が手伝ってくれたが、ただ、雅代がいればふつうに話してくれる佑衣も、二人きりだと相変わらず事務的な会話しかしなくなる。もはや仮面夫婦さながらで、午後十一時半の閉店と同時にまたさっさと帰ってしまった。

その後は椋太一人で片付けに入り、雅代に倣《なら》って隅々まで厨房を磨き上げて、やれやれと自宅に帰ると、再び異変が起きていた。

とっくに帰宅したはずの佑衣がいなかったのだ。ここ数日は早々と寝室で寝入っていたのに、どこへ行ったのか。執行猶予は残り二十五日だから、今夜こそじっくり話そうと思っていたのに拍子抜けもいいところだ。

まさか新しい男ができてたりして。あれから男と落ち合って、どこかのホテルで懇《ねんご》ろになってたりして。

焼き餅半分、妄想ばかりが膨らんだが、ぐだぐだ考えていてもしょうがない。悄然《しょうぜん》とした気持ちを抱えたまま今夜も安焼酎を呷ってソファで寝落ちしてしまった。

翌日曜の店休日。起きたのは朝十時過ぎだった。念のため寝室を覗いてみたが佑衣は帰っていない。

朝帰りでなかったということは、やはり昨夜はホテル泊まりで、今日も男と一緒なんだろうか。いやしかし、まだ佑衣の貞操観念を信じたいし、彼女がそこまでするとは思えない。

だったら、どこへ行ったのか。悶々《もんもん》と考えているうちに思わぬ行き先を思いついた。

店じゃないのか。いまや佑衣にとってスペイン食堂はバイト感覚で、鮨まさよが本業みたいになっている。昨夜は友だちの家にでも泊まって、店休日の今日も雅代とともに出勤して集客方法を考えたりしてるんじゃないか。

あり得ると思った。いまの佑衣だったら椋太への当てつけも込めて、あえて雅代に肩入れしてみせることぐらいやりかねない。

妄想が妄想を呼んで焦燥感に駆られた椋太は、朝十一時過ぎ、急遽《きゅうきょ》、店へ向かった。ところが、予想に反して店のシャッターは、昨夜の帰り際に椋太が閉めた状態のままだった。じゃあ佑衣は、どこへ行ったのか。やはり男と遊んでいるのか。

途方に暮れてシャッターの前に佇《たたず》んでいると、

「今日はまだなのかい？」

背後から声をかけられた。振り返ると、見覚えのある人がいた。鮨まさよの初日に食べにきた白髪白髭のおやじだった。

「すみません、今日は休みなんすよ」

鮨まさよの間貸し主だと明かした。

「おや、そうだったのかい。そいつは当てが外れたなあ」

白い口髭を撫《な》でつけている。その困惑顔を見てふと思いついた。

「あの、もしお時間があれば、ちょっとお話しさせてもらえませんか？　せっかく常連さんがいらしてくれたのに申し訳ないんで、酒とつまみぐらいなら見繕いますよ」

雅代のことを聞くチャンスだと思い、急いでシャッターを開けると、

「おお、そいつはありがてえな」

せっかくだから間貸し主さんと一緒に飲《や》るか、とおやじは舌なめずりした。

5

山藤《やまふじ》と名乗ったおやじにテーブル席についてもらい、

「ワインは大丈夫っすか？」

椋太は尋ねた。

「酒なら何でもござれだ、赤をもらおう」

ポリフェノール入りだから朝酒でも健康にいいしな、と冗談っぽく言い添える。

早速、ハウスワインの赤を抜いてグラスに注ぎ、生ハム、トマト、チーズといった、あり合わせの食材を薄切りにしたバゲットに串刺しして、テーブルに差しだした。

「ほう、ピンチョスかね」

おやじにしてはスペイン料理を知っているらしく、山藤は赤ワインを飲んでピンチョスにかぶりついた。どうやら根っからの飲み食い好きらしく、店のメニューも興味深そうに眺めている。

椋太も赤ワインを手に向かいに座り、

「スペイン食堂は夜だけの営業なんすけど、実は初めて山藤さんがいらしたとき、ぼくも厨房の隅っこにいたんすよ」

と切りだした。

「おお、そいつは失礼した。しかしスペイン食堂が雅代に間貸しするなんざ、粋なことをするじゃねえか」

にやりと笑ってみせる。

「ていうか、最初はあんなにすごい鮨職人だなんて知らなかったんすよ。一度食べさせてもらって、びっくりしちゃいました」

「そりゃ驚くよな。雅代の鮨は唯一無二だ」

「やっぱ長いこと精進してきた人なんすか？」

「間借りで握りはじめて五年ほどらしい」

「五年であの腕前なんすか」

「いやいや、その前も握ってたらしいから鮨職人歴は長いみてえだが、そこらへんを突っ込んで雅代に叩きだされてもなんだしな」

「え、彼女、叩きだしたりするんすか？」

「そりゃするさ」

三年前、山藤が初めて目黒の商店街で鮨まさよに飛び込んだときが、そうだったという。もともと鮨好きだった山藤は旨さに仰天して、

「女だてらに、すげえ鮨を握るよなあ」

と褒めた途端、

「あんた、女だてらの意味を知ってんのかい！」

ぴしりと啖呵《たんか》を切られ、店から叩きだされた。女だてらとは、女のくせに、と揶揄する言葉だと咎《とが》められたのだった。

いまや女鮨職人も増えつつある時代なのに、いまだに、女が握る鮨なんか食えるか、と腐す男は少なくない。女は体温が高いから生魚が傷むだの、月のものがあるから不浄だの、古い偏見が残っているらしく、いつも笑顔を絶やさない雅代も、この話になるとピリピリするという。

それだけに、叩きだされて落ち込んだ山藤は、翌日、菓子折を手に再び鮨まさよを訪れ、そんなつもりじゃなかった、と心から詫《わ》びた。

「そしたら雅代は、とやかく言わずに、今日はいい鮃《ひらめ》が入ったの、と握ってくれてよ」

以来、叩きだした件には二度と触れることなく平和な付き合いが続いているそうで、

「そんときからだ、おれが雅代を追っかけはじめたのは」

懐かしそうにまたワインを口にする。

「なんかアイドルのファンみたいっすね」

「いや、そうじゃなくて、鮨まさよは、突然、移転しちまうもんだからよ。おれは目黒、船橋、

四谷と追っかけてきてここで四軒目なんだが、古株の話じゃ、間借りの五年間に八軒も移転してるらしいんだよな」

　間借り契約が切れた、間貸し主とトラブった、といった理由が大半だそうだが、グルメサイトに巣食っているレビュアーが店にはびこったせいで移転したこともあるという。

「なにしろやつらは、鮨好きを装って承認欲求を満たしてるだけの連中だ。うっかりのさばらせた日には、同類のやつらもスマホや一眼レフを手にわさわさ押しかけてきやがるから、うんざりした雅代は出し抜けに移転するようになっちまったんだ。結果的に、純粋に雅代の鮨を食いてえだけの鮨っ食いは、手を尽くして追っかけるようになったわけよ」

「だから〝写真撮影　ネット掲載　お断り〟のカードを立ててるんすね。だけど、まともな常連には移転先を知らせればいいのに」

「いやいや、そうしねえとこが雅代らしさでよ。移転先を見つけて来店した鮨っ食いは拒まねえが、自分から知らせるような野暮はしねえ。それが雅代の矜持《きょうじ》ってやつだから、おれたちは、あちこち探し歩いて、いざ見つけたら信頼できる鮨っ食いにだけ個人的に知らせるわけよ。SNSだのを使って似非《えせ》グルメに嗅ぎつけられたらアウトだからよ」

「でも、鮨っ食いと似非グルメは、どうやって見分けるんすか？」

　山藤にワインを注ぎ足しながら聞いた。

「まあ嗅覚としか言いようがねえな。それでも似非グルメが移転先を見つけて押しかけてきたら雅代が追いだしちまうけど、そんな輩《やから》に邪魔されず、のんびり雅代の鮨を食いてえ。それがおれたち追っかけの願いってわけだ」

「不思議な関係っすね」

「まあ不思議っちゃ不思議だが、おれたちゃ雅代に胃袋も心も握られちまったんだから、しゃあねえんだよな」

「胃袋も心も、っすか」

「そう。なんせ雅代親方の腕は、突出してる。鮨種の仕込み、包丁捌き、握りのフォルムにシャリのほどけ具合、そして女性ならではの繊細さも相まって他の追随を許さねえ。それに加えて人柄も素晴らしいときてるから、そりゃもうだれだって惚れ込んじまうわけよ」

　しみじみと漏らしてまたワインに手を伸ばす。そう聞いて、もうひとつ聞きたくなった。

「それほどの鮨に、いつも、いくらぐらい払ってるんすか？」

　価格表はないし、聞いても教えてくれないんすよ、と言い添えると、

「それはまあ、その日の魚の状況や追加注文によって違ってくっけど、鮨だけで五千円台、酒飲んで六千円台ってとこかな」

　あっさり教えてくれた。

「けっこうするんすね」

　昼飯としては、なかなかの値段だ。

「おいおい、銀座の高級鮨だったら万札が何枚飛ぶかわからねえレベルの鮨が五千円台なんだぞ。お値打ちもいいとこだろうが」

「銀座と比べちゃいますか」

「そりゃそうだ。おれたちゃお値打ちってだけで食いにきてるわけじゃねえ。雅代の鮨はあの値

段にして銀座顔負けだからよ。高級を絵に描いたような設えこそねえが、魚のすごさは負けちゃいねえ。ふつうとは仕入れが違うから、ときに度肝を抜かれる極上物にも出会えるし、それを雅代の江戸前技で仕込んで握るんだからよ」

「そういえば仕入れは産直物も使ってるって言ってました」

「うん、基本的には懇意にしてる漁師が、市場出荷前に上物だけ選《よ》って卸値以下で送ってくれてんだ。ほかの魚は豊洲市場で買ってんだが、そこでも仲買人が上物を破格値で売ってくれてる。なのに雅代はさらに売値を抑えちまうから、原価率はめっぽう高《たけ》えはずだ」

「だけど、そこまでしてくれる漁師や仲買人って、どんな人なんすか？」

「やっぱ雅代に惚れ込んでんだろうな。いい魚を仕入れるには金だけじゃねえ。漁師や仲買人と心を通わせる付き合いをしてなきゃ話にならねえ。実際、どこの馬の骨だかわからんやつが、いい魚よこせ、って言ってきたら、冗談じゃねえ、ってなるのが人情だろうが」

　その点、雅代は性根から違う。あたしは鮨職人として、のほほんと笑いながら生きていければいい。お金も死なない程度にあればいいし、暖簾一枚の間借り商売で十分。そう言い切って従業員も雇わず、早朝から軽トラで駆け回り、限りなく経費を抑えて、ちょっと背伸びすれば手が届くお代で銀座顔負けの鮨を握り続けている。

「それ、ぼくにも同じこと言ってました」

「だろ？　それこそが雅代の心意気ってやつで、そんな姿を目の当たりにしてたら、そりゃもう漁師だって仲買人だっておれたち客だって、惚れ込んじまうだろうが」

「確かに、かっこいいっすよね」

「そう。だから鮨まさよは、現代によみがえった江戸前の屋台鮨なんだ。その屋台の親方を張ってる雅代は、おれたち鮨っ食いにとっちゃ、鮨の女神様ってわけよ」

わかったか、とばかりに山藤は笑った。


翌日の朝十時半過ぎ、開店時間を一時間前倒しにした鮨まさよを覗きに行ってみた。

いつもの路地に入ると、すでに店の前には暖簾が下がっていた。こんな時間に客が来るものだろうか、と訝りながら扉を開けた椋太は目を見張った。客がいた。十時半開店になったと告知もしていないのに男性客が二人もいる。

しかし考えてみれば、昨日、山藤と飲んだときに開店時間が前倒しになると話したから、それを伝え聞いた常連だろうか。あるいは、先週食べ損ねた客がいち早く来店したのか。

客の邪魔をしないようそっと店内に入ると、雅代が客に湯呑み酒を注いでいた。その隣ではなんと、ゆうべも結局帰宅しなかった佑衣が山葵《わさび》をおろしている。いつ買ったのか雅代と同じ和食白衣姿で、椋太を無視して甲斐甲斐しくフォローしている。

どこから店に来たんだろう。問い詰めたい気持ちは山々だったが、しれっと二晩も外泊された身としては逆に聞くのが怖くなる。最初は男の影を疑っていたが、それより先に、すでに離婚を前提に一人暮らしをはじめたとも考えられる。ただ仮にそうだとしたら、なぜ離婚を決めた夫の店にやってくるのか。やはり当てつけなんだろうか。

いや、もはやそんな些末《さまつ》な話ではないのかもしれない。すでに佑衣は離婚後を見据えて鮨職人を目指しているとも考えられる。初めて雅代の鮨を食べたときに大感激していた彼女だ。雅代のような女鮨職人として生きていこう、と志しているんじゃないのか。

ヤバいことになった。こうなると、この店の存続も危うくなる。佑衣が本気で自立を決めたとなれば、離婚の財産分与がわりに店の経営権を奪い取られ、鮨屋に鞍替えされる可能性だってなくはない。

朝から肴《さかな》に湯呑み酒を飲んでいる客を横目に、椋太は焦った。じゃあ、おれはどうしたらいいのか。この危機にどう立ち向かえばいいのか。

そのとき〝スケ専門店〟というアイディアが脳裏によみがえった。そうだ、いまからでもスケ専門店に変えれば事態が好転するかもしれない。なにしろ佑衣は何度となくバスク料理店に戻せと言っていた。その思いに応えてやれば、離婚話は撤回し、女鮨職人も諦めて元の鞘《さや》に戻ってくれるんじゃないか。

ただ問題は、雅代に振る舞ったようなスケを作るには上物の魚が必要不可欠になる。

椋太は豊洲市場に足を運んだことがない。魚の仕入れは水産会社にまかせきりだったから足を運ばなくてよかったのだが、あの手の上物は、どこからどう仕入れればいいのか。

「いらっしゃいませ！」

雅代の声が響いた。まだ十一時前だというのに、また一人、中年の男性客がやってきて、雅代が湯呑み酒を注いでいる。

その姿を見ているうちに心が決まった。こうなったら雅代に泣きつくしかない。ここまで追い詰められたおれが起死回生の一手を打つには、もはや雅代の信用に頼るしかない。

我に返った椋太は急いでコックコートに着替えた。雅代の客に会釈しながら遠慮がちに厨房に入り、厨房の片隅で夜営業の仕込みにかかった。いま仕込んでおけば、雅代に頼み込む時間を作れる。夜営業前に泣きついて仕入れを助けてもらおう。

「いらっしゃいませ！」

今度は佑衣の声だった。つぎの客はキャリア風の女性だった。こういう客も来るのか、と眺めていると、つまみの鰆《さわら》を切りはじめた雅代に代わって佑衣がおしぼりを出している。

もともと佑衣は接客担当だから手慣れたもので、すぐまたコンロに向かって車海老を蒸しはじめた。そのこなれた動きは、いまや雅代親方の弟子さながらで、佑衣の鮨職人転身疑惑がますます深まる。

そんな師弟の連携ぶりに後押しされるように、十一時過ぎには店は満席になり、追っかけの常連客は満足げに雅代の鮨を味わい、キャリア女性も含めた地元の鮨好きは、旨い、すごい、を連発して喜んでいる。

気がつけば、かつてバスク料理店時代に何度か来店してくれた客もいた。スペイン食堂に衣替えしたら来なくなったのに、と居たたまれなくなったが、最終的に来店客は三時間の限界数十八人を超える二十一人。残念ながら食べられなかった三人の客には、次回の優先入店券を作って渡したらしく、

「今後は人気ラーメン屋みたく整理券を配って、事前に十八人を確定したほうがいいかも」

と佑衣が言いだすほどの大盛況になった。

こうして午後一時半、鮨まさよの営業は無事終了し、佑衣がトイレに立った。その隙に椋太は意を決して雅代に声をかけた。

「すみません、佑衣に内緒で相談に乗ってもらいたいんすけど」

雅代は一瞬、戸惑いを見せたものの、椋太の思い詰めた顔に気づいたのだろう、

「いいわよ、どこで話そっか？」

と微笑み返してくれて、夜営業前に店の外で落ち合うことで話がまとまった。

午後三時過ぎ、佑衣には水産会社と打ち合わせがあると誤魔化して、地下鉄人形町駅に程近い喫茶店へ向かった。

店に入ると、すでに雅代がテーブル席でコーヒーを飲んでいた。椋太も同じものを注文したところで、

「昨日、たまたま会った常連の山藤さんから、雅代さんは市場出荷前の魚を送ってもらってるって聞いたんすけど、本当なんすか？」

単刀直入に切りだした。

「あら、そんなこと言ってた？　んもう、おしゃべりなんだから」

雅代はくすくす笑って、

「あの人は本物の鮨っ食いだから、つい、いろいろ話しちゃうんだけど、豊洲市場のほかに竹岡《たけおか》と輪島《わじま》から直送してもらってるの」

竹岡は千葉県の房総半島、輪島は石川県の能登《のと》半島にある港町だという。

「ああ、やっぱそうなんすね。で、思いきってご相談なんすけど、雅代さんの仕入れ先、紹介してくれないっすかね」

ストレートに申し出た。こっちも乞われて間貸ししたのだ、便宜を図ってくれるに違いないと

期待したのだが、

「え、何で？」

　雅代はきょとんとしている。

「いえ実は、佑衣には内緒なんすけど、雅代さんの魚で作ったスケがあまりにも旨かったんで、同じ仕入先から魚を買って、この店をスケ専門店に変えたいと思ったんすよ」

　途端に雅代が眉間に皺《しわ》を寄せた。

「ごめんね、それは無理」

「だけど、鮨まさよレベルの魚を使ってスケを作ったら絶対に成功すると思うんすよ」

　お願いします、と頭を下げた。

「とにかくそれは無理だし、スケ専門店っていうのも無茶だと思う」

「それでも、やりたいんす。このままじゃスペイン食堂も長くないし、ここで一発チャレンジして佑衣を楽にしてやりたいんすよ」

　あえて佑衣の名前を口にした。

「そこまで言うなら、仕入れルートは椋太さん自身が切り拓《ひら》かなきゃダメだと思うな。あたしの仕入れはあたしが切り拓いたんだから」

　そういうもんでしょ？　と突き放された。

「それはそうなんすけど、切り拓いてる時間がないんすよ」

　この通りです、とテーブルに両手をついた。

　雅代がため息をついた。そして目を伏せたままゆっくりとコーヒーを啜《すす》ったかと思うと、

「だったら土曜日の夜、店を早仕舞いして輪島に行かない？」

椋太の目を見る。

「え、輪島っすか。ありがとうございます！」

仕入れ先を確保できた、と喜んでいると、

「違う違う、そういうことじゃなくて、どうして無理なのかわかってほしいのよ。時間がないならべつにいいけど、どうする？」

当惑している椋太に問いかけてきた。

6

日本海は凪《な》いでいた。

太平洋側に暮らす人間からすると、日本海といえば荒波に洗われている暗いイメージがある。なのに、季節が春だからか、碧《あお》く明るい大海原が、どこまでも続いている。

「カモメたちも嬉しそうっすね」

空を仰ぎながら椋太が声を上げると、

「いや、ありゃトンビや」

髭面の源八爺《げんぱちじい》に笑われた。

この大海原で一本釣り漁をしている源八爺は、けさ七時に出漁の予定だった。それに合わせて店休日の前夜十一時には人形町を出発。能登半島北部の輪島市を目指して軽トラを飛ばし、夜明けから一時間後、出漁ギリギリの午前六時五十分、輪島市の外れにある名舟《なふね》漁港に到着した。防波堤に囲まれた、建物ひとつない小さな港内に小型漁船『源八丸』が停泊していた。急かされるように乗り込んで日本海に出漁してきたのだが、予想に反して穏やかな海に、船酔いを懸念していた椋太はほっとした。

ここでは真子鰈《まこがれい》、真鯛、𩺊《あら》、鮍《かわはぎ》、白鱚《しろぎす》、鯒《こち》、障泥《あおり》烏賊、鯵、鰯といった魚が獲れるそうで、

「いまの時期は何を狙うんすか？」

椋太は聞いた。

「まあ真子鰈やら真鯛やら白鱚やらやけど、わしは一本釣りやから数は獲れんわ」

源八爺は陽焼け顔を綻ばせた。船団を組んで出漁する巻き網漁と違って、一本釣りは量より質の漁だという。

「ほやから、雅代に送る魚が足りんときは、漁師仲間から分けてもろたりするんやけど、わしはそれでええと思うとるけ」

みんなが金儲けに走ったら、海から魚がいなくなる。大漁になったときも上物以外は海に還《かえ》してやるという。

「わざわざ還すんすか」

椋太が驚いていると、それはそうよ、と傍らの雅代が肩をすくめ、

「だって魚って、海からありがたくいただく宝じゃない。必要なだけ獲ればいいの。だからあたし、不漁で納得できる仕入れができなかったときは店を休んじゃうし、みんなもそうすればいいと思ってる」

と眩しそうに沖を見やる。

それにしても元気なおばちゃんだ。夜を徹して軽トラを運転し続けて、そのまま源八爺の船に飛び乗ったというのに、

「ひと晩ぐらい寝なくても大丈夫よ。潮風を浴びてたら眠気も疲れも吹っ飛んじゃうし」

あっけらかんと笑っている。道中、つい助手席で居眠りしてしまった椋太は後ろめたくなったが、それでも、いざ海に出たら爽快そのもの。たまには都会を離れてみるもんだな、と思わず深呼吸していると、

「よし、釣るか」

源八爺が船を止めて二人にリール付きの釣り竿《ざお》を貸してくれた。

あとは言われるままに仕掛けに餌をつけて投じたが、椋太は初めての船釣りとあってなかなか釣れない。揺れる船上で一時間、悪戦苦闘していると、一方の源八爺は手慣れた竿捌きで真子鰈や真鯛を何尾も釣り上げ、鮮度を保つ神経締めまで施している。雅代も船釣りの経験があるのか、小ぶりな真子鰈を一尾だけ釣り上げていたが、ほどなくして源八爺が、

「あんたらは岸壁で白鱚を釣ったほうがええ」

と釣果を大型のクーラーボックスに入れて名舟漁港に引き返し、船を降りるなり岸壁へ向かって歩きだした。

白鱚は岸壁の角っこに寄り集まるそうで、早速、雅代とともに竿を差すと、

「引いてっぞ！」

早くも源八爺に急かされた。椋太がリールを巻くとビチビチと跳ねる細長い魚が釣れた。

「あら、けっこういい白鱚ね。湯引きして昆布締めにして握るといけるのよ」

初ゲットおめでとう、と喜んでくれた雅代の竿にも、すぐさま白鱚が掛かり、それからは二人で競うように釣りまくった。

釣った白鱚は、〝バッカン〟と呼ばれる水桶《みずおけ》にエアーポンプを装着して活かしておくのだが、ほどなくして源八爺が、

「どれ、ここらにしとくか」

とバッカンの蓋を開け、上物以外はひょいひょいと選り分けて海に還した。

港の駐車場に戻ってくると、古ぼけたワゴン車が置いてあった。源八爺は釣果と釣り具を荷室に積み込むなり、

「雅代、久しぶりに握ってくれ」

と声をかけてワゴン車を発進させた。

軽トラで追っていくと、港近くの海沿いに民家が並ぶ集落があった。どの家も黒光りする瓦葺《かわらぶ》きで、焦げ茶の板壁で覆われている。

けさ方、能登半島に入ったときも、やけに黒い民家が多いと感じたものだが、

「あれは能登瓦っていうの」

と雅代が教えてくれた。黒くてつるつるの能登瓦で屋根を葺くと、雪が溶けやすく滑り落ちやすい。強い風に負けない耐久性もあるそうで、厳しい風土が育んだ知恵なのだった。

集落の中程にあった源八爺の自宅も能登瓦で葺かれた二階家で、玄関前には『船宿源八』と書かれた看板が立っていた。源八爺は漁師と兼業で船宿も営んでいるという。

平日は一本釣りした魚を雅代に直送したり市場に出荷したりしているが、土曜日は釣り客を前泊させて、源八爺が釣った魚を調理して夕めしに出しているそうで、

「今週は予約を取っとらんが、いつも日曜は釣り場に案内しとる。ほやからわしの毎日は魚尽くしで、背中に鱗《うろこ》が生えてきそうやけ」

はっはっはと笑うと、源八爺は早速、船宿の台所に入ってご飯を炊きはじめた。傍らでは早くも雅代が、釣り立ての魚を捌いている。

椋太も料理人の端くれとして何かしなければ、と台所にあった野菜を切り、雅代が捌いた魚のアラと一緒に煮出して、大蒜《にんにく》を効かせたスペイン風のスープに仕立てた。

ほどなくして宿泊客用の座卓に、真子鰈と真鯛の刺し身と握り、白鱚昆布締め握り、そしてスペイン風魚介スープが並んだ。

「帰るのは夜やろ？　これもいっとこか」

源八爺が瓶ビールを抜いてくれて、刺し身や鮨に舌鼓を打ちながら能登の海や漁の話に花を咲かせて盛り上がった。

気がつけば、雅代が座敷の隅にごろんと横になって寝息を立てていた。さっきまで元気にしゃべっていたのに、さすがに疲れたのだろう。源八爺が毛布を掛けてやっている。

いまがチャンスとばかりに、椋太は座卓に戻ってきた源八爺に尋ねた。

「雅代さんとは、どんなご縁なんすか？」

「わしが築地にいた頃からの付き合いや」

「築地市場に？」

「その時分、わしは仲買店をやっとってな」

思いがけない話だった。てっきり根っからの漁師だと思っていた。

「まあ子どもん頃から親父と出漁しとって、十九の春に上京したさけ、漁師仕事は体に染みついとってな。ほやから六年ほど前に里帰りして、親父が遺《のこ》しとってくれた船と宿を継いで、いまはこうしとるわけや」

「それって何か事情でも？」

「まあ、いろいろあったんやけど、築地市場が豊洲移転でゴタゴタしとった頃でな。もう新しい時代にはついていけん思うて」

当時経営していた仲買店は、若手の番頭格に譲り渡してきた。その後、仲買店は豊洲に移転したが、それにも一切ノータッチで能登で釣った魚も送っていないという。

「じゃあ、源八さんの魚は地元以外だと雅代さんにだけ送っていると」

「そうや。上物は雅代に送って、残りを地元の市場と宿泊客用にしとる。雅代の親父さんには築地時代、えらく世話んなったし、いまや雅代も立派な鮨職人になって頑張っとるから」

「ちなみに雅代さんのお父さんって、どういう人だったんすか？」

「まあ、けっこうな苦労人やったが、なかなか面倒見がええ人でな。ただ問題は」

言いかけた瞬間、ううっ、と雅代が唸り声を漏らして寝返りを打った。

源八爺が口をつぐんだ。椋太も黙って様子を窺っていると、雅代がまた寝息を立てはじめた。

すかさず源八爺が、

「あんたも徹夜で疲れよったろ、しばらく寝たらええ」

座卓を立って毛布を持ってきてくれた。ほろ酔い機嫌でしゃべりすぎたと思ったらしかったが、椋太は焦った。雅代が寝ている隙に大事な頼み事をするつもりだったからだ。

「あの、その前に不躾《ぶしつけ》なお願いなんすけど、ぼくにも魚を送ってくれないっすかね」

コロナ禍対策でバスク料理店からスペイン食堂に切り換えたものの伸び悩んでいて、つぎはスケ専門店に衣替えしたいんす、と説明し、

「バスクのレストランテでは二番手の料理人として腕を振るってたので、ぜひ能登の魚とコラボして現状を乗り切りたいんすよ」

よろしくお願いします、と頭を下げると、

「なんであれこれ店をいじくるんや」

怪訝そうに問われた。

「それは、その、コロナの影響が長引いてるもんすから。こういうときは経営者として臨機応変に対処すべきだと思って」

世の中の変化に合わせて頑張ってるんす、と強調したのだが、

「だらなこと言うな。これでも仲買店時代は、いろんな飲食店と付き合いがあったんやけど、小手先だけの商売を繰り返しとったら、まず長続きせんぞ。鮨まさよの間貸し主や言うから腹の据わった男やろうと思っとったら、すまんな、あんたに送る魚はないわ」

きっぱり断られた。〝だら〟とは能登弁で馬鹿の意味だと後で知ったが、

「でもぼくは」

反論しかけた言葉も遮られた。

「言い訳はいらん。上っ面なこと言うとらんと、雅代を手本にせい」

吐き捨てるように言い放たれた。

雅代に揺り起こされたときには、すっかり陽が落ちていた。

あのあと椋太は、気まずい空気から逃れるようにふて寝してしまったのだが、源八爺もまた明朝の漁に備えて寝たそうで、

「さ、あたしたちは帰らないとね」

ぐっすり眠って元気を取り戻した雅代に急かされた。源八爺が午前中に釣った選りすぐりの魚だけ売ってもらったそうで、軽トラの荷台に積み込み、早々に船宿源八を後にした。

これからまた八時間近くかけて帰るのかと思うとうんざりしたが、それにも増して椋太には、あの言葉が重く圧しかかっていた。

〝あんたに送る魚はないわ〟

能登半島の海沿いの道をうねうねと飛ばして能越自動車道に入っても、源八爺から突っ撥《ば》ねられた悔しさが頭に渦巻いている。

そんな椋太の変化に気づいたのか、

「何かあったの？」

ハンドルを握っている雅代に問われた。どう答えたものかわからなくて黙っていると、

「ちゃんと話してちょうだいよ」

やさしくたたみかけられた。

しばし迷ったものの二人きりで夜道を走っている状況も手伝って、源八爺に直送を断られた、と愚痴っぽく話してしまった。

「へえ、そうだったの」

そっけない相槌《あいづち》が返ってきた。その淡白な反応に苛ついて、

「おまけに、小手先だの上っ面だの言われたんすから、あんまりっすよ。ぼくだって十代の頃からずっと必死で頑張ってきたんすから」

この悔しさをわかってほしい、とばかりに、椋太は自分の過去を話しはじめた。

料理専門学校を卒業してイタリア料理店で働いているとき、これからはバスク料理の時代だ、と先輩料理人から助言され、キャリアアップを目指してサンセバスチャンに渡航したこと。現地の星付きレストランテで、先輩料理人を飛び越えて二番手まで昇り詰めたこと。そんな折に佑衣と出会い、日本に帰って店を開く、とプロポーズしたこと。帰国後は佑衣の親族や友人知人の協力もあって、入籍の翌日に本格バスク料理店をオープンし、メディア関係者やグルメレビュアーにも注目されて順風満帆なスタートを切ったこと。

「その矢先にコロナが発生したんすね。仕方なく緊急避難としてスペイン食堂に衣替えして凌《しの》いできたんすけど、それが佑衣には気に食わなかったみたいで」

おしゃれなレストランテを大衆食堂にするなんて、と反対されて夫婦関係に亀裂が入ったこと。そこでコロナが落ち着いたいまこそ、雅代が仕入れているレベルの魚を使ったスケ専門店に衣替えしようと再び模索しはじめている現状を語り、

「ぼくはぼくなりに頑張ってきたんす。なのに佑衣からは別れ話を切りだされ、源八爺には直送を断られ、これじゃ八方塞がりだし、もうどうしていいかわからないんすよ」

最後は恨みつらみをぶちまけてしまった。

ところが、雅代は黙って運転し続けている。いつしか軽トラは能越自動車道から北陸自動車道に入ったようだが、ヘッドライトに照らされた路面も、闇に包まれた周囲の景色も、ほぼ変わらないまま車内には甲高いエンジン音だけが響き渡っている。

そのとき、雅代がゆっくりと左にハンドルを切って側道に入った。側道の先にはサービスエリアがあった。トイレ休憩にはまだ早いし、何か気に障ったんだろうか。当惑していると、雅代は駐車場の隅っこに軽トラを駐《と》めてエンジンとライトを切った。

車内がしんと静まり返った。周囲には乗用車やトラックが何台か駐まっているが、この時間、あまり出入りはない。外灯の薄明かりに照らされた雅代がシートベルトを外し、ゆっくりと助手席の椋太に向き直る。

「ちゃんと話したいから駐めたんだけど、ひとつ確認しときたいの。いま椋太さんが話したことって、あたしが佑衣ちゃんから聞いた話と微妙に食い違ってるのよね。いったいどういうことかと思って」

椋太は首をかしげた。何を言いたいのか理解できなかった。

「ああ、これじゃわからないか。だったら、あたしが佑衣ちゃんから聞いた話をするね」

雅代はそう言い添えると、しばし宙を見据えて考えてから言葉を繋いだ。

「佑衣ちゃんね、椋太さんがスペインから帰国したあと、あれ？　と思ったって言うの」

帰国したら、すぐ店の準備に入って半年後には開店すると言っていたのに、椋太は友だちと飲み歩いてばかりで一向に動かないまま二か月が過ぎた。このままでは結婚も店も延び延びになる、と慌てた佑衣は親族や友人知人に声をかけて物件を見つけたり、内装工事を頼んだり、金融機関に融資申請したりと、一人で駆け回って店を作りはじめた。
と同時に椋太の尻を叩いて店の内外装や厨房設計を確認させ、料理を試作させ、佑衣が試食してメニューも決めた。さらには、集客のためにグルメ記者やグルメレビュアーにも売り込んでまわり、椋太が帰国して七か月後に、やっとオープンまで漕ぎつけた。

なのに椋太はメディアインタビューの際、自分が主導して店を立ち上げたかのように答えて、周囲の人たちにも同様に語っていた。正直、佑衣はかちんときたが、それでも、あたしは夫を立てて頑張っていればいい、と思い直して、すべてを呑み込んだ。

幸いにして椋太は調理だけは器用にこなせたから、早々に客はついた。それで舞い上がったのだろう。店の営業を終えると、グルメ記者やレビュアーたちと連れ立って飲み歩くようになった。仕方なく佑衣は従妹にバイトを頼んで、連日連夜、店の片付けに追われた。ときに飲み歩いた末に外泊までするようになった椋太には腹が立ったが、これも店の将来のためだと文句ひとつ言わず腹に収めた。

ところが、オープンして五か月ほど経った頃、忌まわしいコロナ禍に見舞われた。客は激減し、グルメ関係者も離れ、飲み歩きもできなくなった椋太は、それでもしばらくはバスク料理を続けていたものの、やがて長引くコロナに耐え切れなくなり、ある日突然、スペイン食堂に衣替えする、と言いだした。

「それはダメだよ。せっかく本格バスク料理で注目されたのに、お客さんを裏切ることになるじゃない」

佑衣は反対したが、椋太は頑《かたく》なだった。

「スペイン食堂なら安い食材を使ってパエリヤとかを大量に作り置いとけばいいんだから、調理の手間が省けるし、ランチとテイクアウトだってやれるじゃないか」

「だけど椋太はインタビューで語ってたじゃない。本場のバスク料理を日本に根づかせることが、ぼくに課せられた使命だって。あの志は、どこいっちゃったのよ」

「いまは志より、いかに食い繋ぐかだろう」

ここは臨機応変に乗り切る、と言い張って、あっさりバスク料理をやめてしまった。

これを境に、椋太のバスク料理が気に入って、コロナに負けないでね、と何度も来店してくれていた上得意や在日スペイン人が店を離れた。それに加えて、椋太が無理やりはじめたランチとテイクアウトの仕事に追われ続けた佑衣が、ついに体を壊してしまった。

「結局、椋太って才能はあっても、いつも楽そうなほうに流れちゃうんです。ピンチになっても楽に乗り切ることばっかり考えて場当たり的な方向に流れて、応援してくれてる人たちを裏切っちゃう。それでもあたしは、いつか椋太もわかってくれる、って信じてついてきたんですけど、ここまでくると、あたしって何のために頑張ってきたんだろう、って急に虚《むな》しくなっちゃって」

この気持ち、雅代さんならわかってくれますよね、と佑衣はすがりつくように問いかけ、大きな目からぽろぽろ涙をこぼして泣き崩れたという。

椋太は狼狽《うろた》えた。佑衣がそこまで思い詰めていたとは想像すらしていなかっただけに、動揺のあまり助手席で強張《こわば》っていると、雅代が軽トラのエンジンをかけた。

春とはいえ、夜半の北陸はまだまだ気温が低い。いつしか冷え込んだ車内にエアコンの暖気が広がりはじめた。その吹出口に雅代は両手を当てて温めながら、

「ただね、そのあと泣きやんだ佑衣ちゃんに確認したの。だったらもう椋太さんから心が離れちゃったのかな、って。そしたら佑衣ちゃん、何て言ったと思う?」

椋太は黙っていた。わざわざ問われなくても答えはひとつだと思った。ところが雅代は、ふっと口元を弛《ゆる》めてこう続けた。

「それでも椋太が好きだから困ってるんです、って言ったの。だって椋太には才能があるんです、できる人なんです。なのに、いざとなるとその場凌ぎで楽そうなほうに流れて、それを誤魔化すために自分にも周りの人にも、都合のいい言い訳をしちゃう。そんな彼が歯痒《はがゆ》くてしょうがないから喧嘩もしたし、こうなったら突き放そうって離婚する覚悟も決めたんだけど、やっぱ好きなんです。この気持ちだけはどうしようもないんです、って佑衣ちゃん、また泣きだしたの」

愕然《がくぜん》とした。とても離婚届を突きつけてきた佑衣の言葉とは思えなかった。そんな椋太の心の内を察してか、

「あたしだってびっくりしたわよ。傍《はた》から見てても、あなたたち夫婦からは危なっかしさしか感じられなかったのに、まさか佑衣ちゃんがそんな思いでいたなんて、椋太さん、あなたは本当に幸せ者よ」

と椋太の目を見つめてくる。そこまで言われてしまうと返す言葉がない。どう応じたものか困ったあげくに、

「ぼく、どうしたらいいんすかね」

子どものような質問をしてしまった。すると雅代はふっと笑った。

「そんなこと、間借り人に聞くことじゃないし、あたしだって答えようがないわよ。ただ、ひとつだけ言えるのは、あなたたちって間違いなく、お似合いの夫婦だってこと。それだけはあたし、心から信じてる」

7

サービスエリアを後にした軽トラは再び本線に戻り、北陸自動車道から上信越自動車道に入った。

その間、車内はずっと沈黙に包まれていた。椋太は前を見据えて押し黙り、雅代も口を閉ざしてハンドルを握り、真夜中の無言ドライブは果てしなく続いた。ただ、傍からは重苦しく見えたかもしれないけれど、椋太の心の内は違った。あえてしゃべらないでいてくれた雅代のやさしさが、逆にありがたかった。

雅代から聞いた佑衣の本音は、それほど胸に刺さった。〝その場凌ぎ〟〝楽そうなほうにばかり流れる〟〝都合のいい言い訳で誤魔化す〟といった佑衣の指摘は、自分自身、薄々勘づいていたからだ。

事実、自分に正直になって振り返ってみれば、スペインに渡航したのも実は前向きな向上心からではない。当時働いていたイタリアンの体育会的な体質がきつくて、ブームと聞いたバスク料理に逃避したにすぎない。サンセバスチャンの修業先では、フランクな店主のおかげで料理に打ち込めて二番手にまで抜擢《ばってき》されて将来を嘱望されていたのに、佑衣と結婚したいがために、帰国して店を持つ、と思いつきで口走り、育ててもらった恩も忘れて店を飛びだし、店主を激怒させてしまった。

しかも、そんな不義理をしてまで帰国したのに、いざとなったら店を開く自信がなくて酒に逃げ、たまりかねた佑衣が店作りに奔走してくれた。なのにその後も小手先の思いつきで突っ走り、自己正当化に終始してきたのだから佑衣だって嫌気が差さないわけがない。

今回の能登旅でもそうだった。せっかく雅代が源八爺と引き会わせてくれたのに、スケ専門店という思いつきのために、魚を送ってほしい、と安直に頼んでしまった。本気でスケを突き詰めようと志したのならまだしも、逃げの道具に使おうとした。そんな卑しい魂胆を即座に見抜いたからこそ、源八爺は〝上っ面〟という言葉を投げ返してきたのだ。

おれってどこまで愚かなやつだったのか。思いつきやその場凌ぎで転がっていた頃は運よく誤魔化せていた本性が、ここにきて一気に露呈してしまった。そう内省すればするほど眩暈《めまい》がしそうな自己嫌悪に見舞われ、深夜の高速車線を凝視し続けていると、

「トイレ休憩するわよ」

雅代がぽつりと呟き、そのまま山間の闇に包まれたサービスエリアに入っていった。

軽トラから降りると、吐く息が白かった。もはや東京の冬場ほどの冷え込みに、ぶるっと体が震えた。

寒気から逃げるようにしてトイレに駆け込み、小便器の前に立った。長い小用になった。溜《た》ま

っていた温かい尿を余すところなく放出し、ふう、とひと息ついた椋太は、凍りつくほど冷たい水道で手を洗い、さて、と駐車場へ向かって歩きだした、その瞬間だった。

原点に還ろう。

ふと思った。季節外れの冷気と冷水が覚醒させてくれたのか、椋太の中に垂れこめていた濃霧がみるみる晴れていく。

原点に還ろう。

過去のすべてをやり直すことは不可能だけれど、本格バスク料理店という帰国後の原点に還ってやり直すことなら、いまからでもできる。スペイン食堂に続いて、またしても横道へ逃げ込もうとしていたが、おれの原点は本格バスク料理店だ。

この当たり前の結論に、佑衣はとっくの昔に気づいていた。

〝だけど椋太はインタビューで語ってたじゃない。本場のバスク料理を日本に根づかせることが、ぼくに課せられた使命だって。あの志は、どこいっちゃったのよ〟

雅代も、それに通じることを言っていた。

〝あたしは鮨職人として、のほほんと笑いながら生きていければ、それでいいの。店を広げたいとか鮨ビジネスで儲けたいとか、そんな野心もまったくないし〟

源八爺から投げつけられた〝上っ面なこと言うとらんと、雅代を手本にせい〟という叱責にも、〝いい魚を仕入れるには金だけじゃねえ。漁師や仲買人と心を通わせる付き合いをしてなきゃ話にならねえ〟という山藤の言葉にも、通底するものがある。

フラッシュバックのごとく回想するほどに、ここ最近出会った人たちが異口同音に箴言《しんげん》を授けてくれていたと気づかされる。その真意をしっかり受けとめて原点に還る。それこそが、いまおれが突き進むべき道なのだ。

トイレから戻った椋太は、軽トラに乗り込むなり勢い込んで告げた。

「雅代さん、申し訳ないんすけど、東京に着いたら人形町の店に直行してくれないっすか」

すると雅代は椋太の変化を察したのか、

「あらま、仕事熱心ねえ」

さっきまでとは一転、おどけた調子で応じると、じゃ、行こっか、と明るい声を上げてアクセルを踏み込んだ。

それからは二人とも堰《せき》を切ったようにしゃべりはじめた。バスク料理のこと。江戸前鮨のこと。サンセバスチャンでのこと。幼少期のこと。それぞれに話題を振り合っては会話のキャッチボールに興じ、声を上げて笑い合ったり、思い出に浸り合ったりして時が経つのを忘れた。

そうこうするうちに軽トラは深夜の関越自動車道から東京外環道を経由して首都高速へ。エンジン音も高らかに飛ばし続け、午前四時を回る頃には立体交差が迷路のごとく交錯する都心の要所、箱崎《はこざき》インターチェンジを駆け降りて日本橋人形町に戻ってきた。

往路と同様、長い道程だったものの、椋太はいたって元気だった。昨日の午後、しっかり寝たこともあるけれど、いまや眠気よりも明日に向けた意欲が勝っていた。

そんな椋太に雅代も安堵してくれたのだろう、

「じゃ、あたしは家でお風呂に入ってからまた店に来るね」

と手を振って自宅に帰っていった。

雅代の現住所は大田区羽田と間借り契約書に書かれていた。羽田空港の近くなら車で二十分ほどだから、雅代が戻ってくるのは早くても朝七時頃だろう。

それまではおれの時間だ。椋太はシャッターを半分だけ開けて店に入り、レジ横に置いてあるメモ用紙を手に客席のテーブルについて、手紙を書きはじめた。

『佑衣様　いろいろと心配をかけてすみませんでした。ぼくは今日から店に泊まり込みます。そこまでして頑張らなければ、追い詰められたいまの状況は乗り越えられないと、やっと自覚できたからです。

いまぼくがやるべきことは、ぼくたち夫婦の原点、バスク料理店を再開して、もう一度、やり直すこと。それに尽きます。当面はスペイン食堂を続けながら準備を進めて、二週間後の土曜日、執行猶予期限の前の晩に帰宅して、離婚も含めた今後について改めて佑衣と話し合った上で、二人でバスク料理店を再開したいと考えています。

もし、この思いを受け入れてくれるなら、新生バスク料理店がオープンする日まで、佑衣はこれまで通り雅代さんを手伝ってあげてください。夜の営業も手伝ってくれたら嬉しいですが、無理はしないでください。ぼく一人でも頑張って、今日を境に必ずや、佑衣に安心してもらえる夫になることを誓います。どうか、よろしくお願いします。椋太』

メモ用紙三枚にわたって書いた手紙を切り取ると、佑衣の和食白衣にセロハンテープで貼りつけ、店の掃除に取りかかった。

雅代に間貸しして以来、厨房も客席も格段にきれいになった。手を抜いて脂まみれだったステンレス器具や換気扇も毎日顔が映るほど磨き上げられている。その誠実な仕事ぶりを目の当たりにした椋太も、どんなに忙しくても隅々まで磨き上げるようになった。

掃除と消毒除菌を手早く終わらせると、再びシャッターを閉め、地下鉄とバスを乗り継いで豊洲市場へ向かった。

山藤の言葉に倣って、今日からは毎日豊洲へ通って仲買人と懇意になろうと決めた。源八爺が営んでいた仲買店の名前は知らないが、その店を探すつもりはない。椋太自身が納得のいく店を見つけて、自分自身で関係を築かなければ、わざわざ通う意味がない。

ネットで調べると、豊洲市場は店の仕入れにきた買出人であればだれでも場内に入れる。朝六時半過ぎ、水産仲卸売場棟に着いた椋太は、五百店近い仲買店が軒を並べるフロアを端から順に覗いて回り、気になる店の仲買人に片っ端から話しかけた。

新顔とあって仲買人からは微妙な距離を置かれたが、常連と認められなければ店の奥に仕舞ってある上物は売ってもらえない。ここは地道に関係を築いていくしかない、と心して二時間ほどかけて店頭に並ぶ魚から気に入ったものを選んで買い歩いた。その後は上階の食堂フロアで朝めしを食べ、そこでも積極的に店員に話しかけて情報を収集した。

午前九時過ぎ、ようやく人形町の店に戻ってくると、早くも佑衣が出勤していた。

「おはよう」

恐る恐る声をかけた。佑衣は小さくうなずいただけで開店準備の手を止めない。すでに調理白衣姿だから手紙は読んだと思うのだが、椋太の出方を窺っているのか、そっけない態度で付け台に割り箸と小皿をセットしている。

手紙だけでは信用されていないのかもしれない。不安に駆られながらも厨房に入ると、

「あらお帰り」

羽田の自宅から戻っていた雅代が鮨種の仕上げに追われていた。能登で釣った真子鰈や白鱚は、すでに佑衣と一緒に仕込み終えたそうで、

「佑衣ちゃんは、ほんとに上達が早いわね」

と感心している。

椋太としては、佑衣に鮨の腕を上げられても困るのだが、いまはそれどころではない。原点回帰の意気込みを行動で示すためにも、早速、自分の仕事に取りかかった。

鮨まさよが開店する午前十時半までは、客席のテーブルでバスク料理店再開までの日程を組み立てた。かつては毎日作っていたバスク料理だが、料理は日常的に作っていないと調理勘が戻らない。そこで、まずは当時メニューに載せていた料理のレシピを一品一品再検証し、試作と試食を繰り返すことにした。

加えて新メニューも研究開発しなければならない。再オープンといっても、かつてのブームを意識しただけの料理ではダメだ。新生バスク料理店ならではの新たな料理を追加して、以前の客も新規の客も振り向かせなければならないから、既存メニュー以上に時間をかけて研究開発していこうと決めた。

鮨まさよの開店十分前になった。店の外では早くも客が待っている。そろそろ引き上げよう。

椋太は客席のテーブルから立ち上がり、慌ただしくおしぼりを巻いている佑衣に声をかけた。

「夜の営業は、無理して手伝わなくていいぞ」

手紙にも書いたことだが、念のためそう伝えると、佑衣はおしぼりを巻く手を休めることなく無表情にうなずいた。

佑衣は何を考えているのか。さすがに気になったが、ここで問い質《ただ》すわけにもいかない。信用を失わせたのはおれのほうだ。執行猶予期限の前夜、佑衣ときちんと話し合い、離婚を回避するまでは一人で再開準備を進めていくしかない。

自分自身にそう言い聞かせながら、鮨まさよの開店と同時にそっと店を抜けだし、泊まり込み用の着替えや身の回り品を取りに椋太は自宅へ向かった。


それからの二週間は瞬く間に過ぎた。やるべきことは山ほどあるだけに、店に泊まり込んだのは正解だった。

朝は六時起きで豊洲市場に駆けつけて魚を目利きして歩き、仲買人に勧められた魚は迷わず買った。相変わらず経営状態は厳しいからその出費はきついが、新生バスク料理店のためとあらば仕方ない。おかげで気になる仲買人とも徐々に距離が縮まりつつあるし、熱心に話しかけて魚を買っていく椋太に興味を抱いてくれる仲買人も現れはじめた。

豊洲から戻ると、雅代たちを邪魔しないよう厨房の片隅で、バスク料理店時代の既存メニューの再検証に取り組んだ。仲買店で買ってきた魚を使って、さまざまなバスク魚介料理を作ってみる。スパニッシュほうれん草、ピメントバスクといったバスク地方で栽培されている新たな食材や調味料を輸入商社から取り寄せて、どう使ったらいいか試してみる。

試作した料理は、鮨まさよの営業後、雅代と佑衣の賄いにしてもらった。

「へえ、これっていけるじゃない」

雅代は毎日喜んで食べてくれた。椋太の思いを知ってか知らずか、気に入ったときは手放しで褒めてくれ、思うところがあれば率直に指摘してくれた。

佑衣は終始無言だった。それでも、食べてくれるだけましだと割り切り、食事中の顔色や態度で察しようと注意深く見守った。

こうして既存メニューの再検証は、一週間ほどで終わった。ただ問題は、ここからだ。新しく追加するバスク料理の研究開発も早急に進めなければならない。そこで書店や古書店をめぐり歩いてバスク料理本を買い集め、〝鱸《すずき》のリンゴ酒煮〟〝赤ピーマンの鱈詰め〟〝ビスカヤ風ハチノス煮込み〟といった、いけそうな料理をピックアップして試作と試食を繰り返してメニュー化していく。

その合間には、錆《さ》びつきかけていたスペイン語に磨きをかける一方、スペイン食堂の仕事もこなさなければならないから、とにかく時間が足りない。

せめてあと一か月あれば、と思うのだが、いまさら期限の先延ばしはできない。期限いっぱい頑張って、その後のことは佑衣と話し合うしかない、と腹を括って頑張り続けたものの、こういうときに限って事件が起きる。

期限まで残り五日と迫った深夜、店の片付けを終えて三日ぶりにシャワーを浴びようと一時的に自宅へ戻ると、夜営業が終わってすぐ帰宅したはずの佑衣がいなかった。

またどこかに外泊してるんだろうか。もはや離婚は不可避なんだろうか。不安は募るばかりだったが、気を揉んでいても仕方ない。シャワーを浴び終えても、どこかすっきりしないまま店に戻った。

そんなこんなで瞬く間の二週間が過ぎ、執行猶予期限の前夜になった。今日も佑衣は夜営業を終えると帰り支度をはじめたが、五日前に外泊していたことも念頭に置いて、

「今夜、よろしく頼む」

と声をかけると、佑衣はこくりとうなずいて先に帰っていった。

急いで片付けを終わらせ、自転車を飛ばして帰宅した。いよいよ運命の夜だ、と緊張したが、何を話すかはすでに決めてある。

ひとつ深呼吸して居間に入ると、佑衣はソファに座って携帯をいじっていた。その正面の床に正座して、

「まずは、ぼくから謝りたい」

と最初に告げた。

佑衣は黙って携帯を脇に置き、椋太に向き直った。その目を見つめて、雅代さんから佑衣の本音を聞いて打ちのめされた、と二週間前の能登の一件を話し、楽そうなほうに流されてばかりいた自分の愚かさを懺悔《ざんげ》し、

「これまで、いろいろとすみませんでした」

深々と頭を下げた。

佑衣が拳を握り締めている。何か言い返されるかと思ったが口は開かない。その胸中を思うほどに不安が募ったが、ここで逃げてはならない。椋太は頭を上げて続けた。

「そんな愚かな自分を変えるために、いまできることは何だろう、と能登からの帰り道、おれは考え続けた。そのとき、ふと浮かんだ言葉があるんだ。原点に還ろう。過去は消せなくても、もう一度、過去をやり直すことはできる。佑衣から何度も言われたバスク料理店の再開に、いまからでも挑戦して、新しいおれに生まれ変わろう、と」

以来、店に泊まり込んで新生バスク料理店の開店に向けて準備を進めてきた。そして今夜、この場で、新生バスク料理店を明日オープンする！　と宣言して、佑衣との夫婦生活もやり直そうと踏ん張ってきた。

「だけど、泊まり込みの途中で気づいたんだ。自分自身を刷新して新生バスク料理店をオープンするには、二週間じゃ足りないってことに。これはけっして、これまでみたいな逃げ口上じゃない。せめてあと一か月、気合いを入れて準備に打ち込まないと、〝新生〟と呼べる店作りはできないとわかったんだ。だから今夜は、佑衣に最後のお願いがある。執行猶予期間を延ばしてほしい。あと一か月、いまの泊まり込み生活を続ければ、間違いなく新生バスク料理店をオープンできるから、どうか、それまで待っててほしい」

お願いします！　と今度は床に両手を突いて土下座した。

佑衣が静かに息をついた。そのまましばし無言で考えていたかと思うと、

「それは無理」

執行猶予の延長はできない、と穏やかに言った。え、と椋太は顔を上げ、

「そこをなんとか、お願いします！」

再度、土下座して許しを請うと、佑衣は突然、ふっと頬を弛め、

「だってあたし、決めたのよ。もう刑は執行しないって。てことは、執行猶予もあり得ないし、その延長も無理でしょ」

違う？　と悪戯っぽい目を向けてきた。

「いや、あの」

まだ椋太が混乱していると、佑衣はじれったそうに綿パンのポケットから折りたたんだ紙を取りだし、

「だからこういうこと」

クシャクシャッと丸めてポイッとゴミ箱に投げ捨てた。

離婚届だった。思わず椋太は立ち上がり、佑衣を抱き締めようとしたが、

「ちょ、ちょっと待って」

両手を突きだして押し戻された。

「椋太が別人みたく頑張ってたのは、あたしにもわかった。だから今回は刑の執行を取りやめたけど、ただし、また椋太が流されたり迷走したりしたら即執行するつもり。再犯の罪はより重いから、これさえ忘れないでいてくれたら、あたし、新生バスク料理店のために一緒に頑張る」

それでいい？　と念押しするように射すくめてくる。

「はい、よろしくお願いします！」

即答してまた土下座した途端、

「こちらこそよろしく！」

佑衣がバッと両手を広げて腰を屈《かが》め、体当たりするように抱きついてきた。

8

翌日は、久しぶりに二人でまったりとした日曜日を過ごした。

朝はゆっくり寝坊して、ブランチがわりに冷蔵庫の残り物で和洋折衷のピンチョスを作って、午前中から赤ワインで乾杯した。

相変わらず家計は厳しいから箱入りの安ワインだったけれど、久しぶりに見る佑衣の晴れやかな笑顔を肴に、ぐたぐだと取りとめのない話をしていると、これまでの鬱屈が嘘のように消え去っていく。

「そういえば、佑衣は雅代さんみたいな鮨職人に憧れてるのかい？」

ふと思い出して椋太は聞いた。わずか一か月足らず雅代をサポートしてきただけなのに、佑衣の魚の扱いは驚くほど手慣れてきたし、いまや酢締めや昆布締めといった江戸前仕事まで手伝っている。本気で鮨職人をやる気じゃないの？　と冗談めかして確認したのだが、

「ていうか、あたし、うちの店のためにもっと魚の勉強をしたかったの」

思わぬ言葉が返ってきた。

「きっかけは、あなたが雅代さんの魚で作ったスケを食べたとき。魚が上物になっただけで、こんなにおいしくなるんだって、あたしもびっくりしたのね。だから椋太が改心してバスク料理店に戻せたときのために、魚の仕入れや調理法をしっかり学んで、うちの魚介料理のレベルを上げたいと思ったの」

「そこまで考えてくれてたんだ」

胸が熱くなった。こんな状況下でも佑衣は、先々を見据えて行動していた。椋太の帰国後に一人で駆け回って店を作ったときのように、一途に突き進んでいた。

「やっぱ佑衣はすごいな」

自分の妻ながら敬服した。

「そんなにおだてないでよ。もし椋太が改心しなかったときは、離婚して鮨職人になるから弟子入りさせてくださいって、雅代さんに頼んでたんだし」

佑衣が肩をすくめた。

「マジかよ、じゃあ雅代さんも知ってたんだ」

「そう、ずっと相談してた。これからも、万が一のときは弟子にしてあげる、って言われてるから覚悟しといてちょうだい」

皮肉たっぷりに言い添える。

そう言われて、もうひとつ聞きたくなった。外泊のことだ。でも聞けなかった。当面の危機は乗り越えたものの、まだまだ安全運転を心がけなければ何が飛びだすかわからない。

「今後とも、よろしくお願いします」

椋太は再び頭を下げてワインを飲み干した。

新たな一週間がはじまる翌早朝。二人は心機一転、歩いて自宅を後にした。

今年はゴタついてばかりで、満開の桜を愛《め》でる余裕もないまま葉桜になってしまったが、浜町公園の桜の木を眺めつつ、今日は二人で浜町駅から地下鉄とバスを乗り継いで豊洲市場へ向かった。

　興味津々の佑衣とともに仲買店をめぐり歩いて魚を仕入れて人形町の店に辿り着くと、店の前に軽トラが駐めてあった。早くも雅代は出勤しているようだが、なぜかシャッターが閉じられている。

　どうしたんだろう。近づいてみるとシャッターに貼り紙があった。

〝間借り鮨まさよは、都合により移転します。大変お世話になりました〟

目を疑った。佑衣も仰天したらしく、慌ててシャッターを開けて店内に飛び込んだ。

「あらおはよう」

　雅代は厨房にいた。

「あ、あの、外に貼り紙が」

　佑衣が聞いた。

「ああ、あれは今日で間借りして一か月だから、契約更新しないで二人が新生バスク料理店に集中できるようにしてあげようと思って」

　お世話になりました、とにっこり笑う。

「やだ雅代さん、あたし、そんなつもりで報告したわけじゃないです」

　佑衣が狼狽《うろた》えている。昨日の午後、雅代に電話で報告していたのは椋太も知っているが、だからといって移転を促したわけじゃない。

「そんな悲しそうな顔しないでよ。二人の新たな門出に間借り人なんかいたら邪魔になるし、あたしのことは気にしないで」

「邪魔なんかじゃないですって」

「でもあたしは、もうそう決めたの。うちはそもそも屋台鮨みたいなもんだから移転なんか簡単だし、いつもこんな感じなのよ」

山藤と同じようなことを言うと、はい、とシャッターの合鍵を返された。店に置いていた付け台も、すぐ引き上げるという。

「でも雅代さん」

佑衣が涙目になっている。

「やだ佑衣ちゃん、泣かないでよ。もしまた旦那がブレたら連絡してちょうだい。鮨職人も案外、お勧めだしね」

ちらりと椋太を見やって、ふふっと笑った。


一か月後、夫婦で予定通り新生バスク料理店『ｖａｓｃｏ Ｒ＆Ｙ』をオープンした。

今回は看板の書き換えだけでなく、接客用のサロンエプロンもテーブルクロスもナプキンもタペストリーも、バスク織と呼ばれる色鮮やかな生地を見つけて手縫いで作った。若干経費は嵩《かさ》んだものの、以前にも増しておしゃれで明るい店に生まれ変わり、二人の気分も一新した。

メニューも以前のようにコースだけでなく、アラカルトでも食べられるようにした。おまかせ握りだけでなく、お好みでもつまみと握りを注文できる鮨まさよのスタイルを真似て、お客さんの自由度を高めた。

最初の数日間は、スペイン食堂に来ていた客や、かつてのバスク料理店の客が店を覗きにきてくれた。売上げ的にはまだまだだったが、それでも、佑衣が友人知人に触れ回ったり、新規のホームページを作ってくれたりしたおかげで徐々に客足は伸びている。

ただ今回、メディアやレビュアーには一切アピールしなかった。山藤が言っていた似非グルメの狩場になってはいけない。本当の食いしん坊にだけ喜んでもらえる店にしよう、と夫婦で取り決めたことも奏功してか、二週間が過ぎる頃には在日スペイン人の客も戻ってきてくれるなど手応えを感じはじめ、

「これならいけそうね」

「いずれスタッフを雇う必要もあるかもな」

といった話をするまでになった。

そんなある朝、夫婦二人で店に出勤すると、シャッターの前にトロ箱が置かれていた。こんなの注文したっけ？　と訝っていると、佑衣が箱の蓋に貼ってある封筒に気づいた。

開封すると手紙が入っていた。

『ｖａｓｃｏ　Ｒ＆Ｙのオープン、おめでとう！　ちょっと遅くなったけど、二人の前途を祝して能登の源八爺の魚を置いていきます。お店の料理にどうぞ。ちなみに、つぎは源八爺から直接魚が届くはずなので、よかったら買ってあげてください。雅代』

夫婦で顔を見合わせた。間借り鮨が移転して一か月。どうしてるかなあ、と昨日も二人で話し

ていたのだが、急いでトロ箱を開けると、鮴《めばる》、鰰《はたはた》、細魚《さより》など、活きのいい魚がぎっしり入っていた。その後も椋太は、毎朝、豊洲市場に通って魚を仕入れているが、能登直送の魚も使えるとなれば、こんなありがたい話はない。

「ただおれ、能登には一回しか行ってなくて、あんたに送る魚はないって断られたんだ。雅代さん、どう説得してくれたのかな」

椋太が首をかしげると、

「ていうか、あたしも一回訪ねたから、源八爺がほだされたのかも」

佑衣が、へへっと笑った。

「え、佑衣も能登に行ったのか？」

「うん、魚の勉強にって雅代さんに誘われて二泊してきた」

その後も、源八爺と同じく雅代に魚を直送してくれている竹岡の漁師の家も訪ねて一泊してきたという。

「だから二回も外泊したのか。早く言えよ、これでも気を揉んでたんだぜ」

「あらら、焼き餅を焼いてた？　よかった、たまには夫に妬かせなきゃね」

外泊のことはわざと黙っていたという。

「ったく、意地悪な女だなあ」

椋太がむくれると、佑衣はくすっと笑って、

「けどやっぱ雅代さんってすごいよね。出会ったばかりのあたしたちのために魚の手ほどきをしてくれて、産地にも連れてってくれて、気がついたら夫婦の仲まで取り持ってくれてた」

ほんとにすごい人、と遠い目になっている。

「まあ確かに、たった一か月だもんなあ」

たった一か月のうちに雅代は夫婦の隙間を埋めてくれた。しかもその間、雅代から説教されたことも叱りつけられたこともなかった。ただただ二人に、ほっこり笑顔で寄り添ってくれていただけなのに、自然と夫婦仲が修復されていった。雅代の周囲にいる人たちの心に沁《し》みる言葉も相まって、いつしか二人は和解していた。

「あたしたち、どんな魔法をかけられたんだろうね」

「ほんと、不思議だよなあ。のほほんと笑いながら生きていきたいって彼女は言ってたけど、あの笑顔の裏に隠されてる何かが、おれたちに響いたのかもな」

「隠されてる何かって？」

「それはわからないし、掘り下げちゃいけない気がする。ただ山藤さんも言ってたけど、おれたち夫婦も結局、雅代さんに胃袋も心も握られちまった。それだけは確かだよな」

「鮨も胃袋も心も握るおばちゃんかあ」

佑衣が目を細めて笑った。

「けど、なんでうちの店に来たんだろうな」

ふと思った。

「そうだよね、なんでだろう」

「ひょっとして佑衣は知ってんじゃないの？」

「あたしが知ってるわけないじゃん」

「じゃあ、やっぱマジで謎だらけのおばちゃんってことかあ」

椋太が天を仰いでいると、

「雅代さんのお鮨、また食べたいな」

佑衣がぽつりと呟いた。

「だったら、山藤さんみたく追っかけるか」

「それ賛成！　のほほんと笑いながら店を軌道に乗せたら、二人で追っかけよ」

約束だよ、と念押しされた。

第二貫　能登栗の声

1

夕暮れどきの町家の玄関口には、重厚な木製ドアが据えつけられていた。

木目の周囲は黒い鉄鋲《てつびょう》でがっしり縁取られ、窓はないから店内の様子は窺い知れない。江戸風情が漂う外観とは裏腹に、玄関口にだけ古風な洋館を訪れたような趣がある。

陽菜《はるな》は立ち止まった。かつては、ふつうの設えのバーだったから、カジュアルなジャケットに綿パンという仕事着のまま来てしまった。どうしよう。たじろいでいると、不意にドアが内側から押し開けられ、出てきた人とぶつかりそうになった。

「あ、ごめんなさい」

ぽっちゃり丸顔のおばちゃんに謝られた。

「いえ、こちらこそ」

陽菜も詫びると、おばちゃんはドアを押さえて、さ、どうぞ、と促してくれる。ここの出入り業者だろうか。すみません、と薄暗い店内に入った。

「いらっしゃいませ」

店の奥から穏やかに挨拶された。

聞き覚えのある声にほっとして足を踏み入れると、ほの明るい間接照明の向こうに黒光りするカウンターが延びている。中にいるのは銀髪頭をきっちりオールバックに決めたバーテンダー、鴨下《かもした》だった。

　石川県金沢市を代表する繁華街、片町の大通りから一本入った路地沿いの町家の一階に『バー庵《いおり》』はある。

　メディアからは〝知る人ぞ知る隠れ家的なオーセンティック町家バー〟と称され、地元のバー愛好家からも一目置かれている店だが、まだ午後七時前とあって、客はカウンターの隅に一人だけ。左手に置かれている二卓のテーブルも空いているが、残暑も引いた秋口とあって小一時間もすれば満席になるに違いない。

「先日は、わざわざありがとうございました」

　カウンターの前までできた陽菜は、四か月前、六十七歳で急逝した父親、哲太郎《てつたろう》の葬儀に参列してくれた礼を言った。

「とんでもありません、突然、お父様を亡くされて大変でしたね」

　黒タキシードに蝶《ちょう》タイ姿の鴨下はお辞儀をして、こちらへ、とカウンターの中央におしぼりを置いてくれた。あたしなんかが真ん中でいいんだろうか。気後れしつつ腰を下ろし、

「素敵なお店に変身しましたね」

　おしぼりを手にして店内を見回した。鴨下が相好を崩し、

「実は二年前、還暦の年に改装しましてね。あのときはお父様から、まだシェーカーを振り続ける気かい、とからかわれたものでした」

懐かしそうに目を細めた。そういえば父親は、還暦の年に長年営んできた洋菓子店『マロン亭本店』の厨房を後進に譲り、社長業に専念しはじめた。父も現役でいたくてからかったのかもしれませんね、と陽菜が微笑むと、

「それもあるでしょうけど、実は哲太郎さん、還暦を機に家業承継の準備に入ったんですよ」

「え、そうだったんですか」

父親が還暦を迎えたのは、陽菜が東京の大学に入った二年後のことだ。その頃から陽菜に社長の座を譲るべく動きだしていたとは思わなかった。

「ですから突然のご不幸とはいえ、陽菜さんが約束通り家業を継いでくれて、お父様はきっと天国で喜んでらっしゃると思いますよ」

にこやかに言われて、陽菜は奥歯を嚙んだ。

そんなに前から準備してくれていたのに、父親の急逝後に社長を継いだ陽菜は、いまだその期待に応えられないでいる。このままでは父親が成功に導いた家業を傾けかねないと思うと、居たたまれない気持ちになる。

あたしったらもう、と内心嘆息していると、

「さて、何をお作りしましょうか。よろしかったら、哲太郎さんがお好きだった、思いきりドライなマティーニはいかがです？」

鴨下が提案してきた。そもそも父親は二十七年前、開店直後のバー庵に偶然立ち寄って、五歳下の鴨下をいっぺんで気に入り、長年贔屓《ひいき》にしてきた。いわば超がつく常連だっただけに、鴨下は父親のことを知り尽くしている。

「じゃ、それをお願いします」

陽菜がうなずくと、鴨下は背後に整然と並んでいる色とりどりの酒瓶の中から、ドライジンとドライベルモットを手にしてマティーニを作りはじめた。

堂に入った手捌きだった。修業時代も含めればバーテンダー歴は四十年以上とあって、ボトルの蓋を開ける仕草といい、ミキシンググラスに氷を入れる所作といい、無駄のない円熟の立ち居振る舞いに見惚れてしまう。

やがてオリーブを添えたマティーニを差しだされた。脚の長いカクテルグラスを手にしてひと口含むと、キリッと引き締まった鮮烈な香りとビターな味わいが喉を熱く押し広げる。確かに思いきりドライな飲み口だ。

「父は、これが好きだったんですね」

その面影を思い出して、不覚にも涙がこみ上げた。慌てて堪《こら》えたものの気持ちを抑えられず、唇の震えが止まらない。

「陽菜さん、何かありましたか？」

鴨下が訝っている。どう答えたものかわからなかった。自分の感情を制御できないまま頬を伝う涙を拭っていると、新しいおしぼりとチェイサーを差しだされた。

おしぼりで目元を押さえ、よく冷えたチェイサーをゆっくりと喉に流し込み、ひとつ大きく息をついて、

「ごめんなさい。あたしもう、どうしていいかわからなくなっちゃって」

くぐもった声で呟いた。この店を訪れたのは、まだ四度目だというのに、つい素の自分をさら

けだしてしまった。

最初にバー庵へ連れてこられたのは、小学三年の春だった。口開け直後に父親と一緒に、カウンターのスツールにちょこんと座らせてもらってきょろきょろしていると、当時はまだ四十代で髪も黒々としていた鴨下が、

「陽菜ちゃんが生まれた年に、このお店も生まれたんだよ」

同い年だね、と微笑みながら特製のお子様カクテルを作ってくれた。そのシェイカーを振る仕草がかっこよくて、初めて飲んだノンアルコールカクテルも蜜の味で、おいしいおいしい、と大はしゃぎしたものだった。

二度目も同じ小学三年の初夏で、またカクテルが飲みたい、と父親にせがんで来店した。ところが帰宅後、大事な一人娘をバーに連れていくなんて、と母親の芙美《ふみ》から父親が怒られた。以来、十一年のブランクが空いたのだが、東京の大学時代、二十歳になった年に帰省すると、成人祝いをやるぞ、と久しぶりに父親が誘ってくれた。

この三度目の来店で鴨下に再会した陽菜は、これが本物のバーなんだ、と感動した覚えがある。奇を衒《てら》わない王道のカクテルの味わいと大人の接客に魅せられたからだが、それからまた七年。渋谷の広告代理店に就職してからは仕事に追われて帰省どころではなく、父親の急逝で帰郷して後継社長に就いてからも、忙しさにかまけてご無沙汰していた。

なのに、なぜ今夜足を運んだのかといえば、自分に自信を失くしかけていたからだ。

「あたしって、すごく恵まれた跡継ぎだと思うんです」

独り言ちるように陽菜は言った。

世の中には不幸な跡継ぎがたくさんいる。一介の会社員だった一人娘が、父親の他界で仕方なく家業を継いだら莫大《ばくだい》な負債が発覚し、孤軍奮闘したもののあっけなく倒産して一家離散。といった悲惨な話はドキュメンタリー番組でも定番になっている。

それに比べたら、陽菜ほど恵まれた二代目はいないと思う。幼少時代から洋菓子好きで、父親から言われるまでもなく店を継ぐのは当然のこととして育ってきた。ただ、洋菓子は好きでも、生来の不器用さゆえに洋菓子作りは苦手だったことから、

「陽菜には経営者の資質がある」

と父親が言いだした。

その言葉を信じて大学では経営学を学び、渋谷の広告代理店では企業向けの販促企画を立案する部署でビジネス感覚を磨いてきた。それだけに父親の急逝後の事業承継は、既定路線としてすんなり受け入れられた。店の財務状況も大きな負債など一切なく、いたって健全な優良企業だっただけに、これならやっていけそうだ、と密《ひそ》かに自信を抱いていた。

ところが、いざ社長に就任してみると予想外の展開が待っていた。幼い時分から気心が知れていると思っていた従業員との溝に阻まれ、就任して四か月経っても何の成果も上げられないでいる。ＩＴ嫌いの父親が手をつけなかったホームページを立ち上げたり社内ＳＮＳを導入したりはしたが、この程度では成果と胸を張れるほどのことではない。

「経営者って孤独なものですね。あたし、もうどうしていいかわからなくなっちゃって」

父親とは長い付き合いの鴨下だが、マロン亭とは程よい距離を保ってきた。その安心感もあって、二代目なんか継がなきゃよかった、と泣き言とともにマティーニを飲み干すと、

「いらっしゃいませ」

鴨下が穏やかに声を発した。見ると、三人連れの客が賑々《にぎにぎ》しく店に入ってきた。すかさず鴨下は陽菜に顔を寄せ、

「陽菜さん、明日の晩、お時間ありますか？」

声を潜めて聞く。きょとんとしていると、たたみかけられた。

「よかったら食事でもしながら、ゆっくりお話ししたいと思いまして」


翌朝は、いつもより一時間ほど早起きして、午前七時過ぎに一人暮らしのワンルームマンションを出た。

せっかく鴨下が食事に誘ってくれたのだ。今夜に備えて昨日やり残した仕事を早めに片付けてしまおうと、二キロほど離れたマロン亭本店に出勤した。

パティシエやパティスリーといった言葉がまだ一般化していなかった四十三年前。市の中心街、香林坊《こうりんぼう》の西を流れる江戸時代に造られた用水路、鞍月《くらつき》用水に沿って続く〝せせらぎ通り〟に、石川県名産の能登栗を使った洋菓子専門店としてマロン亭は開店した。当時の鞍月用水は、水質悪化と悪臭に伴う保全事業が軌道に乗りつつあった時期だったそうだが、若くして古民家を借りて創業した父親は、ドブ川の近くで洋菓子店かい、と笑われたこともあったという。

それがいまや鞍月用水沿いには個性的なレストランやカフェが並び、おしゃれ通りと称されるまでになった。その嚆矢《こうし》ともいえるマロン亭は、父親が作った〝能登栗カステラ〟のブレイクをきっかけに〝能登栗タルト〟〝能登栗モンブラン〟〝能登栗ロール〟〝能登栗シフォンケーキ〟な

ど、ブランド栗を全面に打ちだしたスイーツで急成長を遂げた。

十年後には賃貸だった古民家を買い取り、三階建ての本店ビルに建て替えた。一階は店舗フロア、二階は厨房フロア、三階は家族の住まいにした。父親が他界してからも母親は三階に住んでいるが、ただ、陽菜は帰郷の際、金沢駅に近いワンルームマンションを借りた。東京での一人暮らしに慣れた身に実家暮らしはきついと思ったからで、母親には、直営店を巡回しやすいから、と言い訳した。

実際、マロン亭には直営店が三店舗ある。江戸風情を残したひがし茶屋街に〝ミニ喫茶コーナー〟を併設した『ひがし茶屋店』。能登栗の産地に近い輪島市に〝離れ〟として開いた『輪島店』。そして北陸新幹線金沢駅の開業時に出店した『金沢駅ビル店』。この駅ビル店がいまや売上げの要だから駅近に住む、と理由づけたのだった。

「おはよう！」

本店の通用口から店舗フロアに入ると、ショーケースが並んだ一階の売場には甘い香りが漂っていた。二階の厨房フロアにいる六人の菓子職人のうち早番担当の三人は、毎朝六時に出勤して仕込みに入るから、七時半を回れば商品が焼き上がりはじめる。陽菜が実家住まいだった高校時代までは、一階に降りて甘い香りに包まれながら登校するのが日課だったため、嗅覚だけで懐かしい気持ちになる。

「あ、陽菜社長、おはようございます！」

バイト販売員の麻矢《まや》が挨拶を返してきた。父親が存命だった半年前に入った二十歳の若手ながら、売上げがパッとしない能登栗プリンのＰＯＰを書き換えようと自主的に早朝出勤したという。

ほかに一階にはベテランパート販売員の可南子《かなこ》とバイトの美優《みゆ》がいるが、麻矢は幼顔の見た目とは裏腹に、わずか半年にして二人を凌ぐ戦力になっているだけに、

「え、これって麻矢ちゃんが書いたの？　可愛いＰＯＰねえ」

陽菜は微笑みを浮かべて褒めた。

本音ではイマイチだと思ったが、麻矢にはやる気と向上心がある。客の目を惹かなかったら、また書き換えればいい、と割り切って、ここの一行だけ直さない？　とアドバイスしただけでショーケースに飾らせた。

そんな甘いことでいいのか、と父親がいたら叱りつけられるかもしれない。それでも陽菜は、若い従業員は褒めて伸ばそうと心している。ゆうべは親戚のおじさん的な鴨下に甘えて負の本音を口にしてしまったが、従業員の前では求心力を高めるためにも、ネガティブな態度は見せられない。

いまやマロン亭には社員十五名とバイト九名、合わせて二十四名の従業員がいる。規模的には中小企業ながら、二十四名全員の生活が陽菜の手腕に託されていると思うと、その重圧は半端ではない。

なのに、と陽菜は二階へ続く階段を見やった。カリスマ的な創業者を失ったいまは、一刻も早く全従業員の心をひとつにして前に進まなければならないのに、一階と二階の間には大きな溝が横たわっている。

といって手をこまねいているわけにはいかない。沈む気持ちに、よし、と気合いを入れて二階の厨房フロアに上がり、

「おはようございます！」

笑顔とともに声を張った。

「はよっす」

覇気のない挨拶が返ってきた。早番の若手菓子職人、武史《たけし》と敏恵《としえ》の声だったが、もう一人の古参菓子職人、高峰《たかみね》は黙っている。薄くなった白髪頭にコック帽を被《かぶ》り、粉の配合に集中している体《てい》でいるが、あえて口を閉ざしているに違いない。

今年で六十二歳になる高峰は、陽菜の父親が還暦を迎えた年に本店の厨房をまかせられた。父親の技を受け継ぐ洋菓子職人として常務取締役製造部長にも就任し、マロン亭の味と製造のすべてを取り仕切ってきた。

それだけに、これ、と決めたことは梃子《てこ》でも曲げない性分に手こずっているのだが、怯《ひる》むわけにはいかない。陽菜はひとつ深呼吸して調理作業台に歩み寄り、

「高峰さん、能登栗プリンの改良の件ですけど、今日の午後にもう一度、きちんとお話しさせていただけませんか」

慎重に切りだした。途端に高峰はぷいっと横を向き、デッキオーブンのほうへ行ってしまった。いつも通りの展開だった。この四か月間、こうして何度も直談判にきたが、途中からは会話にも応じてくれなくなった。

マロン亭の能登栗スイーツの中で、能登栗プリンは売上げが伸び悩んでいる。社長就任直後、それに気づいた陽菜は、大胆に改良して新たな稼ぎ頭にしようと考えた。この初仕事を成功させて二代目の存在感を示そうと目論《もくろ》んだのだが、そこに立ちはだかったのが高峰だった。

「プリンのことなら考えてるから心配ねえ」

そう言うだけで聞く耳を持ってくれない。そもそもが職人気質の高峰だ。以前にも増して頑なになってしまい、取り入る隙がない。

それでも諦めるわけにはいかない。たとえ喧嘩になろうと迫るしかないと覚悟を決め、

「五分でいいんです、ぜひお願いします！」

と食い下がったが、高峰は無視して耐熱手袋を嵌《は》め、丸型のスポンジケーキを焼いていた天板をオーブンから引きだした。愛弟子二人も師匠に倣って黙々と作業を続けている。

高峰が天板から焼き立てのスポンジケーキを一台ずつ取りだし、タンッ、タンッと調理台に打ちつけて型から抜きはじめた。陽菜が子どもの頃から何度となく見てきた工程で、魔法のような〝高さん〟の手捌きに見惚れたものだったが、同じ高峰の作業ぶりが、これほど憎たらしく見えるとは皮肉なもので、

「じゃあ高さんは、どうしたいんですか！」

たまらず陽菜は声を荒らげた。それでも高峰は作業の手を止めず、

「だからプリンのことなら考えてるって言ってんだろうが」

露骨に舌打ちした。

「考えてるだけじゃ販売部は困るんです。金沢には競合品も多いから、このままだとプリンをやめる事態にもなりかねません」

「なんだと？」

高峰が目を剝いたが、ここは引けない。

「いまどき売れない商品を店頭に並べておく余裕はないんです！　高さんが改良してくれないなら外すしかないじゃないですか！」

声高に詰め寄ったものの、

「天国の哲太郎さんが何て言うかな」

忌々しげに高峰は吐き捨て、再びスポンジケーキを型から抜きはじめる。

もはや取りつく島もない。ここまで意地になられてはどうしようもなく、まったくもう、と荒い息をつきながら一階に降りてくると、

「おはようございます！」

明るく挨拶された。駿介《しゅんすけ》だった。鬱屈した気分が洗われるような潑溂とした声にほっとして、

「あら、今日はどうしたの？」

気持ちを切り替えて尋ねた。陽菜より一つ下の駿介は、若くしてマロン亭の全店舗の販売促進を担う販売部長を務めている。ふだんは店名入りの白衣にジーンズ姿で飛び回っているのだが、めずらしくスーツ姿で髪に櫛目《くしめ》も入れている。

「陽菜さん、忘れちゃいました？　二泊で東京出張に行ってくるって、先週の会議で伝えたじゃないですか」

苦笑いされて、ああ、と思い出した。

「ごめんね、二階の人が相変わらずだから、頭から抜け落ちてた」

もううんざり、と顔をしかめてみせると、

「まあ高峰さんの職人気質もわからなくはないですけど、やっぱこっちとしては、やりにくいですよね」

駿介は欧米人のように大きく肩をすくめて気遣ってくれた。

2

金沢は〝弁当忘れても傘忘れるな〟という格言があるほど、一日の天気が変わりやすく雨の日が多い土地柄だ。

今日も朝から降っては秋空が覗き、降っては秋空が覗く空模様が続いていたのだが、夕方になって、ついに本降りになった。

仕方なくタクシーに乗ることにしたものの、観光客が多いこの時期、なかなか捕まらない。ようやく拾えて片町の大通りで降り、バー庵の玄関前まで走ってきたのだが、約束した午後五時半より十分以上も遅刻してしまった。

「すみません、お待たせしちゃって」

玄関前に立っていた鴨下に詫びた。

「いえいえ、いま出てきたところですよ」

昨夜のタキシードとは一転、ラフなジャケット姿の鴨下が微笑みを浮かべ、では行きましょう、と身を翻してバー庵のドアを押し開けた。え？　と訝りながら後に続くと、

「あら、あなただったの」

女性の声だった。見るとカウンターの中に和食白衣姿の丸顔のおばちゃんがいる。

「ああ、昨日玄関で」

思わず陽菜は声を上げた。

「鮨まさよの雅代さんです」

鴨下が紹介してくれた。

あのときは出入り業者かと思ったが、鮨まさよ？　と戸惑っていると、さあさあ座って、と雅代に急かされた。その胸元には確かに『鮨まさよ』と刺繍《ししゅう》されている。カウンターの上には白木の板が敷かれ、白帯を巻いた箸と小皿が二組セットされている。

「あの、これは」

「この店に間借りさせてもらってるの。いつもは昼営業なんだけど、今夜はバーの店休日だから、お二人様限定の貸切営業」

そう言いながら湯呑みを二つ差しだしてくる。鴨下も隣に座り、さ、遠慮なく、と促す。

陽菜はまだ戸惑っていたが、とりあえず湯呑みを口にして、え、と目を瞬かせた。酒が入っている。雅代がふふっと笑って、

「それ、能登の地酒。今夜は能登の魚をメインに揃《そろ》えたから合わせてみて」

と白身魚を削《そ》ぎ切りにしはじめる。最初の二枚には肝を溶かした醤油を添え、残り一枚は赤酢のシャリで鮨に握り、煮切り醤油を塗って付け台に置く。

「まずは鮍《かわはぎ》のお造りと、ご挨拶代わりの握り一貫。両方味わってちょうだい」

一瞬、どっちを食べるか迷ったものの、握り立てがいいだろうと鮨のほうから箸でつまんで食

べた。その瞬間、ほろりとシャリがほどけ、鮍の繊細な旨みと赤酢をまとった米粒のコクが渾然《こんぜん》一体となって口中に広がった。

本物だ、と思った。広告代理店時代、得意先を接待する上司に同行して銀座の高級鮨を食べたことがあるが、あのレベルだった。お造りも肝醤油とともに食べて湯呑み酒を合わせると、滋味深い旨みが広がってたまらない。

「すごくおいしいです」

陽菜は顔を綻ばせた。間借りの鮨と聞いて舐《な》めていた自分が恥ずかしくなった。

「あら嬉しい。やっぱり哲太郎さんの娘さんね、ちゃんとわかってくれる」

雅代がにっこり微笑んだ。

「父をご存じなんですか？」

「ご存じもなにも、ここで握っていられるのは哲太郎さんのおかげだもの」

そうよね、と鴨下に話を振る。

「実は哲太郎さん、東京で間借り営業してた鮨まさよの常連だったんですけど、半年ほど前に、きみのバーを間貸ししてやってくれないか、と頼まれましてね」

「父が東京のお鮨屋さんの常連だったんですか？　初耳です」

陽菜が驚いていると、雅代が話を受ける。

「あたし、以前から魚を送ってくれてる輪島の漁師さんに、ときどき会いに来てたの。そのとき、たまたま輪島市内で見つけたマロン亭に寄るのが楽しみだったんだけど、ある日、店頭にいた哲太郎さんに、能登栗スイーツの大ファンです、って話しかけたのね。そしたらおいしいものの話になって、目黒で間借り鮨をやってますって言ったら、東京出張のついでに食べにきてくれたの」

その初訪問で雅代の鮨に惚れた父親は、月に二度三度と上京して通うほどの常連になったのだが、やがて鮨まさよは人形町へ移転した。

しかも一か月後には再び移転することになったため雅代が間借り先を探していると、能登から近い金沢に来ないかい？　と父親が鴨下に間貸しを頼んでくれた。当時の雅代は東京の羽田に住んでいたが、古都金沢に興味を惹かれ、一年の約束で暖簾は掲げず予約のみで営業をはじめたという。

「なのに、間借りして二か月ほどで哲太郎さんが急逝されたのね。驚いてあたしも葬儀に駆けつけたんだけど、哲太郎さんとは一年やるって約束してたから、いまも続けてるの」

「そうだったんですか。葬儀にも来てくださったのに、何も知らなくてすみません」

陽菜は恐縮した。父親の鮨好きは知っていたものの、そこまで入れ込んでいようとは思わなかったし、その約束を雅代が律儀に守ってくれているなんて申し訳なくなった。

「べつに無理してやってるわけじゃないのよ。あと半年も金沢で握れるなんて逆に嬉しいし」

「じゃあ半年後にはまた移転するんですか？」

それも申し訳ない気がしていると、

「雅代さん、間借り延長も可能ですよ」

鴨下が口を挟んでくる。

「いいえ、大丈夫。違う土地にふらりと移転して握るのも、あたしの楽しみなの。こうして若くて有能な二代目社長にも出会えるしね」

ほっこり笑って、つぎは能登の栄螺《さざえ》をつまみに切ってくれた。

「そんな、有能な二代目なんかじゃないですよ。社長なんて名ばかりで、もう毎日ぼろぼろ。父はすごかったんだなあって、遅ればせながら尊敬し直してます」

栄螺を食べながら愚痴った途端、

「陽菜さん、自分を腐しちゃいけません。大丈夫、あなたならちゃんとやっていけます」

鴨下にたしなめられた。それでも陽菜の愚痴は止まらない。

「だけど、たった二十四人の会社でも、社内をまとめるのって大変なんですよ。父は魔法でも使ってたのかと思っちゃいます」

実際、父親が健在だった頃は溝も対立もなかったはずなのに、陽菜が社長になると、なぜこうなってしまうのか。

といって、その溝や対立を社内で騒ぎ立てたら社長の非力さを認めることになる。そこがまた悩ましいところで、取締役の一人でもある母親に泣きついたこともあったが、

「そんなこと、あたしにはわからないわよ」

と突き放された。創業者の妻ゆえに専務取締役になった母親は、本店の売場に立ったり直営店に出向いたりはしているが、父親が元気だった頃から経営にはタッチしていない。

石川県では昔から〝能登のとと楽　加賀のかか楽〟という言葉がある。能登地方では妻がよく働き夫は楽をし、武家社会だった金沢を含めた加賀地方では夫がよく働き妻が楽をする。そんな意味だが、陽菜の家もまた、かか楽なのかもしれない。

「まあでも、うちのバーを贔屓にしてくださってる社長さんたちもよく言ってますけど、人間って三人以上集まれば自然に派閥ができちゃうものじゃないですか。二十四人もいれば溝も対立もあって当然だと思って対処するしかないんじゃないですかね」

　鴨下がやんわりとたしなめる。

「そうそう、社長って仕事は板挟みになってなんぼ、とか言うものね。哲太郎さんもそうだったけど、のほほんと笑いながら切り抜けていくしかないのかも」

　雅代も慰めるように言って、酢締めの鰯《いわし》と千切り生姜《しょうが》を海苔で巻いて差しだす。鴨下がその鰯巻きを口にしてから言い添える。

「ただ、ひとつ大事なのは、溝にしても対立にしても、どっちが正しいとか間違いだとか、安易に決めつけないほうがいいみたいですね」

「でも、それだと事が前に進まないし」

　当事者としては、のほほんと笑っているどころではない。

「仮にそうだとしても、安易に決めつけないで日々悩む。悩んで悩んで悩み続けることが社長の仕事なんだ、と哲太郎さんはいつもおっしゃってましたし」

　悲観することなんか全然ないです、と鴨下は付け加えた。すると雅代も、

「その通りよ。そうやって悩んでる陽菜さんは、真面目に社長業をやってるってことだもの」

　と微笑みながらお櫃の中のシャリを見せる。

「うちの江戸前流のシャリは、酒も砂糖も使わずに赤酢と塩だけで味を決めてるんだけど、この単純な仕事で鮨の出来が大きく左右されるの。だから米、赤酢、塩の産地と製法、米の炊き方や

赤酢と塩の割合、シャリ切りの技法も含めて、どうやれば旬の魚に合うシャリになるか日々悩んで試行錯誤してるわけ。もちろん陽菜さんの悩みとは次元が違いすぎるけど、でも仕事って日々悩み続けることだと思うのね。だから、いま悩みに悩んでる陽菜さんは、哲太郎さんの精神を受け継いで、ちゃんと社長の仕事をしてるってことなのよ」

そう思わない？　と陽菜の目を見据える。

その眼差しに力づけられた。解決策を授けられたわけでも何でもないのに、ほっこり笑顔の雅代、そして穏やかな語り口の鴨下の言葉も相まって、ふっと気持ちが楽になった。

父親が社長業とは一線を画した鴨下や雅代と懇意にしていたのは、こういう安らぎを求めていたからだろうか。

鰯巻きを食べながらふと考えていると、

「そろそろ二人とも握りにしよっか。今夜はいい喉黒《のどぐろ》が入ったのよ」

雅代が嬉しそうに種箱の蓋を開けた。

その夜は結局、夜十一時過ぎまで和やかな会食を楽しんだ。雅代が握る極上の鮨を満喫したあとは、

「せっかくなので、バー庵もお二人様限定で開店します」

と鴨下がカウンターに入り、焼酎に珈琲豆を漬け込んだ〝珈琲焼酎〟、豆乳にラム酒と卵を加えてシェイクした〝豆乳エッグノック〟といった女子向きの変わり種カクテルを作ってくれた。

そればかりか会食の最後には、

「今夜は遅ればせながら、陽菜さんの社長就任祝いということで」

と鮨もカクテルも鴨下がご馳走してくれた。

「すみません、何から何まで」

心地よく酔った陽菜は心からの感謝を伝え、片町の大通りに出てタクシーを拾い、

「せせらぎ通りのマロン亭本店まで」

自然にそう告げていた。こんな心地よい夜を過ごせたのも亡き父親のおかげだと思ったら、久しぶりに実家へ帰りたくなった。

深夜の本店ビル前に降り立つなり三階に上がり、合鍵で実家のドアを開けた。

早寝早起きの母親は、すでに床に就いているようだ。足音を忍ばせて居間に入り、真新しい仏壇に合掌してから、高校時代までいた自室のベッドに倒れ込み、すぐ寝てしまった。

翌朝は高校時代と同じように、

「もう七時になるわよ！」

母親に起こされた。

寝ぼけ眼で居間に出ていくと、食卓には塩鮭と納豆と味噌汁の朝食が並んでいた。もっと寝ていたかったが、久しぶりの食卓について母親と向き合って欠伸《あくび》をしていると、

「めずらしいじゃない、何かあった？」

心配そうに聞かれた。

「何かっていうか、憂さ晴らししてきただけ。いま高さんと揉めてるから」

「高さんと？　それは陽菜が悪いんでしょう」

いきなり決めつけられた。

「ほらね、お母さんはすぐ決めつけるから、やさしい鴨下さんに愚痴をこぼしてきたの」

納豆を掻き混ぜながら言い返すと、

「あら、鴨下さんのバーに行ってきたんだ。成人祝いのとき以来じゃない」

母親はよく覚えている。

「でも、ゆうべはバーじゃなくて鮨だったの」

おいしい間借り鮨を食べたと話した。

「ああ、雅代さんの鮨なら、あたしも一度、食べに行ったわよ」

「あ、そうなんだ」

「ただ、お父さんの邪魔をしてもなんだし、その一度きり」

さらりと言う。その言い方に引っかかって、

「やだお母さん、妬いてたの？」

塩鮭に箸を伸ばしながらからかった。父親は雅代を女性として見ていたのかも、と怪しんでみせたのだが、馬鹿言わないで、と母親が箸で叩く真似をした。

「あんたにはまだわからないかもしれないけど、経営者ってものは孤独なの。店の運営のことから従業員のこと、取引先のこと、資金繰りのこと、そして家族のことまで、四六時中、考えて考えて考え抜いて一人で決断を下さなきゃならない仕事だから、何日も眠れないなんて当たり前。だから、そんなストレスから解放される別世界を持ってないと、孤独な日常に押し潰されちゃうのよ」

その別世界こそが父親にとってはバー庵であり鮨まさよだった、という。

「もともと鴨下さんに目をかけるようになったのも、そんな気持ちがあったからだと思うのね。同じ飲食業者として腕前を見込んだこともあると思うけど、それにも増して鴨下さんの人柄よね。おれより五つも下なのに、つらつら話してるだけで、くつろげるんだよなあ、って昔から言ってたし」

それは雅代に対しても同様で、飛び抜けた鮨の腕前に惚れ込んだだけでなく、いつも笑顔でほっとさせてくれる人柄に父親は癒しを求めていたに違いないという。

「だからあたしは妬くとかじゃなくて、あんまり踏み込まないようにしてたの。だって、お父さんの別世界に日常のあたしが顔を出したら、別世界でなくなっちゃうじゃない」

陽菜が子どもの頃、バーに連れていかないで、と父親を怒ったのも、そんな理由からだという。思いがけない話だった。父親の陰でひっそり暮らしている印象だった母親が、そこまで気遣っていたとは思わなかった。

ただ、それで母親は満足していたんだろうか。母親の存在って何だったのか、と考えながら朝ご飯を食べ終えると、母親は箸を止めてお茶を淹《い》れながら続ける。

「もちろん、あたしが愛されてなかったってことじゃないわよ。お父さんは何よりもあたしの幸せを考えてくれていた。だから、あたしには経営の修羅場に首を突っ込ませなかったし、見かねたあたしが動きだそうとしても、おまえを修羅場に巻き込みたくないんだ、って止められた」

そんな人だったからこそ生涯連れ添ってこられたの、と急に涙声になった。

まさか、こんな裏話を聞くことになるとは思わなかった。家族として長年暮らしてきても、子どもが知らないことってたくさんある。うまく慰めの言葉が見つからないまま淹れてもらったお茶を啜っていると、母親はそっと涙を拭い、最後に少しだけ残していたご飯にお茶をかけ、背中を丸めてさらさらと食べはじめた。

いつになく年老いて見えるその姿にほだされて、陽菜はようやく口を開いた。

「ゆうべは、おいしいお鮨とお酒を楽しんで、ふだんは言えない愚痴を鴨下さんと雅代さんに聞いてもらったの。そしたら、ただ愚痴をこぼして笑い合ってただけなのに、ちょっと気が晴れたのね。とくに雅代さんの、ほっこりした笑顔に触れていると、モヤモヤがすーっと消えていくの。お父さんも、そんな気持ちだったのかなあ」

へへっ、と照れ笑いしてみせると、母親がゆっくりと箸を置いた。

「まあ、娘には絶対言わなかったと思うけど、お父さんも、ずっと悩んでばっかりの毎日だったの。だからあんたは、お父さんの悩みと一緒に別世界も受け継いだのかもね」

それだけ言うと、さ、そろそろ仕事でしょ、と食卓を片付けはじめた。

3

海産物のおいしさで知られる金沢は、おでんのおいしさでも知られている。

とくに陽菜が好きなのは、片町にある『玉幸菊《たまこうぎく》』という大箱店で、幼少時は家族で何度も食べにいったものだった。

そんな記憶が残っていたこともあり、直営店の巡回中に、

「折り入ってビールでも飲みながら話したいんですが」

と駿介から思い詰めた声で電話が入ったとき、真っ先に思いついたのが玉幸菊だった。

考えてみれば駿介とのサシ飲みは初めてだ。同世代の幹部として腹を割って話したいと思いながらも、女子従業員に人気の若手部長だけに、妙な噂《うわさ》が立っても、となかなか誘えないでいたが、せっかくの機会だ。玉幸菊の個室を予約して、午後七時、長暖簾を掲げた店の前で落ち合った。

やっぱ傍目にはデートっぽく見えるかも、と意識しながら暖簾を分け、店の二階に上がって個室のテーブルについた。今日はジーンズ姿でやってきた駿介も緊張した面持ちでいるが、まずは生ビールで乾杯し、それぞれ好きなおでんの具を注文したところで、

「そういえば、まだ東京出張の話を詳しく聞いてなかったけど、どうだったの？」

陽菜のほうから切りだした。ここ数日、おたがいにバタバタしていたからまともに話せていない。トラブルに見舞われたのなら、酔いが回る前に聞いておこうと思ったからだが、

「出張自体は手応えがあったんですよ」

駿介はそう答えてまた生ビールを口にして、とりあえず、これまでの経緯を話しますね、と過去に遡って語りはじめた。

今回の出張は、東京を中心に首都圏各地にビストロやカフェを多店舗展開している飲食会社『食友クリエイト』の菅原《すがわら》営業課長との打ち合わせのためだった。三十半ばの菅原課長とは駿介が駅ビル店の販売員だった頃に知り合ったという。初の金沢出張に訪れた菅原課長が手土産を買いに駅ビル店の前を通りかかったとき、駿介が能登栗カステラの試食を勧めたのがきっかけだった。

その味が気に入った菅原課長から、

「能登栗カステラのほか、能登栗スイーツを全品好きな数だけ詰め合わせてくれませんか」

と頼まれた。ただ、当時は二品と三品の詰め合わせだけで、全品オーダー詰め合わせはやっていなかった。駿介は迷ったものの、たまたま店長が外出していたこともあり、

「じゃ、特別に詰め合わせちゃいますね」

　店長に無断で、ほかの詰め合わせを崩して全品オーダー詰め合わせに応じると、菅原課長は満足そうに帰っていった。

　すると、その様子を見ていたほかの客からも全品オーダー詰め合わせを注文された。ついでだからとそれにも応じたのだが、この一件が店に戻ってきた店長の逆鱗《げきりん》に触れて、

「何やってんだ！　そんなことしたら発注と在庫のバランスが滅茶苦茶になるだろう！」

と大目玉を喰《く》らった。

　ところが、たった半日やっただけの〝全品オーダー詰め合わせ〟の評判がネットの口コミで広がり、翌日以降も注文が相次いだ。困った店長が駅ビル店に巡回してきた哲太郎社長に相談したところ、

「べつに困ることじゃないだろう、明日から全店舗でやろう！」

　鶴の一声が飛んだ。このひょんな功績から駿介は哲太郎社長に可愛がられるようになり、後日、再度の金沢出張で駅ビル店に立ち寄った菅原課長に礼を言うと、同じ飲食に携わるもの同士、いつか仕事をご一緒したいものですね、と名刺を手渡された。

　それから二年後。哲太郎社長の期待に応えて駅前店の業績アップに貢献した駿介は、若輩なが

ら部長に抜擢された。その直後に菅原課長から、昇進祝いに一杯飲《や》りませんか、と連絡が入り、二人の付き合いがはじまった。

「へえ、縁って不思議なものね」

陽菜は相槌を打ち、金沢おでんの中でも一番好きな、とろとろに出汁がしみた車麩《くるまぶ》を食べた。

すると駿介も、ほろ苦さがおいしい梅貝《ばいがい》の肝を口にして、

「ほんとに不思議な縁なんですけど、実はそれが意外な方向に発展したんですよね」

と生ビールを空にして、レモンサワーを注文してから続ける。

その後も駿介は菅原課長と親交を深めていたのだが、やがて転機が訪れたという。急逝した哲太郎社長の葬儀に駆けつけてくれた菅原課長から、思わぬ提案をされたのだ。

「この不幸を乗り越えるためにも、マロン亭と食友クリエイト、両者の強みを生かした業務提携を目指しませんか」

飲食業界はコロナ禍を経て、大きな業界再編期に入っている。偉大な創業者を失ったマロン亭も、激戦の首都圏を主戦場としている食友クリエイトも、新たな一手を打たなければ生き残れない時代に直面している。いまこそ手を携えて、ともに上昇気流に乗ろうじゃないですか、と握手を求められたのだった。

具体的には、マロン亭の人気商品を食友クリエイトが首都圏に展開しているビストロやカフェのメニューに載せたり、レジ横で販売したりすることで、マロン亭は販路を飛躍的に拡大できる。一方の食友クリエイトは、マロン亭の商品力を借りて、系列店の集客力をよりアップできる。いわばウィンウィンの関係になれるわけで、

「これは願ってもない話だと思いました」

と駿介は目を輝かせて言葉を繋ぐ。

「ぼくは哲太郎社長が他界されるまでの二年間、毎日の仕事ぶりを間近で見てたんですね。だから、その大変な仕事を受け継ぐ陽菜さんの重圧が半端ないことは肌身に染みてわかっているつもりです。そんな陽菜さんの門出に弾みをつけるためにも、マロン亭の今後の躍進のためにも、ぜひ菅原課長の提案に活路を見出すべきだと思ったんです」

そこでこの四か月間、金沢と東京で何度も菅原課長と会談して業務提携構想の詳細を詰めてきた。それを踏まえて今回の東京出張では、食友クリエイトの執行役員にも会って、業務提携に向けて地固めをしてきた。

「といっても、陽菜社長を差し置いて話を進めてきたわけじゃありません。ぼくは段取りと根回しをしてきただけで、最後は陽菜社長の陣頭指揮のもとに業務提携を実現して、新生マロン亭の第一歩にしたいんです」

陽菜は黙っていた。何の成果も出せずにもがいている新米社長の傍らで、歳下の駿介が、こんな大きな仕事に取り組んでいたのかと思うと恥ずかしくなったからだ。

なのに駿介は、陽菜の沈黙を否定のサインと勘違いしたのだろう。店員が持ってきたレモンサワーで喉を湿らすなり勢い込んで、

「陽菜社長、ぼくは危機感を抱いてるんです。マロン亭は、このまま過疎化が進む石川県に留まっていたら未来はない。いまこそ東京を核とした首都圏に進出して羽ばたくときだと思うんです。それを成し遂げてこそ、つぎの時代に生き残れるし、そうなれば、亡き哲太郎社長を凌ぐ二代目

社長として陽菜さんの存在感も示せると思うんですよ！」

声を張って陽菜を見据える。その目が眩しかった。こんな若手幹部がいてくれたことが素直に嬉しかった。

とはいえ、これほどの案件ともなれば陽菜の独断では決められない。取締役会を開いて専務取締役の母親と常務取締役の高峰の承認を得なければならないが、これぞ二代目社長として初の大仕事だと直感した陽菜は、

「ありがとう、駿介」

素直に感謝を伝えた。すると駿介は安堵したようにうなずき、

「ただ、ひとつ問題があるんです」

と声を落とした。どういうこと？　と陽菜は首をかしげた。

「この前、陽菜さんもカリカリしてましたけど、高峰さんがブレーキになってるんですよ」

正式に業務提携を結ぶとなれば能登栗プリンの伸び悩みは足枷《あしかせ》になる。この際、プリンを改良してから陽菜社長と芙美専務に提携話を打ち明け、首都圏進出を一気に実現しようと考えて何度も高峰に声をかけているが、前のめりな駿介の考えが気に入らないのか、

「お前とは話さん」

と突っ撥ねられてしまう。

「このままだと業務提携話が立ち行かなくなるし、マジで困ってるんです。いまどきは老害なんて言葉がありますけど、それを乗り越えられないでいる自分も情けなくて」

ため息まじりに嘆いて駿介は唇を噛んだ。たまらず陽菜は身を乗りだした。

「情けないなんてことないわよ。駿介がそんな大仕事をやってたなんてびっくりしたし、そっかあ、そういうことだったんだね」

あえて軽い調子でなだめたものの、陽菜もまた自分が情けなかった。ここで起死回生の高峰攻略法でも閃けば面目躍如もいいところなのだが、何も浮かばない。

こんな状態で取締役会を開いたところで、母親は高峰の味方だから多数決で否決される。駿介を取締役販売部長にでも抜擢できれば対等に渡り合えるが、そうもいかない。じゃあ、どうすればいいのか。

生ビールはまだジョッキに半分ほど残っているが、飲み進める気にはなれなかった。


「陽菜社長、おはようございます」

顧問税理士の多賀谷《たがや》が本店にやってきたのは、数日後の午前中だった。

月次訪問、正式には月次巡回監査という毎月恒例の面談のためだ。本店一階の奥にある事務室のテーブルで、七三分けの髪に眼鏡をかけた多賀谷と向かい合い、経理の鈴木《すずき》部長も同席させて一時間ほど打ち合わせした。

基本的には月ごとの売上げや財務状況をチェックしてもらい、経営分析やアドバイスをしてもらうのだが、経営状況は今月も前月並みだと知った多賀谷から、

「陽菜社長、そろそろ二代目として、エンジンをかけたほうがよろしいかもしれませんね」

と苦言を呈された。口調こそやさしかったが、いつまでも前月並みで良しとせず、いいかげん二代目らしい仕事をなさい、と発破をかけられたのだった。

「すみません、あたしも頑張ってはいるんですが、なかなか進まない状況で」

頭を掻きながら陽菜が照れ笑いすると、

「頑張ってるのに進まないなんて、社長がそういうことを口にしてはダメだと思いますよ。頑張っても進まないなら、やり方を変えていかないと、気がついたときには崖っぷちどころか崖から突き落とされている。それが商売の世界なんですから」

眉間に皺を寄せて諭された。多賀谷は亡き父親と長きにわたって懇意にしていた税理士だけに、こういうところは手厳しい。

「はい、精進します」

陽菜はしゅんとして頭《こうべ》を垂れた。

鈴木部長もいる席での叱責は、さすがにこたえた。駿介があれだけ追い詰められているというのに、その後、事態は何も進展していない。こうなったら高峰と本気で対決するしかない、と思いながらも、ではどう対決すればいいのか、日々の仕事に追われるばかりで妙案が浮かばない。あたしって、どんだけダメな女なんだろう。多賀谷に発破をかけられるまでもなく、自分への苛立ちばかりが募る。

鬱々とした気分で月次巡回監査を終えた陽菜は、バー庵に電話を入れた。鮨まさよはふだん、昼の三時間だけ営業していると聞いている。今日のランチは再び別世界に身を置いて気持ちを切り替えたくなった。

先夜、鮨まさよで過ごした時間は、それほど心地よかった。ランチタイムだけでもいいから雅代の笑顔に触れていたい。雅代が握った鮨をつまみながら気さくに会話を交わし、心の平穏を取り戻してから午後の仕事に臨みたい、と切に思った。

ただ、鮨まさよは隠れた人気店らしい。今日の今日では満席かもしれない、と思いながらもダメもとで電話してみると、亡き父親との経緯もあって気遣ってくれたのか、

「いいわよ、午後一時過ぎなら何とかなるから来てちょうだい」

と雅代が言ってくれた。

指定された午後一時の十分前に、バー庵のドアを開けた。ふだん八席あるカウンターは六席に絞られ、すべて先客で埋まっている。陽菜に気づいた雅代が、ちょっと待って、と目顔で言っている。すると先客の一人が、

「ごっそうさん」

と席を立った。ほどなくして、ほかの客も一人二人と会計しはじめ、

「陽菜さん、どうぞ」

思ったより早く雅代から声がかかった。

「今日は、お茶と握りだけでお願いします」

付け台の前に座って注文した。湯呑み酒の誘惑にも駆られたが、午後も仕事が詰まっている。それは雅代も察してくれたらしく、はいよ、とお茶を淹れてくれたそのとき、

「おう、遅れてごめん」

新たな一人客が入ってきた。白髪に白い口髭を生やしたおじさんだった。

「いやすまん、東京を発《た》つ直前に野暮用が入っちまったもんだから」

手刀を切って雅代に詫びると、まいったまいった、と上着を脱いでシャツを腕捲《うでまく》りしている。

「山藤さん、ここんとこ忙しすぎるんじゃない？　今日は日帰りしないで、明日の朝イチに帰ったら？」

　雅代がやんわりと勧めた。

「それもそうだな。だったら今夜は茶屋街のきれいどころでも冷やかしにいくか」

「こらこらっ、また奥さんに怒られるわよ」

　雅代は冗談っぽく叱りつけ、湯呑みに酒を注いで山藤に差しだし、

「でも遅刻したおかげで、若い別嬪《べっぴん》さんと同席できたんだから、それで満足なさい。こちら、哲太郎さんの跡を継いだ陽菜さん」

　と紹介してくれた。

「え、そうだったのかい。そういや哲っちゃんの面影があるなあ」

　しげしげと陽菜を見て湯呑み酒を口にする。

「あの、父とお知り合いで？」

「いや実は、追っかけ仲間でね。東京の目黒やら人形町やら鮨まさよを追っかけ続けて、金沢まで遠征するようになっちまって。ただ、哲っちゃんとは急なお別れだったから、葬儀に参列できなかったのが心残りで」

　申し訳ない、と陽菜に手を合わせる。

「いえいえ、そう言ってくださるだけで父の供養になりますし、父にはいろんなお知り合いがいたんだなあ、と改めて驚いてます」

「まあ鮨っ食いってやつは、すぐ仲良くなっちまうからさ」

はっはっはと笑いながら山藤は白い髭を撫でつけ、それにしても若くして後継社長は大変でしょう、と陽菜を見る。

どう答えたものか迷っていると、

「陽菜さん、遠慮なく話して大丈夫。こう見えて山藤さんはそこそこ出来た人だから、哲太郎さんも信頼してたのよ」

雅代がフォローしてくれた途端、

「こう見えてそこそこってこたねえだろが」

山藤が拗《す》ねてみせる。すかさず雅代は、はいはい、お詫びに鮟肝《あんきも》、と山藤に小皿を差しだし、陽菜には鮃《ひらめ》を握ってくれた。

そんな二人のやりとりにほっとして、

「本音を言っちゃうと、従業員の前では気を張ってますけど、社長業ってこんなに大変だったんだ、って毎日泣きそうです」

と泣き顔を作ってみせて鮃握りを口にした。

「そうかあ。財務的には問題ないって哲っちゃんは言ってたけど、そうもいかんのか」

「いえ実際、財務的には問題ないんです。ただ小さい会社なのに社内の溝が埋まらなくて」

「社内の溝ねえ。まあ三人寄れば派閥と分断のはじまりって言われるしなあ」

「そこなんです。せっかく販売部の若手が頑張って東京の会社と業務提携しようとしてるのに、製造部長が壁になって身動きできなくなっちゃってるんですよ」

「ほう、東京の会社と業務提携かね。しかし哲太郎さんは、うちは地元でやっていてこそ価値がある店だ、って言ってたがなあ」

「え、そうなんですか？」

「世の中、東京だけで動いてるわけじゃないし、金沢にこだわる、って言ってたよな？」

鮪《まぐろ》の赤身を切っている雅代に確認した。

「ああ、確かに言ってたわね。東京だけが世の中じゃないし、東京みたくなりたいやつは東京に行きゃいいけど、それが嫌だから地元で踏ん張ってんだ、って」

そう答えて陽菜には赤身の握り、山藤には鰯巻きを出して湯呑み酒を注ぎ足している。

山藤は鰯巻きをぽいと口に放り込み、注がれた酒をぐびりと飲んでから言葉を繋いだ。

「まあどっちにしても派閥や分断の原因は、仲間意識、縄張り意識、視界の狭さ、この三つと言われててね。だから上に立つ者は、偏見を捨てて俯瞰《ふかん》の目で見ながら判断していく。日頃からそれを意識するしかないだろうな」

これには雅代が大きくうなずき、

「偏見を捨てて俯瞰の目で見ろ、か。山藤さんも、たまにはいいこと言うじゃない」

と冷やかした。でも、陽菜は黙っていた。山藤が言いたいこともわかるけれど、じゃあ、いまどうしたらいいのか。どんな目で見ようともダメなところはすでに明らかなのだ。

そこが釈然とせずに黙っていると、

「いやすまんな。せっかく雅代の旨い鮨を食ってんのに無駄口ばっか叩いちまった。こういうときは雅代みたく、ほっこり笑ってんのが一番かもな」

はっはっはと自分も笑ってみせると、山藤はまた湯呑み酒をぐびりと流し込んだ。

4

翌日、店の軽ワゴンで本店に戻ってきたときには夜八時を回っていた。往復四時間近くかけて月に一度の輪島店巡回を終えて、もうだれもいないだろう、と思いながら通用口から店に入ると、バイトの麻矢が居残っていた。

観光シーズンのこの時期、駅ビル店と、ミニ喫茶コーナーがあるひがし茶屋店は大忙しになる。ときに本店からバイトの美優や製造部員の武史が応援に駆けつけるほどだが、一方の本店は、いつもより多少忙しい程度。こんな時間までどうしたのか、と訝りながら、

「お疲れさま、何かあった？」

残業はそこそこにね、と声をかけると、薄暗い店内で何かしていた麻矢が顔を上げた。

「ああ陽菜社長、お疲れさまです。プリンのＰＯＰを書き直してたら遅くなっちゃって」

「あら、またプリンのＰＯＰ？」

「ええ、あれから何度も書き直して試してるんですけど、どうも売上げに結びつかなくて」

余計な添加物を入れてないうちのプリンは、賞味期限が短くて見た目も地味だからか、若い人にウケないのが悔しくて、と麻矢はため息をつく。

「それは麻矢だけの責任じゃないわよ。実はあたし、プリンは商品自体を改良しようと思ってるのね。視覚的にも味覚的にも若い女子にアピールできる商品に変えたいわけ。なのに、なかなか進まないでいるのはあたしの責任。だからごめんね、今日はこのへんにして帰ってちょうだい」

山藤の言葉を思い出し、雅代を真似たほっこり笑顔を作ってみせた。もともと麻矢は責任感が強い娘だ。新米社長のせいで負担をかけて申し訳ないと思ったからだが、

「でも陽菜社長、あたし、プリンはこのままでいいと思うんです。いまのままでも根強いファンがいるし、プリンのためだけに週に何度も来店する人がいるほどなんですね。だからプリンの伸び悩みは、やっぱ売り方の問題だと思うし、そこを何とかしたくって」

麻矢は悔しそうにペンを投げだし、いま書いたばかりのＰＯＰを、くしゃりと握り潰す。

「麻矢ちゃん、気持ちはわかるけど、これってあなた一人が背負うことじゃないの」

なだめるようにまた陽菜が笑いかけると、

「それは違うと思います」

麻矢は大きく首を横に振り、教師に口答えする生徒のごとくたたみかけてきた。

「だって、従業員一人一人が自分の責任を背負っていかなきゃ何も成し遂げられないじゃないですか。陽菜社長は社長の責任を背負って先頭を進んでいく。バイトのあたしは、バイトの責任を背負って一歩一歩進んでいく。立場が上とか下とかじゃなくて、全員がそういう気持ちでなかったら、あたしが大好きなマロン亭が瞬く間に潰れちゃうと思うんです」

思い詰めた目を向けられて、たじたじになった。若い麻矢が、ここまで強い内面を秘めていることに圧倒された。

この娘は今日巡回した輪島の出身と聞いている。全国的には漆《うるし》塗《ぬり》で有名だが、名高い漁師町でもある。たまに女子高生と間違えられるほど童顔の麻矢ながら、荒海に生きてきた先人の血が流れているんだろうか。

「そうだね、確かに麻矢ちゃんの言う通りね。一人一人が責任を背負ってこそのマロン亭だし、あたしの失言だった」

陽菜は素直に詫びて、近くにあった折りたたみ椅子を広げて座り、

「もしかして麻矢ちゃんの実家は漁師なの？」

この機会にきちんと話してみたくなった。

「いえ、祖父は漁師でしたけど、両親は定食屋をやってました」

当初は祖父が獲ってきた魚を捌いて朝食と昼食を提供する地元の台所のような店で、麻矢も高校時代から手伝っていたという。

ところが、と麻矢は顔を曇らせる。

「コロナ禍の前に、外国人観光客のインバウンドブームってあったじゃないですか」

日本各地に外国人観光客が溢れ返る中、輪島も漆塗と海産物の郷として注目され、このブームに両親が便乗した。店内を江戸風に飾りつけて輪島塗の箸や汁椀を買い揃え、地元向けから外国人向けの店に衣替えしたのだが、これが当たった。

「もう両親が舞い上がっちゃって、外車を買ったり毎晩飲み歩いたりして大はしゃぎしてたんです。でも、ブームなんて束の間ですよね。気がついたらコロナ禍になって外国人観光客がいっぺんに消えちゃって」

といって、いまさら地元客も戻ってくれず、緊急事態宣言の発令後にあっけなく店は閉店。両親はビル清掃のパートを見つけ、麻矢は昔から好きだったマロン亭輪島店に、薄給でいいですから、と泣きついて働きはじめた。すると、その熱心な働きぶりが巡回中の哲太郎社長の目に留ま

り本店に引っ張られたのだという。

「おかげで、いまも楽しく働いてるんですけど、結局、あたしにとって両親の失敗は大切な教訓なんです。世の中の風潮に合わせてばかりいると足をすくわれる。そう心に刻んで頑張っていたから哲太郎社長も認めてくださったわけで、これからも自分を信じて、自分で責任を背負って働いていきたいんです」

頼もしい娘だと思った。駿介とはまた別の角度から諭された気分になった。

振り返れば、父親の仕事ぶりを知らないまま社長を継いだ陽菜には、広告代理店的な発想しかなかった。何が世の中に受けるのか。どう目立っていけばいいのか。そんな思考回路しかなかったのだが、それでいいんでしょうか、と麻矢は疑問符を突きつけてきた。

「麻矢ちゃんの思いはよくわかった。きちんと言ってくれてありがとね。プリンについては、このまま売り続けるとしたら、どうすればいいのか。もし改良するとしたら、どう変えればいいのか。その両面から考えて、麻矢ちゃんにも相談しながら決めていくわね」

最後は雅代の明るい語り口を意識しながら確認すると、はい、と麻矢も納得して帰宅していった。

この一件をきっかけに、翌日から陽菜は、ほかの従業員にも個別にヒアリングしてみようと思いついた。麻矢の言葉が身に染みただけに、直営店巡回の合間に若手のバイトからベテランの役職者まで、プリンについてそれとなく問いかけてみた。

すると、販売と製造の現場に立つ多くの従業員から麻矢と同じ意見が返ってきた。

「あのプリンはマロン亭の良心ですから、いまのままでいいと思います」

「売上げ的には下位ですけど、根強いファンがついてますからね。あたしは絶対に残すべきだと思います」

「マロン亭のパティシエとして、いまのまんま作り続けたいです。あのさりげない味わいには、レジェンド哲太郎さんの洋菓子づくりの原点が詰まってるんですから」

ふだんは事務的な会話しか交わしていない従業員も、真摯に問いかければきちんと答えてくれるものだ。うちで働いている人たちは駿介と麻矢に限らず、みんな真面目で優秀なんだ、と思い知らされた。

なぜ就任当初に、これをやらなかったんだろう。こんな簡単なことなのに、と反省すると同時に、東京帰りを鼻にかけていた浅薄な性根を炙りだされた気がした。

そして母親と高峰を除く全員からヒアリングできたところで、改めて駿介に時間を作ってもらって本店の事務室で話した。

まずは麻矢をはじめとする現状のプリン肯定派の意見を伝えた。それに対して駿介はどう反応するか。そこに注目したのだが、駿介は動じることなく言った。

「そういう意見があることは、ぼくも承知してます。ただ、こう言っちゃ失礼かもしれませんが、老舗のノスタルジーと成功体験に浸っているうちは、新しい一歩は踏みだせないし、これからの時代を乗り切っていけないと思うんですね。いまこそ全従業員が危機感を共有しなきゃいけないわけで、それはプリンに限りません。この前話した首都圏進出も含めて、全従業員が一丸となって老舗のリニューアルを模索して、マロン亭のブランディングを確立しなければ生き残っていけない。その点だけは陽菜社長にわかってほしいんです」

とにかくいまが勝負どきなんですから、と先日にも増して熱く語られた。

　これはこれで響いた。駿介は駿介なりの信念を曲げない姿勢に、会社の部下という以上に、一人の男性として好感を抱いたが、一方で、陽菜は新たな混沌《こんとん》に追い込まれた。麻矢と駿介の信念はもちろん、ほかの従業員たちの胸中も知ったことで、じゃあ、あたしはどうしていけばいいのか。先行きが見えない袋小路に迷い込んでしまった。

〝従業員一人一人が自分の責任を背負っていかなきゃ何も成し遂げられない〟

　麻矢の言葉がよみがえった。あたしは一体、何を信じて、どんな責任を背負っていけばいいのか、ますますわからなくなった。

　それでも日々のルーティンは続く。朝から直営店の巡回に出掛けて売場をチェックしたり、売上げを管理したり、トラブル処理に奔走したり、お客さんの不満に耳を傾けたり、やるべきことは山ほどある。やり残した仕事は店休日に出勤して片付けなければ間に合わないほどで、中小企業の社長って、こんなに忙しいのか、と眩暈《めまい》がしそうだ。

　ただ、ここにきて改めて自分に言い聞かせた。どんなに苦しくても雅代のようなほっこり笑顔を忘れずに、麻矢や駿介をはじめとする若い従業員の意見にも耳を傾け、きちんと相談しながら前に進もう、と。


　週明けの朝一番。今日は駅ビル店に立ち寄ってから、すぐ本店へ向かうと、店の前に品川ナンバーの軽トラックが停まっていた。

　何かの配送だろうか、と店内に入ると、

「あら陽菜さん、おはよう！」

ショーケースの前の客に呼び止められた。

陽菜が笑顔のお手本と決めた雅代だった。いつものキリッとした和食白衣姿とは別人のような洗いざらしたジャージの上着に、よれよれのジーンズ姿だったから気づかなかった。

「どうしたんですか雅代さん」

陽菜が驚いていると、

「よく買いに来てるのよ。借りてるアパートも近くだし」

にっこり微笑む。すると能登栗のカステラとプリンを箱詰めしていた可南子が、

「週に一度はお越しいただいてるんですよ」

と教えてくれた。

「そうでしたか、全然気づかなくて」

「そんなに恐縮しないでよ、あたしの密かな楽しみなんだから。東京にいた頃は能登へ行った帰りにしか買えなかったのに、いまは近くに本店があるから嬉しくって。おかげでますます太っちゃったから、近いのも考えものよね」

ふふっと笑っている。

そこに母親が三階から降りてきた。いつものように店の手伝いにきたらしく、

「あら雅代さん、いらっしゃい」

嬉しそうに声をかけた。鮨まさよには一回しか行ってないと言っていたが、週一の来店で懇意になったらしく、雅代もまた親しげに、

「そういえば芙美さん、先週、輪島の『河平《かわひら》栗園』へ行ったときに聞いたんだけど、今年は能登栗の当たり年みたいね」

と母親に話を振った。

「ああそれ、あたしも高峰から聞いた。もうじきその新栗に切り替えるって言ってたわよ」

「それは楽しみねえ。高さんに一番窯のカステラ、おねだりしちゃおうかな」

高峰とも仲がいいのか、少女のようにはしゃいでいる。

「雅代さん、ほんとに能登栗が好きなんですね、河平栗園も訪ねてるなんて」

思わず陽菜は口を挟んだ。

「だっておいしいものって、産地の様子も気になるじゃない。だから輪島の漁師に会いに行ったとき、たまに栗畑も覗いてくるの」

正直、後ろめたくなった。子どもの頃は父親に連れられて何度も栗拾いに出掛けたものだが、いまは慌ただしく輪島店を巡回してくるだけで山間の栗園まで足を延ばせていない。いささかバツの悪い思いをしていると、

「そうだ陽菜さん、一緒に河平栗園へ行かない？　今週の店休日、また漁師のとこへ行くのよ」

あたしの軽トラでドライブしよ、と嬉しそうに言う。陽菜は曖昧に微笑んだ。突然の誘いにどう答えていいものか迷ったからだが、

「それ、いい話じゃない。あんた最近、働き詰めみたいだから、気晴らしがてら河平代表に挨拶しといでよ」

母親にも背中を押され、雅代と一緒ならまた新たな別世界を体験できるかも、と誘いに乗って

しまった。

　三日後の朝七時。約束通り雅代が軽トラで陽菜の自宅マンションまで迎えにきてくれた。

「おはよう！　今日はドライブ日和だから飛ばしていくわよ」

　気持ちよく晴れ上がった空を仰ぎながら雅代は笑みを浮かべ、陽菜が助手席に乗るなり能登半島へ向けて出発した。

　まずは金沢市に隣接する内灘町《うちなだまち》へ向かい、いつも陽菜が走っている自動車専用道路〝のと里山海道〟に入った。このまま能登の内陸へ向かって飛ばしていけば一時間五十分ほどで輪島に到着するのだが、なぜか雅代は途中の柳田《やないだ》インターで県道に降り、能登半島の輪郭をなぞるように辿りはじめた。

「あの、何で遠回りするんです？」

　陽菜は聞いた。海沿いを行くと二時間半近くかかる。

「海が好きだからよ。東京にいた頃は、富山湾に面した〝内浦《うちうら》〟の海沿いを走って来てたのね。だから反対側の金沢から行くときは、日本海に面した〝外浦《そとうら》〟の海沿いを走りたいの。穏やかな内浦もいいけど、断崖越しに荒々しい海が見られる外浦も大好きだから」

　その言葉通り、外浦の海沿いは絶景の連続だった。崖下を覗くと痩せる思いがするという〝ヤセの断崖〟や、海辺の斜面に切り拓かれた棚田〝白米千枚田《しろよねせんまいだ》〟など、金沢育ちの陽菜にも楽しめる名所が多く、のんびりと観光気分で立ち寄りながら輪島を目指した。

　辿り着いたのは輪島市の北東に位置する名舟漁港だった。雅代に魚を送ってくれている一本釣り漁師、源八爺《げんぱちじい》の母港だそうで、こぢんまりした港内に係留された小型漁船、源八丸を見せてもらってから、近くの集落で源八爺が営んでいる『船宿源八』にお邪魔した。

「おう、今日は鰆《さわら》のええやつが釣れたわ」

朝の漁を終えて帰っていた源八爺が、雅代が持参した大型クーラーボックスに氷とともに活きのいい鰆と鰤《ぶり》と細魚《さより》を入れてくれた。

「いつもありがと。今日は先を急ぐから、またゆっくり来るね」

一服したところで雅代は礼を告げ、再び軽トラを駆って山間の河平栗園へ向かった。

海沿いの集落を離れて山道をくねくねと登坂すること三十分。雑木林の合間に小道が見えてきた。車一台がやっと通れるほどの狭い未舗装道路へゆっくり左折し、そろそろと進んだ先に、掘立小屋のような河平栗園の事務所兼加工場があった。

「ごめんください！」

雅代が玄関口に呼びかけると、父親の葬儀で挨拶したきりご無沙汰していた河平代表が、ああどうも、と姿を現した。昨日のうちに雅代が連絡してくれたそうで、栗の収穫道具を手にしている。

四十代半ばの河平代表は、陽菜と同じく亡父から栗園を継いだ二代目だ。陽菜の父親と懇意にしていた人だけに、

「すみません、一度伺おうと思いながら今日になっちゃいまして」

陽菜は恐縮して頭を下げた。

「とんでもない、いいときに来てくれました。先月から新栗の収穫がはじまったので、二代目社

長にも体験してもらおうと思いましてね」

　河平代表は陽焼け顔を綻ばせ、じゃ、すぐ行きましょう、と山間の雑木林を切り拓いた栗畑に案内してくれた。

　栗の収穫はさほど難しくない。手袋をした手やトングで、毬《いが》が焦げ茶に色づいて落果した栗の実を拾い集めていくだけなのだが、ただ、これがきつい。子どもの頃は遊び感覚で嬉々として拾っていたのに、ひたすら中腰で拾い続けていると日頃の不摂生も祟《たた》って二、三十分で腰が悲鳴を上げはじめる。

　これを毎年、スタッフ総出でやってくれてるんだ、と栗農家の大変さを実感しながら腰をトントンしていると、

「そろそろ、お茶にしましょうか」

　河平代表に声をかけられた。

　栗の木の傍らに腰を下ろし、ポットに淹れてきてくれた紅茶をスタッフと一緒に飲んだ。お茶請けは、ついさっき河平代表がポン菓子機で爆《は》ぜさせたばかりの焼き栗だった。まだ温かい皮を剥いて食べると、ペーストかと思うほどねっとりした食感で、とろけるような甘さが口の中に広がる。子ども時代に食べていた陽菜ですら改めて感激するおいしさだ。

「さすがに穫れ立てはおいしいですね」

　陽菜は褒めたつもりだったが、

「いえいえ、これは先月収穫したやつです。うちでは収穫後、チルド室で一か月ほど熟成させてるんですね。それで甘みが三倍ほどになるもんですから」

河平代表が柔和に微笑んだ。

「あ、ああ、そうでしたね」

そんなことも忘れていた自分が恥ずかしくなって、栗農家さんは手間暇かかって大変ですねえ、と照れ笑いした。

「とんでもない、こうして汗をかいて収穫した栗を、マロン亭さんがおいしいスイーツに仕立てて売ってくださるんですから、生産者にとって、こんな幸せなことはありません」

河平代表はしみじみと栗の木を見上げた。

能登栗農家は昭和の末期以降、後継者不足が深刻化して絶滅寸前と言われるほど厳しい時代が続いていたという。そんな状況を悲観した河平代表の父親は、息子に栗園は継がせない、と決めて廃業の準備に入っていた。

「でも当時、農業高校に通ってたぼくは、幼い頃から大好きだった河平栗園を失くしたくなかったんですね。もっとおいしい栗に改良すれば、もっと売れるはずだと信じてたんですけど、ただ、そのための資金が足りなくて。どうやりくりしたものか頭を悩ませていたら、哲太郎社長が声をかけてくださったんです」

能登栗あってのマロン亭としても、河平栗園に廃業されたら困る。よりおいしい栗を育ててくれれば、よりおいしい商品を作れるから、と資金援助してくれたのだった。

それからは高校そっちのけで栗畑の土壌改良から剪定《せんてい》のやり方、収穫後の熟成方法に至るまで工夫を重ねた。哲太郎社長が求める味に近づけるには、何をどう変えたらいいのか。単に収穫量を増やせばいいだけの話ではないだけに、徹底的に研究して、三年後にようやく納得のいく新栗を出荷できた。

「それが転機になりました。その後も哲太郎社長はマロン亭の〝離れ〟として輪島店を開いてくれたりして、河平栗園と一体になって頑張ってくれました。父が他界してぼくが継いでからも河平栗園が続いているのは、まさに哲太郎社長のおかげですから、いまも出荷のたびに心から感謝してるんです」

河平代表は静かに手を合わせた。これには雅代も感じ入ったらしく、

「やっぱ哲太郎さんって一本筋が通ってる人だったわよねえ」

と漏らして同じように手を合わせている。

陽菜も初めて聞く話だった。父親が生前、何かにつけて河平栗園に足を運んでいたのは、そのためだったのだ、と気づかされると同時に、あえてこの話をしてくれた河平代表の胸中を察するほどに居たたまれなくなって、

「すみません、近々また伺いますので、今後ともマロン亭をよろしくお願いします」

陽菜は深々とお辞儀をした。

「何言ってるんですか、こちらこそ、よろしくお願いします。あ、それと、二年前から取り組んできたプリン用の能登栗も来週には収穫予定なんです。その木も見てみますか？」

河平代表は紅茶を飲み干して立ち上がった。

「あの、プリン用の能登栗って」

慌てて問い返した。

「あ、ひょっとして陽菜社長にも内緒でしたか。実は高峰常務から一昨年、哲太郎社長にはまだ

内緒だけど試しに改良してほしい、って頼まれたんです。うちのプリンには、まだまだ伸びしろがあるからって」

「高峰がそんなことを？」

「ええ。まだ収穫前なので結果はわかりませんが、高峰常務が加賀市で見つけた〝平飼い卵〟のコクと旨みに負けない、まろやかな甘みが加わっていれば、と期待してるんですよ」

陽菜は、ただただ呆然としていた。

5

雅代の気遣いで意義深い能登の一日を過ごした陽菜だったが、一夜明けたら、またルーティンが待っていた。

朝一番に駅ビル店、昼はひがし茶屋店、そして最後は本店へと途切れることなく移動して、トラブル処理に頭を痛めたり、接客をサポートしたり、取引銀行と打ち合わせしたり、仕入れ問屋や顧客からの電話を受けたり。相も変わらず中小企業の社長は何でも屋だから、毎日が目まぐるしく過ぎていく。

ただ、陽菜の心境にはひとつ大きな変化があった。昔から見慣れているはずのショーケースの能登栗スイーツが違って見えたのだ。毎日当たり前のように並んでいる一個一個の向こうには、一本一本の栗の木に丹精込めている河平栗園の人たちがいる。おいしくて当たり前だと思っていたそれぞれの商品には、おいしくするための惜しみない努力と工夫と歳月が凝縮されている。

しかも陽菜が知らないところで、すでに高峰はプリンの食材改良に着手していた。その改良が今年中に結実するかどうかは神のみぞ知るだが、高峰がそこまで先読みして仕事に取り組んでいた事実に衝撃を受けた。

そんな高峰に対して、あたしはあれこれ言っていた。たかが数年、東京で齧《かじ》ったマーケティングを鼻にかけて商品作りの現場に無頓着な態度でいたわけで、これでは高峰が怒って当然だ、と自分の愚かさに打ちひしがれた。

気がつけば時計は午後六時半を回っている。店の外は薄闇に包まれ、販売員たちは片付けをはじめている。陽菜の胸に湧き上がった新たな感慨とは裏腹に、今日も結局、ルーティン仕事だけで終わってしまう。こんなことでいいんだろうか。いつになく焦りを覚えていると、綿パンのポケットで携帯が震えた。

駿介からのメッセージだった。二人でおでん屋で話したとき、念のためメッセージアプリのＩＤを交換しておいた。

『急なんですけど、今夜また会えませんか？』

『いいよ、どこで会う？』

即座に返信した。ルーティンを離れてまた二人で話せる、となぜか心が浮き立った。

小一時間後には約束の場所に到着した。金沢駅の反対側、金沢港口から程近い雑居ビルの一室に、そのレンタルキッチンはあった。料理教室やパーティなどに使われているらしいが、駿介から指定されたときは、ちょっとがっかりした。前回はおでん屋だったから今回はおしゃれなフレンチレストランとかで、と思っていたのに、どういうつもりだろう。

訝りながらインターホンを押すと、

「すみません、急な話で」

駿介が恐縮顔で現れ、家庭のダイニングキッチンを模した部屋に通してくれた。

甘い香りが漂っている。見ると、コックコート姿の男性が調理を終えたところらしく、流し台で鍋を洗っている。

「パティシエの溝口《みぞぐち》さんです」

駿介から紹介された。髪をツーブロックに刈り上げた溝口が、よろしくお願いします、と会釈してくる。陽菜は駿介に聞いた。

「今夜は何かのパーティなの？」

「いえ、試食会です。なかなかの味に仕上がったので、どうせなら陽菜さんにも試食してもらおうと思って」

駿介は冷蔵庫を開けて、アルミのトレーを取りだした。大きなガラス容器に詰められたプリンが二十個ほど並べてある。

「これ、溝口さんが試作した改良版の能登栗プリンです。うちの製造部が改良してくれないなら、こっちでやるしかない、と思って食友クリエイトの菅原課長に相談したら、溝口さんを紹介してくれたんです」

思わぬ話に陽菜は面食らい、

「ねえ駿介」

言いかけた言葉を遮られた。

「だって高峰さんが動いてくれない以上、ぼくらが改良するしかないじゃないですか。首都圏の消費者を知り尽くしている溝口さんの力を借りて、プリンを再生させなきゃマロン亭に未来はないんですから」

　そこまで言われると黙らざるを得ない。こうも大胆な行動に駿介が走ったのも、逆に言えば、それほどマロン亭の行く末を憂いてくれているわけで無下には突っ撥ねられない。

　ただ考えてみれば、これでもし納得のいく改良版プリンが完成すれば、新たな展開もあり得る。たとえば今後も、改良と開発については外部の力を借りてはどうだろう。いまの製造部だけでは手が回らない部分もあるはずだし、外部の視点も取り入れることで、より画期的な商品が生まれるかもしれない。

　実は最近、陽菜は新しいアイディアを思いついた。雅代と一緒に行った能登のヤセの断崖に佇んだとき、何層もの地層が重なる栗色の断崖がミルフィーユみたいに見えて、これをモチーフに〝能登栗ミルフィーユ〟を開発できないか、と閃いたのだ。

　でも二の足を踏んでいた。このアイディアを実現させるには高峰の協力が欠かせないが、一筋縄ではいかないとわかっているからだ。

　高峰を動かすにはどうしたらいいのか。改めて考えて、ふと思った。この改良版プリンを社長決裁で試売して売れたら、能登栗ミルフィーユも外部パティシエに試作品を作らせて高峰に試食を仰ぐ流れに持っていけるかもしれない。それを契機に、改良と開発は外部発注、という道筋もつけられるんじゃないか。

「わかった、試食させてちょうだい」

陽菜は言った。

「ありがとうございます！」

駿介がパッと笑顔を咲かせて、お願いします、とパティシエの溝口に声をかけた。

溝口は鍋洗いを中断し、ガラス容器に入っている改良版プリンにカラメルソースをかけ、栗色のクリームを絞り袋でくるくるとデコレーションした。最後にカットしたラズベリーとキウイ、そして能登栗の破片も散らして、

「これで完成です」

スプーンとともにテーブルに置いた。

かなり思いきった改良だった。現状は能登栗と卵、牛乳、生クリームを攪拌《かくはん》したペーストの中に大ぶりにカットした能登栗をごろごろ入れて固め、カラメルソースをかけてある。そのシンプルさに比べて、いかにも若い世代好みの見映えだったが、問題は味だ。

ビジュアルを確認した陽菜は、栗色のクリームと一緒にプリンを口にした。

「うーん」

これは違うと思った。言葉を選ばずに言えば、いかにも薄っぺらい味だった。

卵に混ぜた能登栗クリームが現状より妙に甘さが強く、栗の旨みが薄れている。どう評したものか、と考えながらもうひと口食べて、

「これ、レシピはありますか？」

溝口に聞くと、レシピを手渡された。

まずは原材料を見た。能登栗、砂糖、液卵、乳製品、加工デンプン、乳化剤、植物性油脂、香

料、アスパルテーム、増粘多糖類、ｐＨ調整剤、酸味料、カロテン色素など、ずらずらと並んでいる。その大半は甘味料、香料、着色料も含めた添加物だ。

「溝口さん、うちの商品には、こんなにいろいろ入れてないんですよ。甘みは能登栗の甘みだけでやっているし」

落胆しながら首を横に振ってみせると、溝口より先に駿介が口を開いた。

「陽菜社長、いまどきは大手の洋菓子専門店でも、この程度の添加物は入れてるんですよ。スーパーやコンビニで売ってるプリンなんか、ほら、もっとごちゃごちゃ入れてます」

市販のプリンを冷蔵庫から取りだして容器に記された原材料名を見せてくれる。

「これに比べたら抑えてるほうなんです。しかも最近の糖質オフ人気に応えて、甘くて低糖質の甘味料、アスパルテームも入れてるから、時代に即した仕上がりになってます」

市販品と比べてみてください、と三種類の他社製品を差しだしてくる。言われるままにひと口ずつ味わってみた。

「確かに市販品よりは、この改良版プリンのほうがましだと思う。でもやっぱり添加物なしでないと、長年の常連さんが引いちゃうわよ」

すると駿介が思わぬ提案をしてきた。

「でも長年の常連さんって、わざわざ本店まで買いにくる人が大半じゃないですか。だから、たとえば本店だけは現状の味で、盛りつけだけこれと同じにしたレトロバージョンとして単価を上げて売る。若い世代が多い駅ビル店やひがし茶屋店では、この新バージョンを売っていく。そうすれば昔からの常連さんも納得してくれると思うんですよ」

「それはダメ。そういう姑息《こそく》な売り方をしてる店も多いけど、うちの商品は、全店マロン亭クオリティでなきゃ、長年の信頼を失っちゃうもの」

やはり添加物だらけの商品は売れない、と断じた途端、溝口が口を挟んできた。

「すみません、いま駿介部長がおっしゃったことには、もうひとつ重要な理由があるんですね。今後、御社の首都圏進出を考えると、配送問題が絡んできます。現在、御社の商品の賞味期限は短いと二日、長くても四日しかないじゃないですか。首都圏全域を含めた数十店舗に配送するとなると、最低でも一か月は賞味期限がないと厳しいんです」

つまり具体的には、と溝口は言い訳し続けているが、すでに陽菜は上の空になっていた。

溝口の話は、もはや商品の良し悪しを離れてオペレーションの話になっている。もちろん配送だって大切な問題だけれど、配送のために味や品質を変えるなんて本末転倒だ。

ただ、そうは思いつつも、あたしに駿介と溝口を腐す資格はないと気づいた。ついさっきあたしは、改良と開発に外部の力を借りる手もある、なんて考えてたじゃないか。

飲食を商う仕事は、ビジネス戦略だけでは語れない。河平代表が能登栗に向き合う真摯な姿勢。高峰が密かにプリンの改良に取り組んでいた衝撃の事実。マロン亭を支えてきた人たちの地道で誠実な仕事ぶりを目の当たりにしたばかりなのに、いまだ陽菜の頭からは広告代理店時代の思考回路が抜けていない。

〝やっぱ哲太郎さんって一本筋が通ってる人だったわよねえ〟

ふと雅代の言葉も脳裏に浮かんで、再び自己嫌悪に苛《さいな》まれながら陽菜は駿介に告げた。

「このプリン、持ち帰っていいかな？　ほかの人たちにも試食してもらいたいの」

まずはこの場を保留してさっさと帰るべきだ、と判断したからだが、駿介より先に溝口が答えた。

「もちろんです、ぜひご検討いただければ幸いです」

事態は急を告げてきた。

首都圏進出で新生マロン亭を目指すべきだ、と力説していた駿介が、陽菜の決断を待ちきれず、食友クリエイトの力を借りて独自に動きはじめていた。さあ決断を、と搦《から》め手から迫ってきた。

この状況を社長として、どう受け止めたらいいのか。どう対処していけばいいのか。焦燥感に駆られた陽菜は、翌朝、再び実家へ向かった。

母親に改良版のプリンを試食してもらおうと思った。その上で、駿介が知らぬ間に暴走しはじめていた、と打ち明けようと思った。

本店に着いた陽菜は意を決して三階に上がり、いま朝食を食べたばかりという母親に、

「これ、試食してくれない？」

溝口が試作したプリンを差しだした。

「あら、うちのプリンより大きい容器ね、果物も入ってるし」

母親はしげしげと眺めて香りを嗅ぎ、スプーンですくって口に運ぶなり、

「これ、混ぜ物が入ってるでしょ」

眉根を寄せた。マロン亭の歴史とともに生きてきた人だけに一発で見抜いた。

「正解。これがレシピなんだけど、いろんな添加物が入ってるの。ふつうの人だと気づかない程

度の量って言われたけど、やっぱお母さんにはわかるよね」

「そりゃそうよ、うちの常連さんだってすぐわかるはず。クリームの下に敷いたカラメルも、うちは能登栗の渋皮から抽出した渋味をちょっとだけ加えて味わいを深めてるんだけど、これは出来合いのカラメルみたいだし」

「果物は？」

　ラズベリーとキウイを指差すと、母親はちょんちょんと摘まんで口に放り込み、

「薬品臭い」

　あっさり切って捨てた。これまた予想通りの反応に安堵して陽菜は種明かしした。

「これ、うちのプリンの改良版らしいの」

「ええっ、こんなのうちで売ったら、お客さんに怒られちゃうわよ。だれが作ったの？」

　色をなしている母親に、試作品が生まれた経緯を打ち明けた。駿介が東京の飲食会社と業務提携して首都圏進出を企てていることも含めて説明すると、

「うーん、それは困ったわね。マロン亭のために頑張ってくれてるのは嬉しいけど、頑張り方を間違えてるわよ」

　いつになく苛ついている。

「でしょ。あたしも最初はいい話だと思ってたんだけど、こうなると話が違うし、これって駿介だけが悪いわけじゃない気もしてきて」

　陽菜の言葉に母親がふと俯《うつむ》き、

「ちなみに、その東京の会社、何て名前？」

上目遣いに聞く。

「食友クリエイト」

そう答えた途端、母親が顔色を変えた。そのまましばし宙を見つめていたかと思うと、

「ねえ陽菜、この試作品、ほかの人にも試食してもらおうか」

唐突に話を変えた。

「ほかの人って？」

「だれがいいかしらねえ」

「だったら麻矢ちゃんは？　彼女はうちのプリンに思い入れが強いから」

プリンのことは相談しながら決める、と約束したことを思い出した。

「でも大丈夫？」

バイトの娘に試食させて、あらぬ誤解を招いても、と心配している。

「大丈夫。彼女は、お父さんが見初《みそ》めて本店に呼んだ娘だし、プリンの伸び悩みは売り方の問題だと言って一生懸命売ろうとしてくれてるの」

きちんと説明すれば全然心配ない、と言い添えた。

「わかった、だったら試食してもらおっか」

母親は一階に内線電話を入れ、ほどなくして三階に上がってきた麻矢を居間の応接ソファに座らせた。

「あたし、三階に上がるの初めてです」

異例の呼びだしに落ち着かない様子でいる麻矢に、陽菜は事情を伝えないまま、

「忙しいところ、ごめんね。早速だけど、これを試食してほしいの」

とフルーツを盛りつけた改良版プリンを差しだした。麻矢は不思議そうな表情を浮かべながらも、すぐ味見してくれて、

「これ、コンビニのプリンですか？」

小首をかしげて陽菜を見る。

「どうしてそう思ったの？」

「そういう味だから」

母親と同様、麻矢もマロン亭のプリンを食べ慣れているから一発で見抜いた。

「実はそれ、うちの人間が外部のパティシエに試作させた改良版の能登栗プリンなの」

「え、これをうちの店で売るんですか？」

「そうじゃなくて、いまとは違うスタイルで売りだして首都圏進出を狙いたいって、社内の人から提案されたの」

あえてだれとは言わなかったが、

「駿介さんですか？」

あっさり言い当てられた。

「どうしてそう思ったの？」

驚いて問い返した。

「だって駿介さんは飲み会のたびに、いつまでも地元で燻《くすぶ》ってたらマロン亭はダメになる、って言ってるから」

東京帰りの陽菜社長のもと、いますぐ商品全体を見直して首都圏に進出しないと時代に取り残される。東京の会社と業務提携して新生マロン亭に生まれ変わらなければ、従業員にも明日はない、と熱弁しているそうで、

「だから、その気になってる人もけっこう増えてるんです。いまこそマロン亭を抜本的に改革して、全国区の会社に躍進させようって」

これには母親が露骨に顔をしかめ、確認するように麻矢に尋ねた。

「あなたも、そういう考え？」

一瞬、麻矢は躊躇《ちゅうちょ》を見せたものの、覚悟を決めたように答えた。

「芙美専務の前だから言うわけじゃないですけど、駿介さんの考えは違うと思います」

「あらそうなんだ」

母親が意外そうにしている。

「陽菜社長には話しましたけど、世の中の風潮にばかり合わせていると、足をすくわれると思うんです。口の悪い人は、駿介さんは東京の会社にたぶらかされてる、哲太郎社長が大事に育ててきたマロン亭を台無しにしかねない、とか言ってますけど、あたしも、その意見に賛成です。ただ」

そこで麻矢は言葉を止め、しばしの間を置いてから続けた。

「ただ、だからといって駿介さんは、けっして悪い人じゃありません。マロン亭の将来を考えるあまりに突っ走っちゃってるだけだと思うので、もう一度、足元を見つめて考え直してくれたらと思ってます。これも陽菜社長には話しましたけど、あたしの両親は世の中の風潮に流されて店

を潰しちゃったんですね。もともと行動力がある二人は、これだ、と思ったら突っ走っちゃうタイプだから、走る方向さえ間違えなかったら、と思うと残念で仕方ないんです。だから、ええ、そうなんです。駿介さんも両親と同じタイプなんです。それもあって、こんな改良版プリンまで作っちゃったんでしょうけど、このままだと父と同じ運命を辿っちゃいます。世の中の風潮と違うところで、地に足がついた洋菓子を作っていく方向に転換しないと、本当にマロン亭を台無しにしちゃいます」

言葉を選びながら懸命に訴えかける麻矢に、母親がほっとしたように微笑みかけた。

「わかったわ、麻矢ちゃん。あなたの思いは本当によくわかった。私にとってもプリンは大切な商品だし、その本質を忘れたらマロン亭がマロン亭でなくなります。でも安心して。駿介くんのことも含めて陽菜社長がしっかり舵《かじ》取《と》りしてくれるから、今後とも、いまの姿勢を忘れずに、よろしくお願いしますね」

静かに頭を下げた母親に麻矢が問い返した。

「芙美専務、せっかくなのでもうひとつ、あたしが考えてることを話していいですか？」

もちろん、と母親がうなずき、麻矢は言葉を繋いだ。

「いま言ったみたいな思いもあって、あたし、能登栗プリンのＰＯＰを書きながら考えてたんですけど、プリンの改良は今後もマイナーチェンジでいいと思うんですね。うちのプリンを長年愛してくれてる常連さんが、ふと気がつく程度の小さな改良を重ねていくほうが逆に喜ばれるはずだし。ただ、それだけだとマロン亭からの一方的な押しつけになるから、これからはプリン好きのお客さんも一緒に参加できる〝プリン推しの会〟みたいな同好会を作ったらどうかと思ったんです。それもＳＮＳとかだけじゃなくて、厨房見学会をやったり、プリン用の能登栗収穫祭を開催したり、プリン改良案プレゼン会をやったりして」

「あら楽しそうじゃない」

母親がにっこり笑った。

「でしょう。お店全体の顧客の会はよくあるけど、商品単体のってあんまりないから、意外とアピールできると思うんですよ」

なるほど、と陽菜もうなずいた。

広告代理店時代に知ったことだが、商品の売上げは、二〇％のコアなファンが全体の売上げの八〇％を支えているらしい。プリン推しの会でコアなファンをより強く囲い込めば、プリン全体の売上げにも繋がるというわけだ。

「麻矢ちゃん、それ、ぜひやってちょうだい」

陽菜も賛同すると、母親が身を乗りだした。

「だったらこの際、麻矢ちゃんに事務局長になってもらうっていうのはどう？　プリン推しの会の責任者」

「ああ、そうしよっか。麻矢ちゃんさえよければ、だけど」

麻矢に握手を求めた。突然の話だったにもかかわらず、麻矢は迷うことなく握手に応じてくれて、

「頑張ります！」

と言い残して一階に降りていった。

6

ここにきて陽菜は母親を見直している。

一人の娘として接していた頃も、社長業を受け継いでからも、母親は経営にはタッチしていないと思っていた。哲太郎社長の妻という理由だけで〝なんにも専務〟に就き、〝かか楽〟な生活を送ってきたと思い込んでいたのだが、なんて上っ面な認識だったんだろう。ここ最近、母親の存在感を見せつけられるほどに、自分の愚かさを痛感させられる。

麻矢に改良版プリンを試食させたときもそうだ。駿介が勝手に作ってしまったプリンを通じて従業員たちの現状を語らせ、麻矢の秘めた思いを引きだし、最後はプリン好きの顧客を囲い込む会の責任者をまかせてしまった。そればかりか、麻矢が一階に降りていった直後に、母親はさらなる提案を口にした。

「ねえ陽菜、この際、麻矢ちゃんには社員になってもらったほうがいいんじゃない？　バイトのほうが気楽だっていう人もいるけど、麻矢ちゃんは社員になったほうがもっと活躍できる娘だと思うし、彼女自身、いろいろと動きやすくなると思うのよ」

「ああ確かに」

陽菜も即刻賛成し、翌日、麻矢の意思を確認した上で社員に登用したのだが、母親の存在意義はここにあったのだ、と初めて気づいた。

経営にはあまり踏み込まないようにしてた、と母親自身が語っていた通り、自分からはしゃしゃり出ずに、一歩引いた目線で状況を見極め、的確にフォローする。こうして生前の父親にも寄り添っていたのかと思うと、まだまだあたしは経営のケの字もわかっていない、とまたへこんでしまう。

　でも、ここで挫《くじ》けたら負けだ。いまこそあたしの正念場だ、と気合いを入れ直したその日の午後、思わぬ人から内線電話が入った。

　高峰だった。急にどうしたのか。訝りながら応答すると、

「今日、二人で話したいんだが」

　ぼそりと告げられた。従業員たちが帰ったあと、本社二階の厨房に来てほしいという。

　どういう風の吹き回しだろう。二人きりで話すのは気が重かったが、向こうから対話を求めてきたのは願ってもないチャンスだ。では午後七時に、と約束して電話を切った。

　いささか緊張しつつ、その後は駅ビル店に出向いて店長とクリスマス商戦の打ち合わせをした。その足で駅ビルのオーナー会社を訪ねて、売場の改装について担当者と相談していたら瞬く間に時間が過ぎ、本店に戻ったときには夕暮れどきになっていた。

　二階の高峰はどうしているだろう。気にはなったが、ぐっと堪えて、一階奥の事務室にこもって四半期の売上げを整理したり、年末商戦の詳細を詰めたりして過ごし、さて、と事務室を後にしたのは午後七時五分前だった。

　すでに販売員も製造部員も退店したことを確認して二階の厨房フロアに上がると、照明が半分消えた薄暗い部屋の隅に置かれた長椅子に、私服に着替えた高峰が座っていた。

「すみません、お待たせしました」

遠慮がちに声をかけると、お、おう、と寝ぼけ声が返ってきた。長椅子にもたれて居眠りしていたらしく、

「じゃ、そっちで話すか」

と近くの調理テーブルを指差す。

コック帽にコックコートを着た姿は見慣れていたが、久々に見る高峰の私服姿は、頭頂部が薄い白髪頭と相まって、いつにも増して老けて見えた。考えてみれば、もう六十五に近い歳だ。陽菜がカステラの切り落としをつまみ食いさせてもらっていた頃は、威勢のいいおじちゃんだったのに、早いものだと思う。

それでも、調理テーブルに向かい合って座るなり高峰はぴしりと背筋を伸ばし、

「芙美さんから聞いたんだが、業務提携話がきてるんだって？」

前置きなしに問いかけてきた。

「いえ、それはあたしにじゃなくて、駿介が持ち込んできた話です」

「それも聞いたが、社長としてどう対処するつもりなんだ？　取締役の一人として聞いとこうと思ってな」

こっちの話になるとは思わなかった。

「その件については、いま調整中です。社内にもいろんな意見があるみたいですし」

事をややこしくしないよう慎重に答えたつもりだったが、高峰は片眉を上げた。

「なあハルちゃん、いろんな意見どころか、若い連中はみんな、いよいよ首都圏進出だって盛り上がってんだよな。知らないのか？」

「もちろん、それも承知してますけど、そうした状況も踏まえて調整中でして」

努めて冷静に釈明したつもりが裏目に出た。

「おい、いつからそんな木っ端役人みたいな物言いをするようになったんだ。芙美さんから何も聞いてないのか？」

調理テーブルに両手を突いて射すくめてきた。たじろぎながらも丁寧に答えた。

「母も首都圏進出の話を聞いたときは驚いてました。でも、それに関しては、あたしにまかせてくれてます」

「いやそういうことじゃなくて、昔の話は聞いてないのか、って聞いてんだ」

「昔の話？」

首をかしげながら、そういえば、食友クリエイトの名前を告げたときに母親の顔色が変わったことを思い出した。

「昔、何かあったんですか？」

陽菜がたたみかけると、高峰は薄い白髪頭に手櫛を入れながら、

「何かっていうか、七年前にも似たようなことがあってな」

思わせぶりに言う。

「七年前？」

陽菜が成人した年だ。

「当時、東京の飲食会社から首都圏に進出しないかって話があって、その第一歩として業務提携しようって誘われたわけよ」

「高峰さんが、ですか？」

「そうだ。ところが、よくよく調べたら、それがやつらの手口だった。地方の人気店に狙いを定めて、最初は首都圏進出を目指して業務提携しないかと誘ってきて、うっかり手を結んじまうと、気がついたときにはその会社に吸収されちまってる。言葉は悪いが、知る人ぞ知るハイエナ会社だとわかって、間一髪、うちは逃れられたんだが、その会社、何て名前だと思う？」

「まさか」

「そのまさかってやつで、食友クリエイトだ。当時、地方で知られた優良店を餌食にして急成長してたから、いまはもっとでかい会社になってんだろうがな」

顔を歪《ゆが》めて舌打ちし、また白髪頭を撫でつけている。

陽菜は息を呑んでいた。だから母親は顔色を変えたのだ。なんであのとき話してくれなかったのか、と疑念も湧いたが、どう反応していいかわからないまま、

「何でまたその会社が？」

やっとそれだけ言えた。

「問題はそこなんだが、当時を振り返ってみると、食友クリエイトがまたちょっかいを出してきた理由が、わからなくもない。まあおれとしちゃ、あんまり話したくない話だが」

そう前置きすると、高峰はふと居住まいを正して語りはじめた。

長い話になった。途中、陽菜が何度か問い返したこともあって三十分ほどもかかったが、初めて打ち明けられた事の真相は、いろいろな意味で衝撃的だった。

どうりで母親が話してくれなかったはずだと、ようやく納得した陽菜は念のため尋ねた。

「いまの話、知ってるのは高峰さんと母だけですか？」

「そうだ。哲太郎さんが亡くなったから、いま社内で知ってるのは二人だけだ」

「だとすると、これからどうしたらいいんでしょうか」

情けないほど弱気な問いかけになってしまったが、この話が下手に従業員に伝わったら士気にかかわるし、正直、どうしていいかわからなくなった。

途端に高峰がうなだれた。

「いやすまん。ここんとこ偉そうなことばっか言ってたが、恥ずかしながら、そんな過去の失敗でおれは守りに入ってたのかもしれん」

実は最近、本店に能登栗スイーツを買いにきた雅代からも苦言を呈されたそうだ。陽菜と一緒に河平栗園を訪ねたとき、陽菜が初めて商品作りの奥深さを知って感じ入っていた。若い彼女がそうしてもがいているんだから、高さんも職人気質を盾に守りに入ってないで、新米社長の気持ちに寄り添ってあげて、とやんわり諭されたという。

「それも含めて、おれも変わらなきゃ、と反省してな。この事態にハルちゃんと一緒に立ち向かわんと哲太郎さんにも申し訳が立たんし、その意味でも、さっきの話に戻すと、とりあえず駿介と話し合うしかないと思うんだな」

「高さんと三人で？」

「というより、芙美さんも交えて四人で話したほうがいいかもしれん」

「駿介を取締役会に呼びだすと」

「いやそうじゃない。会社の会議にしちまうと、我々三人が駿介を追及する場っぽくなる。駿介の立場になってみれば、芙美さんも交えて飲み食いしながら、ざっくばらんに話し合ったほうが結果オーライな気がするんだな」

「ああ確かに。じゃあ、その方向であたしがセッティングしてみます」

陽菜は腹を決め、雅代を真似てほっこり笑顔を浮かべてみせた。

7

約束の午後七時より五分ほど遅れて分厚い木製ドアが開き、カジュアルなジャケット姿の駿介が入ってきた。

間接照明に浮かび上がるカウンターには、だれも座っていない。怪訝そうな面持ちで足を止めた駿介に、

「こっちこっち」

陽菜は呼びかけた。今日はバー庵の店休日だが、鴨下に頼んで夜だけ貸切にしてもらい、二卓のテーブル席をくっつけてゆったり話せる場を作って駿介を待っていた。

陽菜の声に気づいた駿介がテーブル席を振り返り、立ちすくんでいる。陽菜の向かいに母親、隣には高峰も座っていたからだ。

「あの、これって?」

戸惑い顔で駿介が聞く。

「せっかくだから、母と高峰さんも誘ったの。いつものお堅い会議じゃなくて、たまには食事し

ながら気兼ねなく話そうと思って」

陽菜は微笑んでみせた。

昨夜、駿介に送ったメッセージには、

『急で申し訳ないけど、ゆっくり食事しながら話したいの』

としか書かなかった。ある意味、騙し討ちになるのは申し訳なかったが、うかつに参加メンバーを伝えると食友クリエイトの菅原課長に相談される恐れがある。

「さ、座って」

駿介を促すと、ここまでお膳立てされたら仕方ない、と開き直ったのだろう。遅れてすみません、と詫びながら陽菜の隣に座った。

「いらっしゃいませ」

鴨下とともに待機していた雅代が、四人に湯呑みを給仕してくれた。

陽菜は真っ先に湯呑みを口にした。ちゃんとお茶が入っている。お酒と鮨は大事な話が終わってからにしたいです、と事前に伝えた通りにしてくれている。

今夜の話し合いは、ざっくばらんな雰囲気で進めるつもりではいるものの、マロン亭の行く末を左右する分岐点になる。首都圏進出を通じて大胆な経営改革を進めたい駿介。ここにきて陽菜の苦悩も理解しはじめてくれた高峰。両者の思いをどう取りなしていくかが課題なのだが、陽菜の舵取りによってはどう転ぶかわからない。それだけに、思いきって鴨下に会合の趣旨を打ち明けて相談したところ、

「だったら今回もうちの店休日に、雅代さんに手助けしてもらって食事会形式でやったらどうで

す？」

と勧めてくれた。生前の父親の苦悩に長年寄り添ってきたのは母親と鴨下の二人だが、晩年の父親が唯一、親交を深めたのは雅代だ。母親と鴨下よりも事態を客観視できる立ち位置にいるだけに、雅代にサポートしてもらったほうが平和裏に話し合いが進むはずだという。

そこで雅代にも相談してみると、哲太郎社長が遺したマロン亭のためなら、と鮨の提供も含めて会合の世話役を快諾してくれたのだった。

みんながお茶を啜ったところで、陽菜は満を持して駿介に向き直った。

「今日は忙しい中、ありがとう。このあと雅代さんのおいしい鮨が待ってるんだけど、その前に、ちょっと母の昔話を聞いてほしいの」

駿介が顔を強張らせている。気兼ねなく話したい、と陽菜から言われたところで、この顔ぶれを前にしては緊張しないわけがない。

そんな駿介をいたわるように、母親は穏やかな笑みを浮かべて口を開いた。

「いまから話すことは、いずれ駿介くんにも話そうと思ってたんだけど、誤解がないように伝えたかったから、この場を選んだの」

その点は理解してね、と念押しして、北陸新幹線金沢駅が開業した七年前、マロン亭を揺さぶった内密の一件について話しはじめた。

当時、東京の飲食会社から首都圏進出の話が持ち込まれ、業務提携を打診されたこと。ところが哲太郎社長が調べたところ、その飲食会社は地方の優良店を餌食にしているハイエナ会社だとわかったこと。そして最後は哲太郎社長がきっぱり断って事なきを得たことまで包み隠さず打ち

明け、

「ちなみに、その東京の飲食会社は、食友クリエイトって言うの」

淡々と社名を告げた。駿介がぴくりと反応したが、母親は続けた。

「これって実は、当時の幹部しか知らないことなのね。だから陽菜にも、つい最近話したばかりで、駿介くんにも、もっと早く話しておくべきだったと反省してるんだけれど、ちょっと事情があって」

語尾を濁して高峰に目配せすると、

「その事情ってやつも含めて、ここからはおれが話す」

高峰が駿介を見据えた。

いよいよだ。二日前の夜、陽菜に打ち明けてくれた事の真相が駿介にも明かされる、と身構えた瞬間、

「おれ、辞めます！」

突如、駿介が席を立った。その唇は小刻みに震えている。

「やだ、何言ってんのよ」

思わぬ事態に慌てる陽菜をよそに、

「退職届はあとで送ります！　お世話になりました！」

駿介は乱暴にお辞儀をするなり出口へ向かって速足で歩いていく。

「ちょっと待ってよ！」

陽菜も席を立った。かまわず駿介はドアを押し開けて店を出ていく。

「追っかけろ！」

高峰が叫んだ。

いち早く出口へ走ったのは世話役の雅代だった。わずかに出遅れた陽菜に先んじて店を飛びだし、ぽっちゃりボディを揺らして駆け足で駿介を追っていく。

ほどなくして追いついた。雅代は背後からひょいと駿介の腕に腕を絡めて押し留め、柔和な面持ちで一言二言話しかけ、そのままカップルのように腕を組んで陽菜がいる店の前まで連れ帰ってきた。

「これでも昔は陸上部だったのに、もうダメよねえ」

息を切らせながら雅代は陽菜に微笑みかけると、ふと真顔になって駿介に向き直り、

「ここで逃げたら、あたしの夫みたく逃げの人生になっちゃうわよ」

観念なさい、とばかりに腕組みを解いて、はい、と駿介の腕を陽菜に押しつけてくる。

一瞬、あたしの夫？　と気にかかったが、いまはそれどころじゃない。すぐに陽菜は駿介の二の腕を摑んで店内に引き入れ、犯人を連行するようにテーブル席に戻って元いた席に座らせた。

母親と高峰が安堵の色を浮かべ、背中を丸めてうなだれている駿介を、やさしい眼差しで見つめている。

すると雅代が湯呑みを四つ運んできた。お茶を差し替えてくれたらしい。捕り物劇に息を弾ませていた陽菜は、喉を潤そうと口に運んで噎《む》せそうになった。

燗酒《かんざけ》が入っていた。ひりついた空気を和ませようと雅代が粋に計らってくれたに違いない。続いて湯呑みを口にした高峰と母親も一瞬、お、という表情を見せたものの、同様に察したのだろ

う、二人とも頬を弛ませている。

「まあお茶でも飲め」

まだうなだれている駿介に高峰が勧めた。怒りゃしねえよ、と言わんばかりの声色に促されて駿介も湯呑みに口をつけ、え、と目を見開いている。

「旨《うめ》えだろう」

高峰が笑いながら席から立ち上がり、駿介の傍らに歩み寄るなり、

「なあ駿介、おれたちゃ似た者同士だ」

ぽんと肩を叩いた。

駿介が訝しげにしている。それでも高峰は穏やかな表情のまま、駿介の両肩をやんわりと両手で摑みながら、

「おれも七年前、哲太郎社長に退職届を叩きつけた男でよ」

照れ臭そうに笑った。

「当時、おれは五十五歳だった。そのときちょうど還暦を迎えた哲太郎社長から、今後は高峰がマロン亭の味を守れ、と厨房を譲られて、そりゃもう舞い上がったもんだった。ただ、嬉しい反面、プレッシャーでもあった。なんせ、金沢が誇る洋菓子職人のレジェンドからマロン亭の味をまかされたんだからよ」

栄えある抜擢に意気込んだ高峰は、一刻も早く成果を上げなければ、と自分に発破をかけて奮闘しはじめたのだが、そんな折に、東京から出張してきた男に声をかけられた。

「それが食友クリエイトの営業マンだった」

高峰は口元を歪めると、

「あとはもう、今回の駿介とおんなじ展開でよ。その営業マンにそそのかされて、よし、おれの力量で首都圏に進出してやる！　と勢い込んで突っ走ったわけだ。しかし、そんなおれとは裏腹に哲太郎社長は冷静だった。食友クリエイトはハイエナ会社だ、と見抜いて、大事に至る前に上京してきっぱり断ってくれた。なのにおれときたら、なんで断ったんだ！　と事の真相も知らずに逆上して退職届を叩きつけちまった。まあ、いまにして思えば大馬鹿野郎もいいとこだが、そんとき哲太郎社長は、何て言ったと思う？」

駿介の目を覗き込む。陽菜と母親は固唾《かたず》を呑んだ。二人ともすでに知っている話だけに見守っているしかないが、駿介は無言のまま目を伏せた。

すると高峰は、駿介の両肩に置いていた手をそっと放し、ゆっくりと自分の席に戻ってから言葉を繋いだ。

「哲太郎社長は、こう言ったんだ。〝なあ高峰、おれは昔っから跳ねっ返り野郎だったからこそ、若くしてマロン亭を立ち上げられた。だから人間、若造だろうと五十男だろうと跳ねっ返り精神を失くしたらおしまいだと思っている。ただし、ひとつだけ忘れてはならないのは、うちは地元でやっていてこそ価値がある店だ。金沢へ行けばマロン亭がある。金沢へ行かなきゃマロン亭の能登栗スイーツは食べられない。それがうちの存在意義だと信じて三十六年間、ブレずにやってきたんだが、高峰は今回、そこを間違えた。要は、跳ねっ返る方向を間違えたわけだが、そうと気づいたからには逃げちゃダメだ。素直に間違いを認めて出直さないと、またどっかで間違いを繰り返すから、歯を食いしばってでも絶対に逃げちゃダメだ！〟とおれを叱りつけて、おれの退職届をビッと破り捨てた」

　高峰は声を詰まらせた。その目元からは、ぽたりぽたり涙が滴り落ちているが、高峰は拭いもせずポケットから何か取りだし、テーブルに投げ置いた。

　それは七年前、哲太郎社長が破り捨てた退職届だった。


「さあさあ、そろそろ握るわよ！」

沈鬱な空気を一変させたのは雅代だった。

お通夜じゃないんだから、めいめいの湯呑みを持って付け台に来てちょうだい、とテーブル席にいる四人を促した。

「今夜は、千葉県の竹岡から直送してもらった東京湾の魚をメインに握るからね。お代は陽菜社長持ちだから、飲み放題付きで、たらふく江戸前鮨を食べてちょうだい！」

　陽気に声を張り上げて手早く四貫握り、

「まずは挨拶がわりの一貫、小鰭《こはだ》！」

と付け台に並べ置いていく。

　それからは和気藹々の食事会になった。涙声で諭されて男泣きした駿介も、いつしか笑みを取り戻し、高峰と湯呑み酒を何杯もおかわりしている。途中からは〝鉄火《てっか》巻き愛〟という妙なキーワードで二人は意気投合し、雅代に何本も巻いてもらって盛り上がっていた。

　もちろん陽菜と母親も、雅代が手作りした烏賊《いか》の塩辛をつまんだり、秋に食べても旨い鰆《さわら》を握ってもらったり、雅代の鮨職人っぷりを心置きなく堪能した。そして最後は、鴨下がシェイカー

を振ったカクテルで再び乾杯し、

「今夜は、ありがとうございました。ますます精進して、皆さんのご期待に応えます」

と陽菜が挨拶し、緊張と緩和の食事会は無事にお開きとなった。

すっかり酔っ払った駿介と高峰は、母親にタクシーの中に押し込まれて帰っていったが、陽菜はバー庵に残って片付けを手伝った。今宵、雅代と鴨下はマロン亭の行く末を案じて、終始、サポートに徹してくれた。その感謝を込めて食器を洗ったり、付け台の板を仕舞ったり、店内を掃除したりした。

三人で頑張ったこともあって、午後十一時半過ぎには片付けが終わった。ああやれやれ、と陽菜が汗を拭っていると、

「ねえ、せっかくだから飲み直さない？」

と雅代が言いだした。もちろん、陽菜にも鴨下にも異論はない。さっき飲み残した日本酒やウイスキー、焼酎のほか、あり合わせのチーズやナッツを皿に盛って、

「今夜は本当にありがとうございました！」

再び陽菜が礼を言ってグラスを掲げた。

「あらやだ、そんなに畏《かしこ》まんないでよ。あたしたちだって、大好きなマロン亭に何かあったら困るから手助けしただけなんだし」

雅代は笑いながら肩をすくめ、

「だけど、やっぱり哲太郎さんって偉大な人だったわよねえ。あたし、高さんの話を聞いてて、もらい泣きしちゃった」

とウイスキーのロックを流し込んでいる。

それは陽菜も同様だった。高峰から初めて過去の逸話を聞いたときも涙がこみ上げたものだが、その経緯を知りながら母親が陽菜に話さなかったのは、高峰の失態を庇《かば》っていたからだとわかって、さらに胸を突かれた。

「あたし、自分の両親ながら、二人ともなんてすごいんだろうって思い知らされちゃいました。ちょっと東京で働いたぐらいでいい気になってた二代目の馬鹿娘には到底追いつけない。もう自己嫌悪もいいところです」

焼酎を片手に陽菜が嘆息すると、

「そんなに落ち込まないでくださいよ。〝うちは地元でやっていてこそ価値がある店だ〟という哲太郎さんの言葉を胸に刻んで、陽菜さんは陽菜さんのやり方で頑張るしかないんですから」

あなたなら大丈夫です、と鴨下が励ますように言って湯呑み酒を口にした。

実際、そんな両親のおかげで、コロナ禍のさなかも金沢が誇る洋菓子店として地元の人たちが足繁く通ってくれた。多くの店があえなく閉店する中で生き残れたのも、両親の信念がブレなかったおかげなのだと、いまにして気づかされる。

「ただ、ひとつわからないんだけど、何で東京の会社は、いま頃になってまたちょっかいをだしてきたんだろうね」

雅代が首をかしげた。鴨下もそこには引っかかっていたのか、確かに不思議ですよねえ、と腕を組んでいる。

「それってきっと、あたしが舐められたんだと思います」

陽菜は言った。レジェンド創業者が他界して若い一人娘が二代目を継いだ。専務の母親は経営に無関心そうだし、常務の菓子職人は厨房に籠《こも》りきり。若い販売部長も含めて、もはや七年前の一件など風化しているに違いない、と高を括った菅原課長は素知らぬ顔で接触してきた。駿介を煽《あお》って社内を分断し、高峰を筆頭とする古参社員を排除してしまえば、二十代の女社長など簡単に落とせる、と見くびっていた。

「んもう、あざとい会社だわよねえ」

雅代が呆《あき》れている。

「というか、それがハイエナ会社ってやつなんですよ」

鴨下が苦笑いした。

狙った獲物は、しぶとく諦めない。何年かかろうと機会を窺い続け、隙あらば襲いかかってくる。まさに厄介極まりない輩というほかないが、それでも毅然と社内をまとめて闘い続けるのが経営者というものなのだろう。

「その意味でも哲太郎さんは、傑出した経営者だったんですよ。さっき高峰さんから聞いて感銘を受けたんですが、哲太郎さんは、マロン亭を危機に陥れかけた高峰さんを冷遇するどころか、あの失敗で彼は大きく成長した、と半年後に取締役に就任させたんですから」

やっぱりレジェンドですよ、と称《たた》えて鴨下は湯呑み酒をお代わりした。

そうと聞いて陽菜も口を開いた。

「結局、どんなすごい人にも失敗はある。それが父の考えだったと思うんですけど、逆に高峰さんも、すごい人なんだと今夜は再認識しました。だって自分の最大の汚点を包み隠さず打ち明けて後輩を諭せる人なんて、そうそういないじゃないですか。なのにあたしったら高峰さんを排除しかけてたんですから」

マジで恥ずかしいです、と自嘲すると、雅代が首を左右に振った。

「そんなに自分を卑下することないわよ。社長を継いで四か月でそこに気づけたんだから、むしろよかったじゃない。あたしの夫なんか、あたしの父から受け継いだ鮨屋を台無しにしちゃったんだから」

あ、と思った。さっき気にかかったことだと思い出し、

「雅代さん、旦那さんがいるんですか？」

食いぎみに聞いた。

「ていうか正確には元夫なんだけど、昔、あたしの父は東京の羽田で漁師をやってたのね」

「羽田空港で漁師を？」

「違うの、もともと羽田は江戸前の漁師町だったんだけど、戦後の高度成長期に羽田空港が拡張されて漁師を廃業する人が続出したのね。あたしの父もそうで、高度成長末期に祖父が他界したときに漁師をやめて、空港近くの実家を漁業補償金で改装して鮨屋にしたの」

当時二十代だった雅代の父親は料理好きで、漁師時代も半端な魚で握った鮨を家族や友人に振る舞っていた。その経験を生かした鮨屋は思わぬ評判を呼んだ。そもそも人望も厚かった人だけに、かつての漁師仲間や市場関係者が足繁く通う安くて旨い店として賑わった。

以来三十年。雅代が成人する頃には都内の鮨好きが集う人気店となり、父親は東京鮨商組合の世話役に就くなど業界でも一目置かれる存在になった。そして雅代の結婚を機に手狭な実家近く

に新店舗を購入。会社員だった雅代の夫を説得して握り方を教え、雅代には接客をさせたところ、さらに繁盛した。

　ところが、その数年後に突如、父親が脳梗塞で倒れて寝たきりになってしまった。介護に追われはじめた母親は困った末に雅代夫婦に店を継がせたが、大黒柱を失った影響は大きかった。まだ修業中の元会社員の鮨では客を呼べず、みるみる経営が傾きはじめた。

「これに焦った夫から、ある日、おまえも鮨を握れって言われたの」

　ただし夫は、雅代の鮨には期待していなかった。まだ若くてスリムだった雅代に、真似事で握った鮨を流し目を使いながら男性客に直接手渡しして気を惹けと命じたのだ。

「もちろん最初は断った。それでも夫が、生きるためだ、って泣きつくから、しぶしぶ着物姿で流し目鮨を握ってたら、世の中わからないものね。〝羽田の若女将鮨〟って口コミが広がって見る間に店が盛り返しちゃって」

　いま思い起こしても雅代にとって、あんな屈辱はなかったそうだが、しかし夫は大喜びで、あろうことか、

「つぎは高級鮨の聖地、銀座に進出だ！」

　と宣言した。困惑する雅代をよそに羽田の店を担保に大枚の借金をして、瞬く間に贅《ぜい》を尽くした高級鮨店を銀座に出店してしまった。

「じゃあ銀座でも流し目鮨を？」

　陽菜は聞いた。

「さすがにやめたわよ。こうなったら銀座の高級鮨店にふさわしい鮨を握ると決めて、自己流で

江戸前の技を研究しながら頑張ったの」

　だが、そんな付け焼刃が銀座で通用するわけがない。案の定、店は一年と持たず、担保にした羽田の店舗も失ってしまった。残ったのは大枚の借金と古びた実家のみ。仕方なく雅代はスーパーの総菜売場で働きはじめたのだが、ある日、帰宅すると夫が消えていた。

「え、どうしちゃったの？」

　陽菜が眉根を寄せると、それっきりよ、と雅代は吐き捨てた。

「でも、それで諦めがついたの。仕方ないって言いながら夫に従ってたあたしも馬鹿だったわけで、大喧嘩してでも歯止めになっていればって、つくづく反省したのね」

　幸か不幸か子宝に恵まれなかったし、これからは一人で生きていこうと決意した。失踪した夫に離婚訴訟を起こせると知って即座に離婚を成立させ、昔ながらの江戸前仕事を受け継いでいる下町の鮨屋の親方に事情を話して修業に入らせてもらった。

「そこには七年いて最後は二番手で握ってたんだけど、これ以上いたら若い子の邪魔になると思って辞めたの。で、とりあえず手軽にやれる間借りカレーを真似て間借り鮨をはじめてみたら、意外と性に合ってたのね。だから、このまま背伸びしないで間借り一筋、のほほんと笑いながら生きていくことにしたわけ」

「そうだったんですか」

　それだけ言って陽菜は目を伏せた。どんな顔をしていいかわからなかった。

「やだ、そんな深刻な顔しないでよ。結局、人間には歯止めってものが必要だって言いたかっただけ。その歯止め役が今回は高峰さんだったわけで、駿介さんも陽菜さんも幸せだったね、って。

店と屏風《びょうぶ》は広げすぎると倒れる、って昔から言われてるけど、真っ当な食材を、真っ当に調理して、真っ当に経営してたら、無暗に広げられるわけないもの」

でしょ？　と雅代は笑ってみせると、ウイスキーのロックを一気に飲み干した。

その屈託のないほっこり笑顔を前に、あたしが本当に学ぶべき場所は東京の大学でも広告代理店でもなかった、と陽菜は改めて悟った。

8

五日後の早朝、陽菜は駿介を帯同して北陸新幹線で東京へ向かった。

食友クリエイト問題に最終的な決着をつけるのは、社長の仕事だと思ったからだ。

東京駅から地下鉄を乗り継ぎ、南青山の高層ビル前に着いたのは三時間後の午前十時半。すぐに高層階のオフィスへ上がると、さすがは地方の人気店を続々と傘下に収めてきた成長企業だ。どこぞのＩＴ企業かと見まごうモダンなミーティングルームに通され、社長直々の上京だからか、くだんの菅原課長に加えて執行役員も同席して会談がはじまった。

といっても、さして時間はかからなかった。今回の会談で伝えたいことはシンプル極まりなかったからだ。

「ここ最近、いろいろとご指導いただいていたそうで、ありがとうございます。ただ、これだけは申し上げておきたいのですが、弊社は創業者の遺志により地元を離れる意思は一切ございません。七年越しに二度も声をかけていただいて恐縮ながら、これにてお付き合いは終了させていただきます」

きっぱり告げて、いつしか身についてきたほっこり笑顔を浮かべてみせた。先方は困惑顔だった。とりわけ執行役員は不快感を露《あら》わにしていたが、それで満足した陽菜と駿介は、さっさと引き上げてきた。

「あれでよかったんでしょうか」

下りのエレベーターに乗った直後に駿介から問われた。プリンの試作までしてくれた相手に、喧嘩腰で決別して妙なしこりを残さないか、と懸念している。

「大丈夫。だってプリンの試作代金は支払ったんだし、ほかに何か問題ある？」

「それはそうですけど」

「こっちの弱みに付け込んで食いものにしようとしてる連中は、きっぱり突き放すに限るの。しょせん、数打ちゃ当たる式で仕掛けてきてるだけなんだから、若い二代目社長も面倒臭そうな女だとわかれば、これ以上、時間も経費も無駄に使いたくないと思うに決まってるじゃない。だから、これにて一件落着！」

古い時代劇の台詞《せりふ》で締めると、

「やっぱ哲太郎社長の娘さんですね、腹の括り方がそっくりです」

駿介から思わぬ言葉が返ってきた。そんなことを言われたのは初めてとあって、照れ臭い思いを抱えて再び地下鉄に乗った。

今日は午後三時から本店で大切な仕事がある。高峰が密かに取り組んできた改良版プリンの試作品がようやく完成したそうで、陽菜、母親、駿介のほか特別メンバーとして麻矢も交えて試食会をやる予定だから、早々にとんぼ返りしなければならない。

　東京駅に着いたところで昼食用に特製ステーキ弁当を二人分、奮発して買った。

「豪勢ですね」

　駿介が嬉しそうにしている。

「だって一件落着して仕切り直しだしね」

　陽菜が微笑んでみせると、だったらこれも、と駿介が缶ビールを二本買った。

「あら業務中なのに」

「仕切り直しですから」

　それもそうね、と新幹線が発車すると同時に缶ビールを開けて乾杯し、特製ステーキ弁当を頬張った。いつになくいい気分だった。こうして駿介と肩を並べて箸を使っていると、ちょっとした旅行気分になってくる。

　帰郷して以来、彼氏どころじゃなかったこともあり、歳下の男も悪くないかも、と乙女モードに入っていると、

「そういえば麻矢が、陽菜社長のアイディア、ぜひ実現してほしいって言ってました。ぼくもいけそうな気がしてるんですよね」

　いきなり仕事モードに引き戻された。雅代と一緒に能登へ行ったときに思いついた〝能登栗ミルフィーユ〟の話だった。もうしばらく、ときめかせといてよ、と言いたくなったが、上司の口調に戻した。

「ありがとう。ヤセの断崖がモチーフって言うと、ベタなお土産菓子だと思われそうだけど、高

峰さんの技とセンスで開発してもらえば絶対いいものができると思うの。能登栗スイーツが大好きな雅代さんにもこっそり相談したら、ぜひ食べたいって喜んでたし。ただ、実際に商品化となれば能登栗を増産しなきゃならないでしょ。だから近いうちに高峰さんと栗園の河平代表も交えて話し合いたいから、駿介と麻矢も参加してほしいの」

「え、ぼくたちも？」

「そう。あの食事会のあと高峰さんが言ってたの。今回の社内分断はおれと駿介だけの問題じゃない。この反省を全社員に伝えた上で、今後は販売部とタッグを組んで、若い感性も取り入れて会社を変えていきたいって」

そもそも哲太郎社長は製造と販売、両面の天才だったから一人で両方できたが、我々は違う。製造部からは武史と敏恵、販売部からは駿介と麻矢に参加してもらって、早速、新商品開発に臨みたい、と意欲を示してくれた。

「それは嬉しいなあ」

駿介は顔を綻ばせ、特製ステーキ弁当の残りをかき込んだ。陽菜も缶ビールの残りを飲み干し、ほっと胸を撫で下ろした。

今回の一件で高峰も思うところがあったのだろう。駿介の迷走を自らに投影し、製造現場にだけ向いていた意識を社内全体に向けてくれたらしく、陽菜はふと〝偏見を捨てて俯瞰の目で見ろ〟という言葉を思い出した。鮨まさよの常連、山藤から授かったこの言葉に、あのときは釈然としなかったが、いま初めて、すとんと胸に落ちた。これぞあたしが心すべきキーワードだったんだと思うと、山藤と出会わせてくれた雅代には感謝しかない。

「ねえ駿介、あたしの今後のモットーは、偏見を捨てて俯瞰の目で見ろ、だからね」

「は？」

首をかしげた駿介に意味合いを説明すると、

「ああ、それ、ぼくにも刺さります」

大きくうなずいている。

駿介は大学受験に失敗して以来、金沢市内でぶらぶらとバイト生活を送っていたという。浪人してまで進学したくないし、かといって将来の目標も見いだせず惰性で暮らす中、唯一の楽しみは、スイーツ男子としてバイト帰りにマロン亭に立ち寄ることだったそうで、そんな姿が哲太郎社長の目に留まって拾われた。

「だから陽菜さんが社長になったとき、いま思うと恥ずかしいんですけど、東京の大学で学んで渋谷の広告代理店に勤めていたエリートに馬鹿にされちゃいけない、って焦ったんですよね。地方で燻ってるポンコツでも、自分の力で東京進出を果たせば対等になれる、って思い込んじゃってたんです」

駿介が初めて吐露した本音だった。地方で燻ってるポンコツ、という認識自体、地方で生きている人たちへの偏見そのものだ。東京進出こそが薔薇《ばら》色の未来だと狭量な目で見ていたからこそハイエナ会社に付け込まれた、と自己分析してみせたのだった。

「でも、あたしだって逆の意味で、偏見と狭量な目に蝕《むしば》まれてたわけで、おたがい様だよ。駿介だけが悪いわけじゃないし、今日を境に新しい明日へ進んでいけばいいと思うの」

励ますように言って陽菜は口角を上げた。

いずれにしても、ようやく社内の歯車が嚙み合ってきた。その意味でも、あの食事会は大正解だったし、それもこれも亡き父親の人材発掘力のおかげだと思うと感謝してもしきれない。高峰、鴨下、駿介、麻矢、そして何より雅代という稀代《きだい》の鮨職人に至るまで、父親が見初めた人は、だれもが人間力の塊だった。

「ねえ駿介、またみんなで雅代さんのお鮨、食べに行きたいね」

陽菜は言った。

「ぜひ行きましょう。ていうか、プリンを改良できたら打ち上げでどうです？」

「そうしよっか。となると、今日の試食会がますます楽しみだね」

「ええ、麻矢も楽しみにしてました。彼女、プリン推しの会の責任者に抜擢された翌日から、密かに動きだしてるんですよ」

「あらさすがね、もう動いてるんだ。そういえば高峰さんも、二年前から密かに栗の木の改良に取り組んでくれてたみたいなのよね」

「ああそれ、ぼくも高峰さんから聞きました。七年前に厨房を預かってから足繁く河平栗園に通って、いつも能登栗の声を聞きながら、つぎに何をやるか考えてるって」

「能登栗の声？」

「こまめに能登栗の木に接していると、その時々の状況を語りかけてくれてる感覚になるんだそうです。だから能登栗ミルフィーユも、能登栗の木と対話しながら創っていきたいって言ってました」

「ああ、いい言葉ねえ」

まさにマロン亭の理念を象徴している言葉だと思った。

能登栗の声を聞け、か。思わず呟いて陽菜は車窓に目をやった。

いつしか遠くに妙義山《みょうぎさん》に連なる群馬の山並みが見えてきた。ごつごつと切り立った山肌から裾野に向けて、秋空を照らすように鮮やかな紅葉が広がっている。

この山間を抜けて信州の山々を越えたら、あたしたちの地元、北陸金沢が待っている。


一か月後の昼どき、陽菜は鮨まさよに顔をだした。

日々のルーティン仕事に加えて、垣根を取り払った製造部と販売部を交えてプリン改良会議を開いたり、ミルフィーユの開発に追われたりしていたため、ご無沙汰していた。

「今日はお茶にして、すぐ握ってください」

地元の鮨好きや遠方からの常連客が帰りはじめた午後一時過ぎ、席に着いて注文すると、

「おや、陽菜さんじゃないですか」

一人残っていた客に声をかけられた。

全然気づかなかったが、山藤だった。今日も好きな魚をつまみにのんびり湯呑み酒を楽しんでいたらしく、白い口髭を蓄えた顔を赤く染めている。

「その節は、ありがとうございました。おかげさまで社内に活気が生まれてきました」

陽菜は心からのお礼を伝えた。

「いやいや、おかげさまってこたないけど、東京のハイエナを追い払ったんだって？」

　雅代から聞いたという。

「そうなんです。負の歴史を断ち切って清々してたんですけど、実は最近、呆れた情報が入ってきましてね。うちのライバル洋菓子店が、ハイエナと業務提携して首都圏に進出するらしいんです。いずれ合併吸収されるって噂されてますけど、呆れたものですよね」

「結局、やつらはマロン亭でなくてもよかったってわけだ。まあくだらねえ連中だな」

　山藤が声を上げて笑った。すると雅代が陽菜の一貫目、小鰭を握りながら、

「その意味じゃ今回、陽菜さんは大きな仕事をしたのよ。しかも、聞いたわよ。その後、ハイエナ会社に騙されかけた駿介さんを取締役に昇格させたんでしょ？　すごい決断よね」

　と持ち上げてくれた。

　でも実際に駿介の取締役就任を言いだしたのは母親だった。陽菜が駿介と一緒に食友クリエイトとの関係を断ってきた翌朝、

「ねえ、駿介くんのことなんだけど、お父さんの真似して取締役になってもらお」

　と提案してきた。父親に退職届を叩きつけた高峰を取締役に昇格させたように、駿介にもチャンスを与えようと言うのだった。

「気持ちはわからなくないけど、二十六歳で取締役って早くない？」

　陽菜は躊躇ったが、

「けどお父さんなんか、二十四歳でマロン亭を創業して社長になったのよ。一度の失敗で優秀な若芽を摘んでどうすんの」

と母親に諭された。そこで高峰の意見も聞いてみると、

「一度しくじったおれは意見を言える立場にねえが、駿介は今回、情熱が先走っちまっただけで、根は間違いねえ男だと思うし、あとは陽菜社長が決断すりゃいいだけの話だ」

きっぱり言われて腹を括ったのだった。

「それでも、決断したのは陽菜さんだ。さすが哲っちゃんの娘だなあ」

いい度胸だ、と山藤が感心している。

「とんでもないです。まだまだ母と高峰さんに支えられてる初心者マークの社長ですから」

陽菜が首を左右に振ると、雅代が山藤にルール破りの三杯目の湯呑み酒を注ぎながら、

「だけど麻矢ちゃんも喜んでるだろうね」

思わせぶりに言う。

「麻矢が？」

「あら知らない？　あの二人の仲」

ここ最近、付き合いはじめたという。

「え、そうなんですか？」

「マロン亭の常連さんだって知ってるわよ」

言われてみれば、東京から帰る新幹線でも麻矢のことを話していたが、いつそんな仲になったんだろう。ここにきて駿介を意識していただけに一瞬にして振られた気分だった。

「あらら、もしかして失恋しちゃった？」

雅代にからかわれた。

「やだ、そんなんじゃないですよ。あくまでも、できる部下としてしか見てないです」

そう弁明しつつも切なくなったが、考えてみれば麻矢も駿介の歯止め役だった。あたしなんかよりお似合いのカップルかも、と自分を慰めていると、そんな内心を見抜かれたのか、山藤がフォローするように言った。

「なあに大丈夫だ。陽菜さんみたいな別嬪社長は引く手あまただし、ひょっとして、ほかにだれかいるんじゃねえのか?」

「まあそれは、いなくもないですけど、いまは社長業で手一杯だし、しばらく結婚はお預けって感じですね」

つい負け惜しみを言うと、雅代が手を止めた。

「じゃあ、もしその人と結婚するときは、あたしを捜して報告してちょうだい。どこにいても駆けつけて祝い鮨を握ったげる」

「は?」

きょとんとして雅代を見た。

「だって、その頃には哲太郎さんと約束した一年になってると思うから、あたし、どっかに移転しちゃってるし」

「ええっ、ずっとここにいてくださいよ」

「ごめんね、つぎの間借り先も決まってるの」

「どこです?」

「内緒。切りのいいところで、さっと移転するのが鮨まさよの流儀だしね。でも、そのうちに風の噂で耳に入るわよ」

　ふふっと笑ってみせると、

「じゃ、つぎは勘八《かんぱち》。今日のは脂がくどすぎなくておいしいのよ」

と手早く握って煮切りを塗り、陽菜の前にひょいと置いた。

第三貫　四方田食堂

1

竹岡の無人駅に降り立ったときには、すっかり陽が落ちていた。

東京の蒲田《かまた》駅から東京湾岸をなぞるように普通電車を乗り継いでおよそ三時間。思った以上の長旅になった。途中で高速バスに乗り換えれば、東京湾の海底を貫くアクアラインを経由して二時間半もかからないのだが、ただ、それだと二十円ほど高くなる。

拾った財布から抜いた四千円の恵みも底を突きかけている。その二十円がもったいなく感じられて電車で帰郷したのだが、たった一人、無人改札を通り抜けた晃成《こうせい》は、初夏の夜風がそよぐ竹岡駅前に佇み、天を仰いだ。

情けない男になっちまったなあ。

ほんの数年前までは輸入車を飛ばして小一時間で帰っていたのに、いまや輸入車はもちろん家も家財も資産も希望も失ってしまった。残ったものは、皺の寄ったブランドスーツとキャリーバッグに詰めた身の回り品のみ。痩せ細った体と髪は一か月ぶりに蒲田駅のコインシャワーで洗い、無精髭も剃《そ》ってはきたが、あの頃の自分は見る影もない。

房総半島の中西部、千葉県富津《ふっつ》市。その南西に位置する竹岡地区は、東京湾に面した人口千四百人ほどの漁師町だ。昼間なら竹岡駅前からも海が望めるのだが、午後七時を回ったいまは闇に沈んでいる。

さて、どうしよう。店も民家もない閑散とした駅前広場には人っ子一人いない。タクシーはおろか車の一台も停まっていない。外灯に浮かぶ駅舎脇の駐車場も空だし、放置自転車をパクろうにも、これまた見当たらない。

だれか呼べればなあ、とため息をついた。同じ竹岡でも実家がある竹岡漁港周辺は二キロ半も離れているから、歩けば三十分。車で迎えに来てもらえば五分で着くが、携帯電話は料金滞納で止められたし、仮に携帯が使えても地元の友だちとは顔を合わせたくない。

しょうがない、歩くか。晃成はもう一度、ため息を漏らすとキャリーバッグを引いて駅前の坂道を下りはじめた。ほどなくして〝内房なぎさライン〟と呼ばれる国道に突き当たって右折。あとは道なりに進むだけだが、ヘッドライトを灯した地元車が行きかう中、とぼとぼ歩いている自分が惨めになる。

俯きながら歩き続けて二十分、千歳《ちとせ》橋が見えてきた。竹岡漁港に注ぐ白狐《びやつこ》川《がわ》を跨《また》ぐこの橋を渡れば、晃成が生まれ育った集落がある。いよいよだ。緊張しながら対岸に渡り、潮風で赤錆びた民家が軒を並べる路地を左折。このまま進めば竹岡漁港があるのだが、途中、『四方田《よもだ》食堂』がある四つ角を右に曲がって五分ほど歩くと、晃成の母親が独り住まいしている実家がある。

母親はいるだろうか。電話の一本もせずに帰ってきた息子を迎え入れてくれるだろうか。鬱々とした気分を抱えて路地を歩きだした晃成は、ほどなくして足を止めた。

四方田食堂の一階に明かりが灯っている。昔ながらの木造二階建ての一階は四方田夫婦が営む広めの食堂で、カウンター六席にテーブル八卓が置かれている。営業時間は午前六時から午後一時半まで。夜間操業明け漁師の憩いの場として、早朝から居酒屋状態で盛り上がり、夜は四方田夫婦が暮らす二階の居室にだけ明かりが灯っていたものだった。

ひょっとして仕込みだろうか。よく見れば店の暖簾は掛かっていない。四方田夫婦はともに八十歳近いはずだから、前夜から仕込まないと間に合わないほど大変なんだろうか。

ちょっと寄っていくか。子どもの時分から十八の春に上京するまで、四方田食堂にはそれはもう世話になった。晃成の両親は当時、夫婦で漁師をやっていて、繁忙期になると毎晩、夫婦二人で夜間操業に出掛けていた。そこで晃成と二歳上の姉は、翌朝、連れ立って四方田食堂に足を運び、夜の漁を終えて晩酌ならぬ〝朝酌〟を楽しむ両親の傍らで朝飯を食べてから登校したものだった。

そんな姉弟を四方田夫婦は、自分たちの孫のように可愛がってくれた。子宝に恵まれなかったこともあってか、幼い頃は、

「ほれ、ビスケットも食べな」

とお菓子をくれた。食べ盛りになると、

「鶏の唐揚げもこさえたから食べな」

と一皿追加してくれた。

やっぱ寄っていこう。このまま実家に帰るのも気が重い。上京後は帰省しても素通りしていたが、ご無沙汰続きの店主夫婦に会って気持ちを切り替えよう、と格子戸を開けた。

「いらっしゃい」

ぽっちゃり丸顔のおばちゃんに挨拶された。和食用の調理白衣を着て、目の前のカウンターに並ぶ六人の客に鮨を握っている。カウンターには白木の板が敷かれて鮨屋風に設えてあるが、いつから鮨屋になったんだろう。

困惑しながら壁を見ると、鯖《さば》塩焼き、肉野菜炒め、カツ丼、オムライスといった短冊メニューの脇に『鮨まさよ』と書かれた暖簾が吊るしてある。往年の朝方は地元漁師たちでテーブル席まで埋め尽くされて賑わっていたのに、テーブル席の灯りは消されて客の姿はなく、落ち着いた大人の気配が漂っている。

「あの、四方田食堂はなくなったんですか？」

晃成が遠慮がちに尋ねると、

「いえ、朝は四方田食堂だわよ」

おばちゃんが微笑みながら説明してくれる。

「四方田夫婦の体がきつくなったから、食堂は朝九時までに時短したの。その埋め合わせで、夜だけあたしが間借り鮨をやってるわけ」

ただ、朝と違ってカウンター六席にしか客を入れていないから、知る人ぞ知る鮨屋にしようと店頭に暖簾は出さないのだという。

「へえ、そうなんですか」

変わった商売があるものだと驚いていると、

「ねえ、あんた晃成？」

カウンターの女性客が振り返った。サーファーのような脱色ヘアに陽焼け顔。一瞬、だれかわからなかったが目尻の黒子《ほくろ》で気づいた。

「ああ、葉月《はづき》さんですか？」

二歳上の姉の同級生だった。高校時代は女子バスケ部の主将にして色白美人で男子の憧れの的だったが別人のようだ。

「晃成だって別人じゃん、スーツなんか着てるから、だれかと思ったよ」

あははと笑い、これ、夫の正孝《まさたか》、と右隣の同じ陽焼け顔の男性を紹介してくれて、晃成の席を探してカウンターを見渡した。すると左隣に座っている白髪頭に白髭のおやじが、

「おう、おれはそろそろ帰っから座んな」

と席を空けてくれた。

「すみません、山藤さん」

葉月が恐縮して礼を言い、晃成、ここにきて、と空いた座席をぽんと叩いた。

「つまみにする？　すぐ握る？」

席に着くなり雅代と名乗ったおばちゃんに聞かれた。今年の一月から四か月ほど間借り営業しているそうで、以前は東京の目黒や人形町のほか金沢や富山でも握っていたという。

「いや、さっき食べたばっかりなんで」

とっさに嘘をついた。実際は、朝方に蒲田駅前のコンビニで買ったカップ麺を啜ったきりなのだが、鮨を食べる金などない。羽振りがよかった頃は麻布の高級鮨にも出入りしていたのに、と惨めな思いに駆られていると、

「だったら飲も。今週は大漁が続いたから奢ったげる。うちら、夫婦で漁師やってんのよ」

と言って葉月が目配せすると、雅代が湯呑みを差しだす。なんだ、お茶飲めってことか、と利き手の左手で湯呑みを口にした途端、噎《む》せた。酒が入っている。〝左利き〟という言葉には〝酒飲み〟の意味もある。気を利かせてくれたのか、とも思ったが、初対面なのにわかるわけがない。どういうことかと戸惑っていると、

「びっくりしたでしょ、雅代さんの湯呑み酒」

葉月が笑った。商売が変わっていれば店主も変わっている。晃成は内心苦笑いしながら、

「でも葉月さん、いつから漁師に？」

さらっと話を戻した。以前姉から、青山のアパレル会社で働いている、と聞いた覚えがある。

「それは昔の話。正孝と結婚した六年前、東京の仕事を辞めて竹岡に戻ってきて、夫婦二人で竹《たけ》中《なか》さんに弟子入りしたの」

「え、竹中のおっちゃんに？」

竹中のおっちゃんは竹岡でも腕っこきの漁師だ。晃成少年が朝飯を食べに四方田食堂へ行くと、若くして妻を亡くして一人暮らしだったからか、いつもカウンターで朝酌していた。たまに上機嫌の日には、

「おい、ちょっと来い」

と晃成を呼びつけ、大漁だったから秘密の小遣いやっぞ、と耳打ちして、千円札を一枚、ポケットに捻《ね》じ込んでくれたものだった。

「あたしもそうだった。登校中に赤ら顔の竹中さんとすれ違うと、ときどきこっそり、大漁のお

裾分けだ、ってお小遣いくれたの。あのときはなんか複雑な気持ちになっちゃって」

なぜかしんみりと振り返り、

「けどそんな竹中さんも、いまや地元漁師のレジェンドだから、竹岡に帰ると決めたとき、夫婦で漁師修業したいって相談したわけ」

「大胆だなあ、アパレルから漁師に転身って」

「ていうか、あたし、大好きな故郷が寂れていってるのが哀《かな》しかったから、いつかは竹岡に帰りたいってずっと思ってたの。だから結婚をきっかけに、あたしら夫婦が漁師になって地元を盛り上げられないかな、って」

ここ最近、竹岡の人口は減り続け、漁師の高齢化が進んでいるという。その原因は晃成のような若い世代が上京してしまうからだが、上京組の代表格のような葉月が地元を憂えて帰郷していようとは思わなかった。

「でも旦那さんは反対しなかったんですか？」

隣で黙っている正孝に尋ねた。

「いや、おれは逆に東京生まれだから田舎暮らしに憧れてたんだよね。しかも当時、働いてたとこがゴタついてたから、夫婦で漁師もありだと思って移住したわけ」

「すごい決断ですねえ」

晃成が感心すると、葉月は首を横に振る。

「偉そうに言ったけど、まだまだ駆けだし漁師よ」

それでも、三年間の修業ののちに、中古の漁船〝正月丸〟を買って独立したという。

「めでたい船名っすね」

「違うわよ、正孝の正と葉月の月で、正月丸。毎日夕方に出漁して翌朝四時過ぎに帰港してるの。今夜は休漁にして雅代さんの鮨を食べにきたけど、明日はまた夫婦《めおと》船で出漁する。昔の晃成の両親みたくね」

そう言って微笑む葉月の顔が輝いて見えた。地に足をつけた生き方って、こういうことなのかもしれない。なのに、と改めて卑屈な気持ちになった途端、ぐうと腹が鳴った。

「あら晃成、せっかくだから鮨もつまみなよ。雅代さんのお鮨、最高だから」

葉月が苦笑しながら促す。

「あ、いや、おれは」

晃成は照れ笑いしながら断ったが、かまうことなく雅代は白身の魚を握り、麻布の高級鮨のように煮切りを塗って、

「はい、まずは太刀魚《たちうお》」

と白木の板に置く。

もう痩せ我慢も限界だった。じゃ、遠慮なく、と左手で口に運んで目を見張った。しっとり脂が乗った太刀魚に淡白な旨みが凝縮されている。赤酢を使ったシャリには砂糖っぽい甘さがなく、口にするなりほろりと崩れて太刀魚の旨みをさらに際立たせてくれる。

「いけるでしょう」

雅代が相好を崩した。ブランド化された竹岡の太刀魚は冬場が旬とされているが、初夏から夏にかけての肉厚の〝夏太刀〟も、しっかり水分を抜けば旨みが立つという。

「おまけに、この太刀魚、そこの仲良し夫婦が獲ったのよね。だから、よりおいしいの」

いつもありがと、と雅代は葉月夫婦に微笑みかけ、二人にも一貫ずつ握ってから、

「あとこっちの黄金鯵《あじ》も仲良し夫婦の水揚げ」

と晃成に握ってくれた。隣接する金谷《かなや》付近の浅瀬に棲《す》んでいる旨みと脂の乗りが突出した真鯵は、金色に輝く魚体から黄金鯵と呼ばれる。青魚なのに白身魚のような食感で、とろりとした脂の旨みがシャリと相まってたまらない。

最初は変わった人だと思ったが、雅代の鮨は高級鮨顔負けだ。この人、何者なのか、と訝しんでいると、格子戸が開く音がした。

「おう、やってるかい？」

二人連れの中年客だった。どちらも陽焼け顔だから葉月夫婦のように本日休漁の漁師かもしれない、と見ていると、

「ありゃ、晃成か？」

一人が声をかけてきた。よく見ると小学生の頃、いつもちょっかいを出してきた先輩だった。

ああどうも、と会釈すると、

「さすがは東京で一旗揚げた社長さんだな、スーツで凱旋《がいせん》かい」

からかい口調で笑っている。上京後の晃成のことも知っているようだ。

「葉月さん、おれ、そろそろ」

居づらくなって腰を浮かせた。

「え、もう帰んの？」

「実は、お袋が実家で待ってるんで」

そう言いながら財布を取りだすふりをすると、いいのいいの、と葉月が押し留め、

「そういえば、また東京に帰るの？」

心配そうに聞く。

「いや、しばらく竹岡にいようと思ってます。独り暮らしのお袋が心配なんで」

心にもない言い訳をして、じゃ、ご馳走になります、と頭を下げて店を後にした。

2

テレビの音が聴こえる。

実家が近づくにつれて音が大きくなってくる。恋愛ドラマの喧嘩シーンだろうか。若い男女が罵り合う声が狭い路地に響いている。

そういえば以前、耳が遠くなっちゃってさ、と母親がぼやいていた。それでテレビの音を思いきり上げているのだろうが、近所の人も長年の付き合いだけに注意できないのかもしれない。困ったもんだ、と嘆息しているうちに実家に着いた。赤錆びたトタン屋根の木造二階家。玄関の引き戸に手をかけるとあっさり開いた。近頃は田舎だって物騒だ。ちゃんと戸締りしろよ、と何度言っても母親は聞かない。

家に入るなり鍵を閉めて茶の間に上がると、母親は座卓に突っ伏して、うたた寝していた。リモコンを探してテレビを黙らせた。途端に母親が目を覚ました。テレビを消すと、なぜ親は起き

るのか。毎度の謎に苦笑いしてしまうが、そんな晃成を訝しげに見ながら、

「何しにきた」

寝ぼけ眼の母親が白髪を撫でつけながら聞く。何しにと言われても答えようがない。

「母ちゃんが、どうしてっかと思ってよ」

愛想笑いしてみせた。

「どうしてっかだと？　父ちゃんの遺産と年金頼りで無駄に生きてんだよ」

文句あっか、とばかりに睨みつけてくる。四年前に癌《がん》で他界した父親もそうだったが、似たもの夫婦というやつで相変わらず口が悪い。

「何か食べるもんあっかな」

一応、聞いてみた。結局、鮨は二貫しか食べられなかったから、まだ腹はぺこぺこだ。

「そんなもんとっくに食っちまったから、台所の残飯でもあさっときな」

投げやりに言い放って背中を掻いている。

やれやれ、と舌打ちしながら台所へ行くと、鮴《めばる》の煮付けと味噌汁が残っていた。いまも母親は、近所の漁師から半端な魚をもらっているようだ。レンジで温め、炊飯ジャーから白飯をよそって茶の間に戻り、座卓で食べはじめると、母親がぼそりと呟いた。

「おめえ、みんな知らんとでも思っとるんか」

は？　と箸を止めて母親を見た。

「とぼけてんじゃねえ。田舎は狭《せめ》えから悪い噂ほど広まるんだよ。そんなよれよれの背広着て東京から逃げ帰ってくりゃ、やっぱ噂通りだった、ってみんな陰で笑ってっぞ」

忌々しげに腐された。

　鮨屋で会った葉月夫婦も、あとから来店した地元の先輩も、知っていたんだろうか。そう思うと居たたまれなくなって、晃成は白飯をかっ込んだ。さっさと食べて二階の部屋に逃げたかったが、母親のぼやきは止まらない。

「だいたいおめえは魚のおかげで育ったくせに、肉なんぞ売るからバチが当たったんだ。肉でちょいと儲けて浮かれとったから、見る間に落ちぶれちまったじゃねえか。あの世の父ちゃんも、ほれ見たことかと笑っとるわ」

　ケッ、と吐き捨てた。かつて晃成が恵比寿で起業した焼肉チェーンのことを言っている。

　高校卒業後、晃成は料理人になるつもりで上京した。まずは調理師学校の学費を貯《た》めようと高円寺に安アパートを借りて新宿の居酒屋、ダイニングバー、焼肉屋など飲食チェーンのバイトを掛け持ちして働いた。両親共働きの家庭で育っただけに料理は得意で仕事は楽しかったが、上京三年目の夏に西麻布の高級焼肉チェーンへ行く機会があった。新宿の焼肉チェーンでバイト仲間だった大学生の克哉《かつや》が、たまたま競馬で当てて、

「うちの店よりすげえ焼肉があんだよ」

　とバイト明けの深夜に連れていってくれた。

　正直、仰天した。肉が旨いのはもちろんだが、それにも増して値段の高さが半端なかったからだ。バイトしていた店では六八〇円の上タン塩が三〇〇〇円。九五〇円の上カルビは三五〇〇円。克哉の大盤振る舞いで思いきり飲み食いしたら二人で五万円。こんな世界があったのか、と衝撃を受けている晃成に克哉は言った。

「高級焼肉チェーンってのは、いい肉さえ仕入れられれば、収益率、半端ねえんだよな」

料理学校に行くよか高級焼肉チェーン開いたほうがよくね？　と言われた。

それも一理ある、と即座にその高級焼肉チェーン店のバイトに移った。肉問屋のバイトも見つけてさらに三年間、掛け持ちで働いた。毎晩出漁していた両親の遺伝子を受け継いだためか、心が決まれば頑張れる性分だ。寝る間も惜しんで六年かけて金を貯め、それを元手に官民金融機関から借りられるだけ金を借りて会社を興し、恵比寿の居抜き物件に店を開いた。

厨房仕事はバイトで覚えたし、肉の目利きや仕入れ方法は肉問屋の社長が教えてくれた。あとは従業員を集めるだけだ、というときになって久しぶりに克哉と飲むと、

「晃成、さすがだな。おれも手伝うよ」

と言ってくれた。東京出身の克哉はその後、大学を卒業して一般企業に就職したが、得意先の経理業務委託会社に伝手があるらしい。いずれ脱サラして自分も起業する予定だから、それまで副業としてサポートしてくれるという。

おれって人に恵まれてるなあ、と嬉しくなった。高卒の田舎者に足りない部分を、高偏差値の東京人に支えてもらえばきっと成功する。そう考えて経理面は克哉にまかせ、晃成はメニュー開発から調理と接客のマニュアル作成、仕入れ先の確保、といった店舗オペレーションの組み立てに奔走して、深夜三時まで営業する高級焼肉店を開いた。

すると、またしても人に恵まれた。西麻布でバイトしていたときに知り合った芸能プロの社長が、夜中までテレビ番組を収録している芸能人やテレビ局員を仕事明けに連れてきてくれるようになったのだ。

これで火がついた。芸能人御用達の店として一般の客も集まりはじめ、一年目にして大黒字。二年目には広尾に二号店を開き、高円寺のアパートから六本木のマンションに引っ越し。三年目に渋谷の三号店を開いた頃には、輸入車やブランド服が買えるまでになった。

父親が他界したのはその翌年だった。葬儀のために数年ぶりに帰郷した晃成は、母親を励まそうと東京での成功を伝え、小遣いとして金を包んで渡した。ところが母親からは、

「おめえは昔っから、愛想よくしてりゃ人が寄ってくるやつだから、ちったあ得すっけど、調子こいてっとすっ転ぶかんな」

と毒舌を返された。息子が成功してもそれかよ、と苛ついたものだが、その真意に気づいたのはコロナ禍に突入してからだった。

コロナぐらい気合いで乗り切る、と当初は高を括っていたが、緊急事態宣言が発出された直後から売上げが激減した。行政府から感染拡大防止協力金も支給されたが、それで潤ったのは個人店のみ。高級店を三店舗もチェーン展開している晃成の会社にとっては焼け石に水で、その直後に副業で手伝ってくれていた克哉が逃げてしまった。

人というものは寄ってくるのも早いが離れるのも早い。やがてほかの従業員も逃げだし、克哉が仕切っていた経理業務委託会社から経理関係の書類とデータ一式が返送されてきた。

結局、晃成を金ヅルとして利用していただけの克哉を信じていたのが大失敗で、残ったものは三店舗の売上げ九割減の悪夢と、多額の借金のみ。新規出店で借りまくっていた会社の負債がそっくり晃成に圧しかかり、追い詰められたあげくに最後は自己破産した。

三か月後には家賃滞納で六本木のマンションを追われ、友人宅に居候したりネットカフェを転

々としたりしたあげくに路上生活に追い込まれ、結局は故郷に逃げ帰ってきたのだが、母親の忠告を聞いておけば、と後悔したところで後の祭りだった。

　ったくおれってやつは。過去のフラッシュバックに打ちのめされた晃成は箸を置いた。あれほど空腹だったのに食欲が失《う》せてうなだれていると、母親がまた口を開く。

「しかしまあ、何がいかんかったんかねえ。子どもの頃、わしらが面倒見てやれんかったせいもあんだろうけど、多喜子《たきこ》はまともに育ったのに、どうなっとるんだか」

　姉の多喜子は結婚出産を経て親子三人、隣街の君津《きみつ》市で暮らしている。月に何度か孫と帰ってきて家事を手伝ってくれるそうだが、ここで引き合いに出されても返す言葉がない。無視して黙っていると、

「で、借金はまだ残ってんのか？」

　露骨に問われた。首を横に振った。すっからかんになったが、もう借金はない。それだけ答えて自己破産のことは伏せた。

　自己破産は戸籍や住民票には記録が残らない。選挙もできればパスポートも持てるし、携帯も契約できる。ただ、自己破産者という言葉の悪印象は拭いようがない。これだけは伏せておきたくて、残りご飯をかっ込んで食器を下げようとすると、母親がたたみかけてきた。

「なあ晃成、明日から朝と晩の二食、わしのためにめしを作れ。そしたら、おめえが立ち直るまで家賃なしで二階に住まわせてやる。落ちぶれはしても、もとは食い物屋をやってたんだ、それぐらい朝飯前だろうが」

　どうだ？　と睨みつけられた。

口調こそきつかったが親心のつもりなのだろう。迷ったものの、小さくうなずいてみせると、母親はよっこらしょと座卓から立ち上がり、テレビの横に置かれている茶箪笥《ちゃだんす》の引き出しから分厚い茶封筒を取りだした。

「これ、覚えてっか？　おめえが調子こいてた頃に帰ってきて、小遣いだ、って抜かして置いてったやつだ。こんなあぶく銭はいらねえから、そっくり返金してやる」

ほれ、と投げてきた。


目が覚めたのは、翌朝の六時半過ぎだった。

半年余りの野宿生活の間は、朝陽が昇れば自然に起きてしまう毎日が続いていたが、ゆうべ久しぶりにお湯を張った風呂にのんびり入ったおかげだろう、瞬く間に眠気に襲われ、高校時代まで使っていた二階の部屋に上がるなりぐっすり寝入ってしまった。

窓越しに射してくる朝陽の眩しさが嬉しい。屋根つきの家で柔らかい布団に包まれて起床するなんて、それだけでも極楽気分なのに、今日からはちゃんと飯も食える。おまけにキャリーバッグにはあの茶封筒が入っている。口の悪い母親が、ぶっきらぼうな態度ではあるものの、ここまで親心を見せてくれるとは予想外もいいところだった。

もちろん、三十男が老母にすがった悔しさもなくはないし、こうなると新たなプレッシャーもひしひしと感じる。それでも、どんよりと全身を蝕んでいた倦怠《けんたい》感が、多少なりとも軽くなったことは確かだった。

いずれにしても今日から再始動だ。まずは母親との約束を果たさなければ、と晃成は寝床を離れ、自分を励ますように大きな伸びをした。そして路上生活で着倒したよれよれのブランドスーツを押し入れに放り込み、母親が出してくれた亡き父親のジャージを着て一階に降りて顔を洗い、すぐ台所に入った。

すでに母親は起きて奥の座敷にいるようだが、晃成は黙ってあり合わせの食材で朝食を作った。近所の漁師から貰ったと思われる魳《かます》の塩焼きと野菜サラダ、玉葱の味噌汁と漬物と白飯を添えて茶の間に運び、

「めし、できたぞ！」

奥の座敷に呼びかけた。

ほどなくして母親が茶の間に現れ、無言のまま座卓についてテレビのスイッチを入れた。出戻り息子との朝が気まずいのか、ゆうべの親心など忘れたかのように朝のニュースを大ボリュームで響かせながら箸を使いはじめる。

晃成も左手で箸を取った。正直、さっさと食べて逃げだしたかったが、箸が進まない。軍資金は渡したんだ、とっとと再起しろ、と母親から急かされている気がして、腹は減っているのに食べ物が喉を通らない。

そんな息子をよそに、そそくさと食べ終えた母親は、箸を置くなりチッと舌打ちした。

「なんだ、この朝めしは。ほんとにプロの料理人だったんか？」

かちんときた。あり合わせの食材しかない中で作ったのに、一夜明けても変わらない毒舌に苛ついたが、喧嘩するわけにもいかない。ぐっと堪えて食器を片付けて玄関へ向かうと、

「どこ行くんだ」

母親の声が飛んできた。

散歩、とだけ答えて家を出た。母親から突っ返された金で、とりあえず携帯を再契約しようと思った。再起のためには携帯が不可欠だ。ただ、一番近い携帯ショップは二十キロほど離れた富津市街のショッピングモールにしかない。どうしたものか、と嘆息しながら歩いていると路地の先に食堂が見えた。

けさは四方田食堂の暖簾が掛かっている。まだ八時だから携帯ショップは営業してないだろうし、四方田夫婦に挨拶してから行くか、と昨夜に続いて格子戸を開けた。

「いらっしゃーい」

のどかな声色の挨拶に迎えられた。ショートヘアに白いエプロンを着けた若い女性店員だった。昨夜の鮨まさよとは一転、モツ煮や鶏唐揚げをつまみながら朝酌に興じるおやじ漁師たちを相手に、ゆるゆると接客している。

ああ、これが四方田食堂だ。賑々しい空気に懐かしさを覚えながら店内を見回していると、

「おや、東京から帰ったのかい」

店主の四方田大将だった。最後に会ったのは何年前だったか、レトロなリーゼントで決めていた髪はすっかり抜け落ち、つるっ禿《ぱ》げになっている。顔もシミと皺だらけで調理に勤しむ動きも鈍く、洗い晒した調理白衣姿で、のそのそと厨房を動き回っている。

「お元気そうですね、大将」

愛想笑いを返した晃成に、

「まあ、かろうじて生きとるよ」

大将は照れ笑いした。その横でキンピラを小鉢に盛りつけている奥さんの女将も、

「あら晃ちゃん、いつ帰ってきたんだい？」

しわがれた声で聞く。晃成が小さい頃は、ぐりぐりっと頭を撫でたり、ぽんと尻を叩いたり、手荒く可愛がってくれたものだが、その物腰もすっかり丸くなり、皺に覆われた顔には疲れが滲んでいる。

そんな老夫婦をよそに、客席のおやじ漁師たちは相変わらず賑々しく飲んでいるが、赤ら顔の一人が晃成に気づいて声を上げた。

「おう、ご無沙汰だな、おめえも飲め！」

かつて大漁のたびに小遣いをくれた竹中のおっちゃんだった。どす黒く陽焼けした四角い顔に無精髭という造作は変わらないが、顔全体に深い皺が刻まれ、ぼさぼさの髪も髭も真っ白だ。葉月はレジェンドと称していたが、老翁と呼んだほうがぴったりくる。

そんな年月が晃成との再会に喜びを添えてくれたのだろう。竹中翁は店の冷蔵庫から勝手に瓶ビールを取りだして栓を抜き、

「ほれ、小遣い代わりだ！」

カウンターの空席にドンと置いた。ほかの客たちも、飲め飲め！　と囃《はや》し立てている。

これには晃成も嬉しくなって、

「今日も大漁ですか？」

と聞くと、いや、レジェンドも形無しの坊主でよ、と竹中翁は不漁を嘆いてみせ、

「だが人間、ダメなときはパーッと飲んで、また出直しゃいいってことよ」

なあ、と晃成に笑いかけてくる。

母親の言葉通り、やはりみんなおれの現状を知っているのかもしれない。思わぬ歓待ぶりに複雑な気持ちになりながらも、カウンター席に座り、じゃ、いただきます、とビールを一気飲みした。すかさず女性店員が、

「あらー、いい飲みっぷりねえー」

とビールを注ぎ足してくれて、化粧っけのない愛くるしい顔を綻ばせている。どう見てもひと回りほど下と思われる娘からタメ口を利かれたのに、なぜか違和感がない。ほかの客たちも、そんな彼女のキャラを楽しんでいるらしく、

「晃成、彼女は大将の妹さんの孫娘、莉子《りこ》ちゃん。まだ二十一歳のぴちぴち盛りだ」

竹中翁が嬉しそうに紹介してくれた。本業は、竹岡の山側にある高齢者施設の介護職員だそうで、四方田食堂の営業が短縮されて以来、施設の仕事は遅番のみにしてもらい、毎朝九時に食堂が閉店すると同時に軽自動車で出勤。夜七時過ぎまで働いて竹岡駅に近いアパートに帰宅して、翌早朝にはまた食堂を手伝っているという。

そんな多忙な日々なのに、彼女の働きっぷりには舌を巻いた。セクハラまがいのおやじたちをさらりとかわし、その合間に盛りつけや食器洗いなど厨房の仕事も手伝い、壁掛け時計が午前八時五十分を指すなり、

「ごめんねー、もう閉店なのよー」

食器を下げながらおやじ漁師たちを追い立て、晃成も帰ろうと立ち上がったときには、じゃ、行ってくるねー、とさっさと出勤していった。

自己破産者のくせして朝ビールを奢られてへらへらしていた晃成が、結局、最後に残ってしまった。それが急に恥ずかしくなって、

「ご馳走さまでした」

ぺこりと四方田夫婦に頭を下げると、ちょっと待っとくれ、と女将に引き留められた。

「ねえ晃ちゃん、お客さんからもいろいろ聞いとったけど、これからどうすんだい？」

唐突に問われた。自己破産のことまでは知られていないようだが、これからのことなど、こっちが教えてほしいほどだ。どう答えたものか言葉に詰まっていると、

「もし、つぎの仕事が決まってないなら、うちを手伝ってもらえんかと思ってね。正直、あたしらも歳だし、このままだとお客さんにも莉子にも迷惑かけちゃうから本当に困っててね。大したアルバイト代も払えんけど、晃ちゃんは料理人をやってたみたいだし、助けてもらえるとありがたいんだけどねえ」

上目遣いで懇願された。

3

翌朝は五時前に起床した。

明日こそ母親につべこべ言わせない食事を作ってやる、と寝しなに気合いを入れたせいか、自然に目が覚めてしまった。

なにしろ昨日は莉子の働きっぷりに刺激されて、携帯ショップは後日にして近所のスーパーへ

出掛けた。茶封筒から抜きだした万札でしこたま食材を買い込んできて、総菜売場で見つけた鰻《うなぎ》の蒲焼《かばやき》、本鮪《まぐろ》の大トロ刺身、蟹《かに》棒肉と菜の花の和え物、そして車海老と京湯葉の吸い物まで。これでもかと張り込んだ豪華メニューに仕立てたのに、母親はお湯割り焼酎をだらだら飲みながら、ちょこちょこつまんだだけで、

「無駄金使ってんじゃねえぞ」

と言い放つなり、ああ酔っぱらった、と奥の座敷に引っ込んで寝てしまった。

こんだけ頑張ったのに、その言い草はないだろう。さすがに怒鳴りつけそうになったが拳を握り締めて堪え、明日の朝こそは、と寝る間際まで献立を考えた。

その結果、けさの朝食は甘鯛の松笠焼き、本鮪納豆、しらすおろしのイクラのせ、蛤《はまぐり》と絹さやの味噌汁、聖護院《しょうごいん》かぶらの千枚漬けと白飯で一揃え。どうだ、とばかりに茶の間で配膳していると母親が起きてきた。けさもまた仏頂面でいる。座卓に並べた朝食も一瞥《いちべつ》しただけで不機嫌そうにテレビを点け、もそもそと食べはじめた。

要するに母親は、おれが作ったものは何であろうと気に食わないのだ。もはや腹を立てるより哀しくなった晃成は、母親の傍らで残った蛤と絹さやの味噌汁を白飯にぶっかけてかっ込み、ガチャガチャと食器を洗ってジャージ姿のまま家を飛びだした。

四方田食堂に着いたのは、開店時間の直前、午前五時五十五分だった。結局は食堂に来てしまった。昨日、女将から懇願されたときは、大勢の地元客の前に立つのが怖くなって、

「ちょっと考えさせてください」

と返事を保留してしまった。自己破産者のレッテルを背負うと、こんなにも臆病になるものか

と自分に驚いたが、一夜明けて母親にむかついた反動もあったのかもしれない。

このままではいけない、と自省した晃成は、

「おはようございます！」

思いきって食堂の格子戸を開けた。

「あら晃ちゃん、ありがとう」

テーブルを拭いていた女将が、ほっとした面持ちで迎え入れてくれた。厨房にいる大将も、いや助かるなあ、と笑みを浮かべている。

二人とも何時から準備していたんだろう。わずか三時間の営業でも仕込みから後片付けまで含めれば、実働時間は七時間ほどになるはずだ。しかも定休日は、竹岡の多くの漁師が休漁する火曜日のみ。この使命感はどこからくるのか、と考えていると、

「あら晃ちゃん、手伝いにきてくれたんだー」

奥のトイレから莉子が現れた。女将を真似て晃ちゃんと呼ばれたが、不思議と違和感はない。莉子も朝六時の出勤かと思っていたら、もっと早くから手伝っていたらしく、はいこれ、と晃成に白いエプロンを手渡してから店頭に暖簾を掲げた。その直後に、

「おう、ビールといつものやつ！」

生魚を入れたバケツを手にした中年男が入ってきた。どうやら漁師らしく、莉子がバケツを受け取って厨房に運び、大将が魚を捌きはじめる。こうして魚を仕入れてるのか、と晃成が眺めていると莉子から目配せされた。ビールをお願い、と言っている。

慌てて瓶ビールを抜いて持っていくと、

「ほう、今日から兄ちゃんも手伝うのかい」

よろしくな、と挨拶された。

気がつけば莉子が厨房の大鍋からモツ煮をよそっている。それが中年漁師の〝いつものやつ〟らしく、続いて二人三人と来店した常連客にも、いつものやつをさっと出している。

ときに晃成を知っている客もやってきて、

「四方田食堂から再出発か、頑張れよ！」

といった声をかけられながら、勝手知ったる莉子の指示通りチューハイや日本酒を給仕。房州名物のなめろう、鮪納豆、冷奴といったつまみや肉野菜炒め定食、生姜焼き定食といったご飯物もつぎつぎに運んでいく。

小一時間もしないうちに仕事の流れが摑めてきた。そもそも飲食店経験が長い晃成だけに、言葉遣いは荒くとも根はやさしい常連客に助けられ、徐々に店に溶け込んでいった。

そんな晃成に四方田夫婦も安心したのだろう。今日は夫婦二人とも厨房に入って調理に専念している。晃成もまた二人の仕事ぶりにほっとしていると、それも束の間、開店から一時間過ぎたあたりから異変が起きた。それまで遅滞なく調理をこなしていた大将が注文を飛ばしたり、順番を忘れたり、調理の段取りを間違えたりしはじめたのだ。

そのたびに女将がフォローしたり、莉子が機転を利かせたりして乗り切ったものの、午前九時の閉店と同時に大将は厨房の丸椅子にへたり込み、背中を丸めて動かなくなった。長年食堂を支えてきた大将も、寄る年波には勝てないのだろう。

当面、手伝いを続けたほうがよさそうだ。悲哀にも似た感情を覚えていると、けさに限って莉子が施設に出勤せずに戸棚から発泡スチロール製の弁当箱の束を取りだした。その物音に反応して、へたり込んでいた大将がよいしょと立ち上がり、鯖を焼きはじめる。

「今日、施設の仕事は？」

莉子に聞いた。

「金曜日は、お弁当の日なの」

閉店後に弁当を四十人前作り、莉子が働く施設が訪問介護している高齢者に配達するのだという。莉子が遅番だけで働けるのも、この仕事を請け負っているからだそうで、そこまでやってるのか、とびっくりした。

「けどこれ、晃ちゃんが高校生の頃から大将と女将がやってたことなのよー」

え、そんな昔から？　と晃成が目を見開くと、

「あの頃、あたしはまだ六歳だったんだけど、親が共働きだったから、よく遊びにきてたの。だから高校生の晃ちゃんがたまに食べにきてるのも知ってて、カツ丼をがつがつかっ込んでるとこが男らしくてかっこいいなー、って見てたんだから」

「マジかよ、照れるなあ」

「で、そんなある日、大将が営業中に介護施設から頼まれた訪問介護用のお弁当を作ってたのね。なんかめっちゃ楽しそうに見えたから、あたしもよく手伝ってたんだけど、それが縁で、その後、介護施設に就職できたわけ」

不思議な縁でしょー、と莉子が微笑む。当時、晃成はカツ丼をかっ込むなり席を立っていたから、まったく知らないことだった。

「莉子ちゃんは昔から偉かったんだなあ」

思わず感心して褒めたつもりが、

「やだー、晃ちゃんったら、そうやって女の子を口説くんだ」

にやついた顔で突っ込まれた。

「いやマジで言ってんだって。いまだって食堂と施設を掛け持ちしてんだからすごいよ」

「ありがとー。ただあたし、ふだんは朝九時までしかいられないでしょ。お弁当の日は長めにいられるけど、作ったら配達に出ちゃうから最近は大将が心配で。だから晃ちゃん、今日から店の片付けも手伝ってくれないかなー。今日も大将、へたっちゃってるし」

そう言われると無下には断れない。晃成がうんとうなずくと、莉子はふと声をひそめた。

「ただー、ひとつ注意してほしいんだけど、最近、厄介なことがあるの」

「は？」

「東京の業者がやってきて大将に」

言いかけた瞬間、

「莉子、配達の時間だぞ」

大将の声だった。内緒話のつもりが耳に届いていたらしく、慌てて莉子は口をつぐみ、やれやれとばかりに首を左右に振った。

午前十一時半過ぎ、弁当作りが終わって莉子が配達に出掛けてからも、四方田夫婦はしばし客席の椅子にもたれてぐったりしていた。

二人とも疲労の色が濃く、片付けどころではなさそうだ。それも当然で、莉子の話では今日も二人は朝四時から開店準備をしていたという。営業時間を短縮したとはいえ、弁当作りと併せて八時間近くもぶっ通しで働いていたわけで、そんな二人を目の当たりにしては晃成も見て見ぬふりはできない。

「あとはおれがやりますから、二階でゆっくり休んでください」

労《いた》わるように二人に告げた。

「ありがとう、明日もよろしくね」

女将が何度も礼を言って、大将の肩を支えながら二人で二階に上がっていった。

それから晃成は一人で後片付けに勤しんだ。なんやかやで午後一時過ぎまでかかってしまったが、不思議と徒労感はなかった。初日から予想外のフル稼働になってしまって体は疲れているのに、久々に働いた充実感と四方田夫婦の役に立てた満足感のほうが勝っていた。

こうなったら二人のために明日も頑張ろう。なぜかそんな気持ちまで湧き上がってきて、よし、と自分に気合いを入れて帰り支度をしていると、不意に店の格子戸が開いた。

「あら晃成さん、手伝ってたのね」

ジャージ姿の雅代だった。両手で抱えているトロ箱を厨房に運び込み、

「昨日、女将が心配してたのよ、あなたが手伝いにきてくれるかどうかって」

今日は喜んでたでしょう、と微笑みながらトロ箱を開けて大きなクーラーボックスに魚を移し替えている。それで思い出した。

「そういえば、さっきもトロ箱が二つ宅配便で届いたんで、そこに置いときました」

厨房の隅っこを指差すと、

「ああ、よかった。今日は上物がどっさり獲れたって電話がきたから、酢締めや昆布締めを多めに仕込もうと思って早めに来たのよ」

　雅代が届いたトロ箱の中身も確認している。

「だけど能登とか豊洲とか、けっこう遠くから取り寄せてるんですね」

「そうなのよ。いまあたしが運んできたトロ箱には葉月さん夫婦から買った魚が入ってるんだけど、鮨って最低でも二十種類以上の魚が必要なのね。だから能登の漁師と豊洲市場の仲買人からも直送してもらってるわけ」

　ありがたい話よね、とほっこり笑い、早速、丸々と太った真鯖を捌きはじめる。出刃包丁を器用に操って手際よく三枚におろしていく。

「でもそういう仕入れ先って、どうやって見つけたんですか?」

　晃成は聞いた。間借り商売とは思えないほど本格的な仕入れっぷりに興味が湧いた。

「能登の漁師さんは、もともと東京の築地市場で長いこと仲買店を経営してた人なの」

「仲買人だったと」

「そう。だけど市場が築地から豊洲に移転するときにゴタゴタしたじゃない。あれにうんざりして、一番弟子に店を譲って故郷の能登に帰って漁師になったわけ。で、その弟子が仲買店を豊洲に移したもんだから、能登と豊洲の両方から直送してもらえるようになった。おまけに、その元仲買店主の二番弟子は葉月さんの旦那、正孝さんなのね。彼も豊洲移転のときに自分の人生を考えはじめて、婚約中の葉月さんに相談したら、だったら夫婦で漁師になろう、って話になったんだって」

そもそも正孝は田舎生活に憧れていたことに加えて、漁師なら同じ漁業関係だし、と大胆に舵を切ったのだという。

「おかげであたしは江戸前東京湾の魚も竹岡で直接買えてるんだから、ありがたい話よね」

「それにしても、その元仲買店主と雅代さんって、よっぽど深い繋がりだったんですね」

焼肉チェーン時代、晃成は上等な食材の仕入れには苦労した。間借り商売の雅代が、そこまで太い縁を結べた理由を知りたかった。

「それはまあ、いろいろとね」

雅代は言葉を濁し、捌いたばかりの鯖を平笊《ざる》に並べて塩を打ちはじめる。深入りし過ぎたのかもしれない、と晃成は別の質問に変えた。

「ちなみに、四方田食堂で間借りをはじめたのも、その繋がりからなんですか？」

「まあそういうことになるわね」

正孝との繋がりが縁で、三年前から夫婦で獲った魚を直送してもらいはじめ、竹岡にもちょくちょく遊びにきて四方田食堂にも立ち寄っていた。すると去年、富山で間借りしていた雅代のもとに、折り入ってお願いがある、と葉月から連絡が入った。

地元漁師のために長年頑張ってきた四方田夫婦が、めっきり衰えてきた。食堂の営業を短縮したいから、夜だけ間借りしてもらえないか。そうなれば漁師たちには夜の憩いの場が生まれるし、間借り料が入れば営業短縮の売上げ減も埋め合わせできる。どうか四方田食堂を助けてやってほしい、と頼み込まれた。

「そう言われたら断れないでしょ。だから富山は早めに切り上げて竹岡に来たってわけ」

「雅代さん、やさしいんですね」

「やさしいっていうより他人事じゃないと思ったの。だって世界中の飲食店が痛めつけられたコロナを乗り越えたいまこそ、同じ飲食店同士、助け合いながら生きていかなきゃ」

　そう思わない？　と問われて晃成は目を伏せた。東京で調子こいてた頃の自分を思い出したからだ。ひたすら成り上がることしか頭になく、得意になって輸入車を乗り回していた過去を咎められた気がして、

「そういえば、さっき莉子ちゃんからチラッと聞いたんですけど、四方田の大将、東京の業者と何かあったんですか？」

　それとなくまた話を変えた。そこまで繋がりがある雅代なら知ってる気がして聞いたのだが、

「東京の業者？」

　雅代が眉根を寄せた。

「実は莉子ちゃん、大将から口止めされてるみたいで詳しく聞けなかったんです。もし雅代さんが知ってればと思って」

　そう言い添えたものの、

「あたしは流れ者だから、葉月さんに聞いてみたら？」

　それだけ言って、雅代はクーラーボックスからもう一尾、真鯖を取りだして捌きはじめた。

4

夜明け前の竹岡漁港は静まり返っていた。

狭い埠頭《ふとう》には、ぽつんと外灯が灯り、耳を澄ませば漆黒の海から時折、微《かす》かな波音が聞こえてくる。沖に目をやれば東京湾の対岸、三浦半島の街灯りも望めるが、港はひっそりとした闇に包まれている。

午前四時ちょうどじゃ早かったか。晃成は埠頭に転がっていた古タイヤに腰を下ろし、ほわっと欠伸を漏らした。

莉子と雅代の態度からして大将はトラブルを抱えているに違いない。体力的な衰弱に加えて精神的にもきつい状況だとすると、ますます今後が思いやられる。やはり葉月に聞くしかない、と雅代に携帯番号を教えてもらったのだが、いまだ晃成の携帯は使えない。店の電話で聞くのは憚《はばか》られる。実家の電話は父親の死後に解約したし、食事を腐された母親の携帯は借りたくない。だったら直接会うしかない。帰港するのは午前四時過ぎだと葉月が言っていた。そこで頑張って二時半起きで母親の朝食を作り置きし、すぐ食堂の仕込みに入って四時前に抜けだして港に来たのだが、古タイヤに座るなりつい居眠りしていると、ほどなくして周囲が騒がしくなった。

はっと瞼《まぶた》を開けると、明かりを灯した漁船がつぎつぎに埠頭に着岸し、疲れた顔の漁師たちが続々と下船してきた。大半が中高年のおやじだった。若めの漁師もいなくはないが、漁師の高齢化を絵に描いたような光景だった。

やがて葉月夫婦の船を見つけた。正月丸という船名に目を留めて駆け寄ると、防水サロペット姿の正孝が埠頭に飛び移り、揃いのサロペットを着た葉月が舫綱《もやいづな》を投げた。正孝が受け取って係柱に舫い、すかさず葉月がトロ箱を抱えて下船してきた。

この道まだ六年とはいえ見事な夫婦の連携だったが、二人の顔にも夜間操業明けの疲労が滲んでいる。漁師の現実を垣間見た気がして声をかけるのを躊躇っていると、

「あら晃成、どうしたの？」

葉月が気づいてくれた。

「突然すみません、水揚げが終わったら葉月さんと二人で話したいと思って」

思わせぶりに晃成が言うと、それで察してくれたのだろう。

「だったら、うちの船で話そっか」

ちょっと待ってて、と夫婦で魚を水揚げして荷捌場へ運んでから正孝だけ帰宅させ、

「さ、乗って」

と晃成を促し、再び正月丸に乗り込んだ。

漁船に乗るのは子ども時代に両親の船に乗せてもらって以来だが、ゆらりゆらり揺れる甲板の上は意外と居心地がいい。日の出前の甲板を照らす作業灯の下で、チャプン、チャプンと船腹にあたる波音を耳にしていると、不思議と心が鎮まってくる。

「実は昨日から四方田食堂を手伝いはじめたんです」

まずはそこから話しはじめた。葉月は昨日、食堂に来なかったから知らないと思った。

「ああ聞いたわよ。晃成が再出発する気になって、お母さんも喜んでるでしょう」

「いや、再出発とかじゃなくて、当面、手伝おうと思って」

「何言ってんの、ずっと頑張ってちょうだい。四方田食堂は、あたしら漁師の拠《よ》り所なんだから、一緒に地元で生きていこ」

ぽんと肩を叩かれた。さっき帰港した漁師たちの疲れ顔と、食堂で朝飲みしている陽気な顔は別人のように見えたが、そんな癒しの場をなくさないで、と言っているのだった。

「でも葉月さん、おれマジで、そういうつもりじゃないんです」

「またそんなこと言う。あたしも莉子も期待してるんだから、腹括って頑張ってよ」

「けど莉子ちゃんの話だと、東京の業者が何か言ってきたらしいんですね。大将から口止めされてるみたいで詳しくはわからないけど、これじゃ腹括るにも括れないじゃないですか」

うまいこと本題を切りだせた。

「そっか、それが引っかかってるんだ。実はね、半年ほど前に東京の不動産業者が、食堂の土地を売ってくれ、って大将に言ってきたわけ。食堂周辺の土地をそっくり買い取ってリゾートホテルを建てたいって」

竹岡地区の南には、すでにマリーナがあり、山側にはゴルフ場も広がっている。加えてコロナ禍以来、リモートワークの普及でスローライフを求める東京からの移住者にも人気が高まっているから、海沿いに高級リゾートホテルが誕生すれば、さらなる注目が集まって地元も大いに潤う。そう持ちかけてきたらしいのだが、大将は即座に断った。

もし四方田食堂の一帯がリゾートホテルになったら、竹岡の漁師はどうなる。漁明けの拠り所がなくなっちまうだろうが、と追い返した。ところが彼らは諦めない。しばらくしてまた訪ねてきて、いまどきは粘っても高値で売れるなんてことはないから、早く決断したもの勝ちですよ、と迫られた。

「それでも大将は、うちは絶対に売らん、って突っ撥ねたんだけど、そのときからなの。大将が食堂の行く末を心配しはじめたのは」

この先、おれが倒れでもしたら業者が何を仕掛けてくるかわかったもんじゃない、と大将からぼやかれたそうで、そのとき葉月は、正孝が魚を直送している雅代を思い出した。正孝を通じて雅代に間借りしてもらい、折を見て、食堂を継いでほしいと頼んだらどうだろう。そう考えて大将に提案してみると、そいつはいい、という話になった。

「じゃあ雅代さんは後継ぎ候補だったと」

「そうなの。ただ雅代さんは、間借りは快諾してくれたけど、後継ぎについては、ごめんなさい、大将の気持ちは痛いほどわかるけど、あたしは間借り鮨で生きていくと決めてるの、って断られちゃって」

「まあ、それは雅代さんの人生だし」

「あたしもそう思う。でも雅代さんとしても申し訳なく思ったみたいで、後は継げないけど、後継ぎ問題が解決するまでは間借りし続けます、って言ってくれたのね。おかげで当面は凌げるようになったんだけど、まだ東京の業者が諦めてないみたいなのが不気味でね」

「そっか、だから雅代さんは自分から業者の話をしなかったんだ」

「そういうことだと思う。雅代さんが大将の意を受けた後継者だったら、大将に代わって強気で業者を撥ね返せるけど、単なる間借り人だとそうもいかないし」

葉月は唇を噛み、夜明け前の空をしばし仰いでから再び晃成を見た。

「でも、まだ希望はあるの。その後、悩んだ大将は竹中さんに協力を求めたのね」

それでなくても漁師が減っているのに、彼らの拠り所がリゾートホテルなんかになってしまったら漁師の枯渇に拍車がかかって竹岡は竹岡でなくなる、と訴えかけると、実は竹中翁も同じ危機感を抱いていた。

「で、二人であれこれ話してるうちに、漁師小屋の話になったらしいの。昔の漁師は漁明けに海辺の漁師小屋で飲み食いして親交を深めたり、時化《しけ》の日は若い漁師に漁の奥義《おうぎ》を伝授したりしたもんだ、って」

だったら今後、四方田食堂も飲み食いだけじゃなく、若い漁師や漁師志願者を積極的に育てていく〝現代版漁師小屋〟に再生してはどうだろう。そんな食堂の存在意義を地元内外にアピールしていけば、東京の業者を撥ね返す力になるじゃないか、と意見が一致した。

「ただ、そういうことって行政とか漁協とかもやってますよね」

「もちろんやってる。でも行政や漁協がいろいろやっても難しい状況だからこそ、民間の我々も自分たちなりのやり方で努力するしかない。それが大将と竹中さんの結論だったの」

とはいえ、大将より八歳下の竹中翁も、近頃は漁師仕事がきつくなってきた。いまも出漁はしているものの、いつまで続けられるかわからない。一刻も早く食堂の後継者を見つけて食堂を現代版漁師小屋に再生しなければ、と話はまとまり、若手漁師の代表として葉月夫婦にも声がかかった。東京の若者事情に明るい二人に後継者探しを託したい、と。

「そんなとき希望の光が射《さ》したのね。なんだかわかる？」

不意に問われて晃成が目を瞬かせていると、

「やだもう、晃成のことだよ。東京で飲食店経営者として活躍してた晃成が、現代版漁師小屋の牽引役になってくれれば、きっと何かが変わるって、みんな信じてるの」

「いや葉月さん、それは買い被りです」

しょせんおれは負け犬ですから、と自嘲してみせると、葉月はポケットから携帯を取りだし、一枚の写真を見せてくれた。魚市場でトロ箱を抱えた若者が写っている。

「これ、十年前の正孝。彼も人生をやり直したんだけど、晃成みたく卑屈じゃなかった。よし、やり直す！　って毎日輝いてた」

「だけど正孝さんの場合は転職でしょう」

「結果的には同じことだよ。前の仕事でしくじったんなら、それを糧に新しい仕事で頑張ればいい話じゃん。雅代さんも自分が期待に沿えなかったぶん、地元生まれの晃成に期待してると思うの。だからお願い、四方田食堂と地元の明日のために晃成の力を貸して」

拝むように迫られて返事に窮した晃成は、ふと腕時計に目をやった。もうじき午前五時を回ろうとしている。

「すみません葉月さん。まだ食堂の仕込みが途中なんで」

こっちから押しかけたくせに、最後は逃げるようにして正月丸の甲板を離れた。

葉月への返事を保留したまま三日が過ぎた。

彼女の地元に向けた思いは痛いほどわかったものの、正直、困ってしまった。

漁業が斜陽産業のひとつと言われている中、大将と竹中翁が行きついた現代版漁師小屋という発想自体は面白いと思った。晃成は料理や経営をきちんと学ばないまま自己流で飲食店を立ち上げて痛い目に遭った。それだけに、行政や漁協とは違うかたちで若い漁師や漁師志願者を育てる場が地元に根づけば、ひょっとしたら何かが変わるかもしれない。

ただ、その牽引役を晃成が引き受けるとなると話は別だ。単なる食堂の後継者ではなく、社会的な責任まで背負うことになるわけで、自己破産した身には荷が重すぎる。

だったら、どうすればいいのか。新たな悩みを抱えた晃成だったが、しかし食堂のルーティンは待ってくれない。今日も早朝からの仕込みに続いて朝九時まで営業して最後は一人で後片付け、と四方田夫婦を気遣いながらフルで働いた。

弁当作りがある日よりはましとはいえ、母親の朝食と夕食も連日作っているだけに、なかなかにきつい。それでも十一時半には片付けを終えて実家へ帰ってくると、玄関に見慣れないスニーカーと子ども靴が並んでいた。

だれだろう。そっと茶の間を覗くと、

「あら晃ちゃん、元気そうじゃない」

姉の多喜子がいた。座卓の向かいに座っている母親の膝には、髪をおさげに結んだ女の子がちょこんと腰かけている。そういえば月に何度か孫と帰ってくると母親が言っていたが、おめおめと帰郷した自分が恥ずかしくて、

「おう、来てたのか」

そっけない言葉を投げた。すると多喜子が、

「唯香《ゆいか》、晃成叔父ちゃんだよ」

と娘に挨拶を促した。

「こんにちは、三歳です」

唯香にぺこりと頭を下げられ、三十三歳です、と冗談めかしてお辞儀を返すと、

「晃成、今日は昼めしも作れ」

と母親に命じられた。

その後も晃成の料理を腐しているくせに、どういうつもりだ、と腹が立ったが、食事作りは同居の条件だ。苛つきながらも台所へ行くと、食品棚に乾麺の饂飩《うどん》が残っていた。饂飩なら無難に食べられるし腐しようがないだろう、とコシを残す茹で加減で冷水にさらして大笊にどっさり盛りつけた。つゆは醤油と味醂《みりん》と出汁の素を煮立てて作り、お椀三つに注いで長葱の輪切りを添えた。

茶の間へ運んでいくと、母親は唯香と猫のぬいぐるみを取り合ってじゃれていた。そんな二人を微笑ましそうに眺めていた多喜子が、

「唯香ちゃん、叔父ちゃんがお昼ご飯を作ってくれたわよ」

と声をかけた。それでもはしゃぎ続けている唯香に、母親が猫なで声で、

「さあさあ唯香、婆ちゃんと一緒に食べよ」

と言いながら饂飩を見るなり顔をしかめた。

「なんだ、このやっつけめしは」

その言い草に、かちんときた。食べる前から喧嘩売ってんのか、と頭に血が上り、

「どこが悪いってんだよ！」

両の拳をがつんと座卓に叩きつけた。唯香がわっと泣きだした。よほど怖かったのか、涙をぽろぽろこぼして泣き続けている。

「唯香ちゃん、大丈夫、大丈夫だわよ」

多喜子がなだめている。それでも母親は負けじと晃成を睨みつけ、

「いいかよく聞け！　おめえの料理には人の心ってもんがねえんだ！　料理だけじゃねえ、おめえは人の気持ちってもんがまるでわかってねえんだよ！」

声を荒らげ、手元の箸を投げつけてきた。

怒りで全身が震えた。おまえこそ親心ってもんはねえのか、とばかりに晃成は再度、力まかせに両の拳を座卓に叩きつけ、饂飩の大笊をバッとひっくり返した。

唯香の泣き声がヒートアップした。かまわず晃成は二階に駆け上がり、母親に突き返された金をポケットに捻じ込み家を飛びだした。

また上京しちまうか。

荒い息をつきながらそんな衝動に駆られたが、はっと足を止めた。今日は約束がある、と思い出したからだ。

実はけさ方、莉子から耳打ちされた。

「今夜、ちょっと話したいんだけど」

やけに深刻そうな面持ちが気になって夜七時に竹岡駅前で待ち合わせしたのだ。

それにしても、ここにきてやること、考えることが一気に増えてしまった。食堂のこと、母親

のこと、現代版漁師小屋のこと、土地買収のことに加えて、莉子からも何か持ち込まれたらキャパオーバーもいいところだ。

　どこからどう手をつけたらいいんだ、と考えているうちに、もうひとつ思い出した。そうだ、携帯も再契約しないと。葉月と話したときもそうだったが、携帯がないと何かと不便だ。今日こそ携帯ショップに行こう、と急遽、実家に引き返し、玄関裏に置かれた母親のママチャリに跨った。案の定、鍵は掛かっていない。すぐ漕ぎだして二十キロ先の富津市街のショッピングモールへ向かった。

　息せき切って走ること一時間半。無事に辿り着いて、母親から突き返された金で滞納金と遅延損害金を払って再契約した。近日中には使えるそうで、自己破産者でもちゃんと契約できた。これには胸を撫で下ろし、久しぶりにモールの中をぶらついて服を買い揃えた。

　亡父のジャージばかり着ていた身なりを多少とも整えて、ついでに母親の夕食用に名店街の〝特製幕の内弁当〟も奮発して買った。昼どきは、つい逆上してしまったが、冷静に考えれば、いま実家を追われたら居場所がなくなる。不肖の息子に苛つく母親の気持ちもわからなくはないし、ここは大人の態度でいこう、と割り切って、再び一時間半かけて実家に戻ってくると午後六時を回っていた。

　とりあえず特製幕の内弁当で機嫌を取ってから莉子に会いに行こう、と恐る恐る家に上がると母親も姉親子もいなかった。姉の車で買い物にでも出掛けたんだろうか。ラッキーだった、と茶の間の座卓に弁当をセットして、すぐまたママチャリで家を飛びだし、約束の午後七時前にどうにか竹岡駅前に到着できた。

宵闇に沈む駅前で待つこと五分。ヘッドライトを灯した軽自動車が坂道を上ってきた。そのまま駅舎前に回り込んでくると、

「ごめんねー、チャリで来たんだね」

莉子が運転席の窓を開けて言った。閑散とした駅前にぽっと温もりが灯った気がして、

「いやあ、車はとっくに売っちゃったんでさ」

晃成は照れ笑いした。

「だったら助手席に乗ってー」

二人とも車ならファミレスに行くつもりだったそうだが、駅舎脇の駐車場で話そうと促されて助手席に座ると、莉子は駐車場の隅っこに車を移動させてエンジンを止めた。

妙に緊張した。食堂でも二人きりのときがあるのに、静寂に包まれた狭い車内だからだろうか。いつになくそわそわしていると、

「晃ちゃん、何で葉月さんに返事しないの？」

いきなり詰問口調で問われた。

「は？」

「とぼけないでー。四方田食堂と地元の明日のために力を貸してって晃ちゃんに頼んだのに、全然返事をくれない、って葉月さんが怒ってた」

「いやそれは」

「これ、葉月さんだけの思いじゃないんだよ。大将も女将さんも竹中さんも正孝さんも常連の漁師たちもあたしも、みーんなが食堂と地元のことを心配して晃ちゃんに期待してるの。なのに晃

ちゃん、ズルいよー」

　露骨に不満をぶつけられて晃成は弁明した。

「いや気持ちはわかるけど、食堂だけでも大変なのに現代版漁師小屋の牽引役まで期待されたら、荷が重すぎるんだよ。おれみたいな負け犬を、みんな買い被りすぎだって」

「ほらー、その言い方もズルい。晃ちゃんは一度は成功したんだから、それだけでもすごいことじゃん。だから晃ちゃんが帰ってきたときは、大将も女将も大喜びだったの。昔から知ってる晃ちゃんなら安心だし、挫折を知らない人よりよっぽど頼りになる。食堂と地元のためにも、晃ちゃんには立ち直ってもらわないといけないから、温かく迎えようって言ってたんだよ。なのにみんなの気持ちも知らずに逃げてばっかりで、あんまりだよー」

　感情剝きだしで責め立てられて言葉に窮していると、携帯の振動音が聞こえた。

　莉子が携帯を取りだした。〝葉月〟と着信表示されているのを見てすぐに応答し、

「やだマジでー？」

　声を張り上げるなり晃成に向き直り、震える声で言った。

「女将が病院に担ぎ込まれたって」

「え、大将じゃなくて？」

「そう、女将」

5

病棟五階の休憩室を覗くと、雅代と竹中翁が窓際のテーブルにいた。二人とも疲れた様子で晃成と莉子が近づいても気づかない。

「ねえ、どんな感じ？」

莉子が声をかけると雅代がはっと顔を上げ、

「女将は処置室にいて、いま大将に葉月さんが付き添ってお医者さんの話を聞きにいってる」

と神妙な面持ちで答えてくれた。病院に担ぎ込まれた、と聞いたときは、てっきり脳卒中的なものかと思っていたが、実は骨折だった。

ここにきて大将は足腰が弱ってきたため、食堂の仕事を終えると女将に肩を支えてもらって二階に上がり横になって過ごしていた。その間、女将は風呂の準備やトイレ掃除といった家事をこなすのが日課で、今夜は洗濯物をたたんで箪笥にしまうために奥の間に入ろうとした瞬間、敷居に躓《つまず》いて転倒し、脚の付け根を骨折した。

「敷居に躓いただけで？」

晃成が驚いていると、

「骨密度が落ちた高齢者は、段差二ミリでも躓いて骨を折っちゃうらしいの」

雅代が口元を歪めた。鮨まさよの営業中、二階の異変に気づいて救急車を呼んだら富津市街の病院に搬送され、大腿骨頸部《だいたいこっけいぶ》骨折の可能性があると告げられたという。

もし大腿骨頸部骨折だったら手術だそうで、早くて十日、長引けば一か月の入院になるという。脳卒中よりはよかったものの、退院しても立ち仕事は無理らしく、

「わしが不甲斐ないばかりに」

と大将は落ち込んでいるという。雅代からの一報で駆けつけた竹中翁もショックだったようで、ずっと押し黙っている。

〝お願い、四方田食堂と地元の明日のために晃成の力を貸して〟

葉月に詰め寄られた記憶がよみがえった。

〝晃ちゃん、ズルいよー〟

莉子の言葉も脳裏をよぎる。

おれはどうしたらいいんだろう。晃成としては恥を忍んで帰郷してきたつもりが、いつのまにか地元のみんなに期待されている。なのにおれは、自己破産の呪縛に囚《とら》われて受けて立てないでいる。一体どうしたものか、本当にわからなくなって窓の外に広がる富津市街の夜景を眺めていると、大将と葉月が休憩室に戻ってきた。やはり大腿骨頸部骨折だそうで、大将の落胆ぶりは半端ではなく、

「すまんなあ、こんな時間まで」

晃成たちに深々と頭を下げるなりふらりとよろけ、とっさに莉子が体を支えた。その憔悴《しょうすい》ぶりを見かねた晃成は思わず口を開いた。

「大将、四方田食堂はおれが守る！　これからは女将のことだけ考えててください！」

とっさの宣言に、大将は一瞬目を見開き、

「ありがとう」

掠《かす》れた声で言った。なぜ突然、承継宣言をしてしまったのか、自分でも不思議だったが、葉月と莉子が安堵の面持ちでいる。竹中翁もふっと表情を弛めたかと思うと、

「どれ、そろそろ引き上げよう」

とみんなを促し、今夜は女将に付き添う大将だけを残して、それぞれに病院を後にした。

莉子の車で竹岡駅前に戻ったときには夜十一時を回っていた。駅前に置いてきたママチャリを回収して帰らないと、また母親に悪態をつかれる。

「ありがとう、じゃ、また明日」

莉子と別れて深夜の国道をママチャリで帰ってくると、すでに実家の電気は消えていた。母親はもう床に就いたのだろう。足音を忍ばせて直接二階に上がり、まだ復活していない携帯を充電器に差して寝床に潜り込んだ。明日はまた三時起きで母親の朝食を作り、四時から食堂の仕込みだ。食堂はおれが守る、と宣言したからには弱音は吐いていられない。

「わからないことがあれば何でも聞いて」

あたしも応援する、と莉子も言ってくれたし、大将の調理ぶりはちょこちょこ見ていたから、その記憶を頼りに乗り切るしかない。

ただ当面、現代版漁師小屋の牽引役は難しい。いま急に食堂と両方やるとなったら、どっちも中途半端になる。そこで病院での別れ際、竹中翁と葉月にその旨を伝えたところ、

「わかった、だったらまずは食堂に集中してくれるか」

と二人とも理解を示してくれた。

あとはもう、くよくよ考えててもしょうがない、と布団を被ってようやく寝ついたものの、三時間後には目覚まし時計に起こされた。

ろくに寝た気がしないまま携帯を手に台所に下り、麦茶で喉を潤した。そのコップを流しに置こうとして、晃成はようやく異変に気づいた。昨日の昼にぶちまけた饂飩が、そのままシンクに投げ込んであった。仰天して奥の座敷を覗くと、母親はいなかった。

どこへ行ったんだろう。姉の家にでも泊まったのか。携帯が通じれば確認できるのだが、と電源を入れると一夜にして復活していた。

即座に電話を入れた。まだ夜明け前とあって応答はなく、また電話する、とだけ留守電に残して食堂へ向かった。

ところが、異変はそれだけではなかった。いざ食堂に着いてみると、一階の電気が点いている。消し忘れたんだろうか、と小走りで店に飛び込むとエプロン姿の莉子がいた。

「え、来てくれたんだ」

昨日は莉子も大変だったから、けさの仕込みは晃成一人でやると伝えておいたのだが、

「あれから、またいろいろあったのー」

と厨房の隅に視線をやる。そこには二階で使っていた安楽椅子が置かれ、大将が座っていた。

「どうしたんすか大将」

声を上げた晃成に莉子が説明する。

「あのあと大将から電話があったの。食堂を休んじゃダメ、って女将に怒られたから朝イチで帰りたいって」

そこで莉子は仮眠もそこそこに再び病院へ行き、大将を連れ帰ってきたのだという。

「マジかよ」

「だって女将も大将も食堂が生きがいだから、二人の気持ちに寄り添ってあげたくて」

そんな莉子の計らいもあって、大将は昨夜よりは落ち着きを取り戻したように見えるが、さすがに眠いのかうつらうつらしている。その姿に、どんだけ食堂が好きなんだ、と改めて気合いが入った。大将の名に恥じぬよう頑張ろう、と晃成は自分に言い聞かせながら、

「おはようございます！」

明るく挨拶した。大将がはっと目を開け、

「おう」

弱々しい声を返してきた。

「今日は大将を真似て調理するので、気になる点は遠慮なく言ってください」

それだけ告げて晃成は厨房に入った。


仕込みは思ったより順調に進んだ。

まずは豚モツを下処理して鍋を火にかけ、野菜を切る。続いて豚肉と鶏肉を捌いて下味をつけ、カツ丼やオムレツ用の卵を三十個割る。魚は漁帰りの漁師が差し入れてくれてから捌けば間に合う、と段取りを確認しながら進めていると、見守っている大将から時折、

「人参は銀杏《いちょう》切り」

「モツ煮はずっと弱火」

と掠れ声の助言が飛んでくる。

そうこうするうちに午前六時になり、莉子が暖簾を掲げるなり、

「はよっす、チューハイと肉野菜炒め単品！」

常連の漁師が注文を口にしながら店に入ってきた。早速、莉子がチューハイを作りはじめ、晃成が中華鍋を火にかけた途端、

「おい、最初だけ作らせてくれんか」

大将がのっそりと安楽椅子から立ち上がった。肉野菜炒めは得意料理とあって、黙って見ていられなくなったようだ。

晃成は一人前の材料を揃えてコンロ前から退いた。すかさず大将は、

「おう、タケちゃん、漁帰りかい？」

と常連の漁師に声をかけ、中華鍋を握って調理をはじめたが、どうも動きが鈍い。そればかりか背中を丸めて豚肉と野菜を炒め終え、皿に盛りつけようと中華鍋を持ち上げた瞬間、またよろけた。慌てて莉子が体を支えて事なきを得たものの、それでも大将は調理を続ける。つぎに来店した見慣れない客にも、

「どっから来たの？　へえ、大阪のトラックドライバーかい」

と笑いかけ、注文された豚生姜焼きをやけに大盛りに仕上げて、ふうと息をついている。

それからも太刀魚塩焼き、なめろう、カツ丼と作り続けたが、それが限界だったようだ。

「いやすまんな、あとはよろしく」

悔しそうに言って安楽椅子によっこらしょと腰を下ろし、晃成にバトンタッチした。

それでも大将は、再び注文がきた肉野菜炒めを作っている晃成に、味見させてくれるか、と言ってきた。小皿によそって食べてもらうと大将は小首をかしげ、まあ一歩一歩だな、とだけ言って安楽椅子から立ち上がり、莉子に肩を支えられながら二階へ上がっていった。

その後の二時間半、晃成はひたすら黙々と調理に勤しんだ。そんな晃成を気遣うように、晃成にも増して疲れているはずの莉子も、

「ダメだよー、そんなに飲みすぎちゃ」

「やだもうカネさん、下ネタ禁止ー」

いつも通りゆるゆると接客しながら、なめろうを盛りつけたり、お新香を切ったり、厨房仕事も小まめに手伝ってくれた。

おかげで朝九時の閉店まで、どうにか二人で店を回せたものの、けさの営業を振り返るとその結果は惨憺《さんたん》たるものだった。

「お、今日は晃成料理長か、そりゃ楽しみだ」

と最初のうちは常連たちも興味津々で、料理も遅滞なく提供できたが、莉子が下げてきた食器を見ると三人に一人は食べ残していた。漁明けの漁師はみんな空腹だから、食べ残しは無言のダメ出しだ。黙って食べてくれた常連客もいなくはなかったものの、気性の荒い常連の一人は、漁師の舌を舐めんなよ、と舌打ちまじりに呟いて帰ったものだった。

こんなことは初めてだった。莉子も当然、気づいていたはずなのに、昨日の今日で疲れたでしょう、今夜はゆっくり寝てね、と閉店後には労《ねぎら》いの言葉を残して出勤していった。

その気遣いが逆にこたえた。何がいけなかったのか。後片付けをする気になれず客席の椅子に

もたれて考えていた晃成は、ふと思い出して携帯を手にした。深夜に電話した姉の多喜子からの着信をチェックしたのだが、着信の代わりにショートメールが入っていた。

『お母さんは当分、あたしの家で預かります。頭を冷やして考えなさい』

やはり母親は姉の家にいるらしく、しかも二人ともまだ怒っているようだ。

心外だった。饂飩をぶちまけて姪《めい》っ子を泣かせたのは悪かったが、そもそも腐してきたのは母親のほうだ。思い返すほどに腹が立ったが、返信はしなかった。いま姉や母親とやり合う気にはなれない。

ったく昨日からろくなことがない。勘弁してくれ、とため息をつきながら客用の椅子を四つ横に並べて寝転んだ。後片付けは仮眠してからだ、と再度嘆息して目を閉じると、

「ごめんください」

だれかが格子戸をノックしている。今度は何だ、と起き上がり、格子戸を開けるとスーツ姿の若い男がいた。

「エステート足立の代理人、江田《えだ》と申します。四方田様はいらっしゃいますでしょうか」

差しだされた名刺には〝墨田法律事務所　弁護士　江田浩紀《ひろのり》〟と記されている。

土地買収の話に違いない。漫画や映画だとチンピラや反社風の人物が多いが、弁護士が訪ねてこようとは思わなかった。

「どういうご用件でしょうか」

「以前からお願いしている土地の件です。先般もお伝えしましたように、こちらの地区では、すでにリゾート開発による地元活性化のために土地を売却する、と応じてくださっている方が多い

んですね。このまま四方田食堂さんだけ孤立しても、と思いまして」

「すみません、いま店主は出掛けてまして」

とっさに居留守を使うと、

「そうですか、では改めて伺います」

江田はあっさり引き上げていった。

どういうことだろう。弁護士をよこすとは尋常ではない。大将に報告しよう、と二階に上がって襖《ふすま》越しに声をかけたが反応がない。

そっと襖を開けてみると、大将は座敷の布団でぽかんと口を開けて寝入っていた。

6

厨房の物音で目が覚めた。

背中が痛い。客用の椅子を並べて寝ていたせいだ、と気づいてむっくり起き上がると、

「ずいぶん、うなされてたわね」

雅代の声だった。いつもの大きなクーラーボックスから魚を取りだして捌いている。

「すみません、後片付けがまだで」

晃成は謝った。

「大丈夫よ、あたしが片付けといたから。ゆうべからずっと大変だったものね」

雅代は微笑み、何か食べる？　と聞く。

「いえ、自分で賄いを作ります」

「そんなこと言わないで、さっき鰹出汁《かつおだし》を引いたから鯛茶漬けはどう？」

さらさらっと食べてお帰りなさい、と諭すように言って、真鯛の身を削ぎ切りにして煮切り醤油に漬けた。そしてご飯を丼に半分ほどよそい、軽く漬かった鯛をきれいに並べて鰹出汁をたっぷり注ぎ入れる。最後に細葱を刻んで振りかけ、おろした本山葵《わさび》を添えて、

「はい、召し上がれ」

　テーブルに置いて晃成の向かいに腰かけた。

　贅沢な賄いだったが、ここは遠慮なく、中華用の蓮華《れんげ》を左手に取り、温かい鰹出汁を口にした。旨かった。さらりとした飲み口なのに、滋味深い旨みが寝起きの胃にやさしく滲《し》みていく。続いて、ご飯と薄切りの鯛を食べると、鰹出汁を吸った米の甘みと漬け真鯛の繊細な味わいに思わず口角が上がった。

「出汁も鯛も絶妙な薄味でマジ旨いっす」

「ありがと。いま鯛を漬けた煮切り醤油は薄口醤油で作ったの。濃い口だと出汁も鯛も起き抜けの胃も強い味に負けちゃうから」

　雅代はそう言い添えて、

「そういえば、食堂はうまくいったの？」

と聞く。ふと答えに詰まったものの、雅代ならわかってくれる気がして正直に答えた。

「久しぶりに店の厨房に入ったせいか、お客さんの口に合わなかったみたいで」

「あら、どう合わなかったの？」

「いやそれは」

「教えてよ。こうなったら四方田夫婦は晃成さんだけが頼りなんだし」

やさしく言われて、つい自白してしまった。

「これでも厨房歴は長いんで、大将の調理を真似て頑張ったんです。なのに食べ残されたり文句言われたりで、何がいけなかったかわからなくて」

すると雅代が言った。

「もしよかったら、今日不評だった料理、あたしの賄いに作ってくれない？」

試食したいと言っている。いささかプライドが傷ついたものの、鯛茶漬けの残りをかっ込んで厨房に立ち、肉野菜炒めと豚生姜焼きを半分ずつ作って白飯と味噌汁を添えた。

いただきます、と雅代は手を合わせ、ゆっくり料理を味わってから、改めて晃成に問いかけてきた。

「さっき、店の厨房は久しぶりって言ってたけど、店以外でも料理してないの？」

「いや、母親には作ってます」

「お母さんの反応は？」

「やっぱ不評で」

姉と姪っ子がいたときなど、絶妙のコシを残して饂飩を茹でてやったのに喧嘩になった、と苦笑いすると、

「姪っ子さんって、どんなお子さん？」

たたみかけられた。

「三歳の女の子です」

「ああ、やっぱりね。可愛い姪っ子さんのことだし、お母さんが怒った気持ち、わかるな」

　思わぬ言葉に、でも、と言い返しかけると、まあ聞いて、と遮られた。

「三歳児って、まだ咀嚼《そしゃく》力が弱いのよ。だから饂飩は短く切って長く茹でて軟らかくしないと、麺を吸い込みすぎて喉に詰まらせたりするわけ。内臓機能も未熟だから味つけは薄味が基本で、できれば卵で蛋白質《たんぱくしつ》、海藻や茸《きのこ》類でビタミンを補ってあげれば完璧」

「でもそんなこと知らなかったし」

「それぐらいプロなら知ってて当然だし、仮に知らなかったとしても、饂飩はふつうに茹でていい？　とか聞けばわかる話でしょう」

　そう言われると何も言い返せない。黙っていると雅代は続けた。

「さっき作ってもらった肉野菜炒めと豚生姜焼きもそう。いまのあたしには正直、薄味だったのね。なぜかっていうと、けさあたしは東京の豊洲市場へ行ってきたの。魚を送ってくれてる例の仲買さんに久々に会いたくて、軽トラを飛ばして往復してきた。しかも竹岡に戻ったら、港の近くの駐車場から魚を入れた重たいトロ箱を運んできた。だからけっこうな汗をかいて体が塩分を求めてたんだけど、晃成さんは調理前に何も聞かなかった。大将だったら、今日はどうしたんだい？　とか聞いてくれるから、豊洲に行ってきて大汗かいちゃって、って言えるじゃない」

　言われてみれば、いつも大将は常連客に、

「おう、漁明けかい？」

「えらく疲れてそうだな」

と声をかけていた。見慣れない客にも、

「どっから来たの？　へえ、大阪のトラックドライバーかい」

と出身地を聞いたりしていた。

「そう、それなの。世の中には、しょせん食堂の料理人、とか馬鹿にする人がいるけど、冗談じゃない。大将は〝旨いおいしいは一人一人違う〟って言うのね。甘さや塩けの好みも体調や気分や出身地によっても違ってくるから、初めてのお客さんでも、どういう人か、どんな体調なのか、できる限り把握して作らないと満足してもらえない、って」

それは雅代の鮨も同様で、客の好みや体調を察して魚の切りつけ方、シャリのサイズ、握り加減などを微妙に変えているという。

「晃成さんにもやってるわよ、あなたは左利きだから、つまみやすいように、ふつうは鮨を左斜めに置くのに、右斜めに置いてる」

あ、と思った。確かに食べやすかった。

さっき鯛茶漬けを作ったのも、寝起きの晃成の胃にやさしいと考えたからだという。茶碗《ちゃわん》だと量が足りなそうだから丼にして、出汁との兼ね合いで白飯は少なめに、と手早く作ったようでもちゃんと気遣ってくれていた。

「結局、料理には作る人の心が映っちゃうの。だから怖いし、だから楽しいの」

雅代はほっこりと笑みを浮かべ、

「ひょっとして晃成さん、チェーン店でばっかり働いてたんじゃない？」

と小首をかしげる。言われてみればチェーン店でしか働いていなかった。

「やっぱりね。いえ、それが悪いってわけじゃないし、チェーン店にはチェーン店のよさもある。ただチェーン店の料理ってマニュアル通りが基本でしょ？　だから優秀な人ほどマニュアルに忠実な味になりがちなの」

　思わぬ指摘をされて唇を嚙んでいると、

「ごめんね、余計なこと言っちゃって」

　雅代が恐縮している。

「そんなことないです、ちゃんと言ってもらえて助かりました」

「だったらよかったけど、それがわかればもう大丈夫。鮨を食べてもらったときに晃成さんの味覚の鋭さはわかったし、調理や盛りつけも身についてるから、〝旨いおいしいは一人一人違う〟を意識すれば大将に追いつき追い越せる。葉月さんや竹中さんの期待通り、この食堂を通じて地元活性化の起爆剤になれると思う」

「いやいや、おれなんか」

　首を横に振ったものの、たしなめられた。

「出会って間もないあたしが言うのもなんだけど、晃成さん、何か負い目みたいなものを抱えてない？　もしそれが壁になってるんだとしたら、料理と同じく相手の身になって考えるようにすれば、きっと乗り越えられるはずだし、あたしも陰ながら応援する。だって晃成さんには人を惹きつける引力みたいなものがあるのね。だから惹きつけられた一人のおばちゃんとしても放っておけないし」

　にっこり笑って雅代は試食した食器を片付けはじめたが、晃成は動けないでいた。〝相手の身になって考える〟という雅代の言葉が奇《く》しくも、実家の茶の間で怒鳴りつけられた母親の言葉に重なったからだ。

〝おめえの料理には人の心ってもんがねえんだ！　料理だけじゃねえ、おめえは人の気持ちってもんがまるでわかってねえんだよ！〟

加えて、雅代が言う〝負い目〟も図星だった。いまや自己破産の過去は行く手を阻む壁でしかない。そこまで雅代が見抜いていたことに晃成は感じ入り、

「雅代さん、ありがとうございます」

思わず頭を垂れた。

「とんでもない。あたしったら偉そうなこと言っちゃって、何様のつもりだろうね」

へへっと笑って食器を厨房に運んでいく。

そんな雅代にもうひとつ聞きたくなった。東京の業者のことだ。間借り人の立場ゆえ踏み込まないでいることは承知の上で、

「いまと違う話になるんですけど、実は今日、東京の業者の代理人が訪ねてきまして」

思いきって打ち明けた。

「代理人ってどんな人？」

訝しげに問い返された。すかさず代理人の名刺を持ってきて見せるとまた問われた。

「ねえ、明後日の夜八時過ぎ、空いてる？」

母親が家を飛びだして三日が過ぎた。

その後の母親の様子はわからない。姉の家にいれば心配はないが、不肖の息子としてはやはり心穏やかではない。

姉に電話してみようか。そうも思ったが、いまは食堂の仕事を最優先するしかない。そう割り切って今日も朝四時に食堂に入ると、直後に莉子も出勤してきた。

「毎朝四時だと、ろくに寝られないだろう。施設の仕事にも響くし、無理しなくていいよ」

毎度のごとく諭したものの、

「大丈夫よー、これでも晃ちゃんより若いし」

と莉子は笑って受け流す。

「だけど、施設のほうだって困るだろう」

「それも大丈夫ー。食堂が大変なのは施設長もわかってくれてるし。訪問介護の弁当でも世話になってるから午後六時までの勤務でいい、って特例で認めてくれたのー」

いつものゆるゆる口調とは裏腹に、しっかりした娘だと思った。食堂の仕事も客席の掃除や調味料の補充のほか、野菜を洗ったり切ったりといった仕込みも手伝ってくれている。開店間際には二階に上がり、食堂を気にかけている大将の肩を支えて一階に下ろし、厨房の安楽椅子に座らせて店を見守らせている。そこまで気が回る二十一歳などそうそういない。

莉子に負けじと晃成も、常連客の嗜好《しこう》を大将に聞いてメモに取り、来店客全員に声をかけて体調や好みを探りながら調理を進めるようにした。その変化に莉子も気づいてくれて、

「キムラさんが親知らず抜いたらしいよ」

「あのおっちゃんは葱が大嫌いなのー」

といった情報を耳打ちしてくれるようになった。施設に出勤してからも、ＩＤを交わしたメッセージアプリを通じて、

『そういえば今日、大将が二階に上がるとき、晃成もやるじゃねえか、って喜んでたよ』

と励ましてくれる。直接話すのとはまた違うそんなやりとりが楽しくて、夜になっても、

『午後の空き時間がもったいないから、新メニューも考えてみようと思うんだ』

と莉子にメッセージを送ると、

『だったら、あたしがめっちゃ好きな、とろとろオムライスはどう？』

と返ってきて、料理の話でしばらく盛り上がったりした。おかげでけさは朝四時の仕込みに遅刻してしまい、

「ダメじゃーん、あたしは時間通り来たのに」

と叱られたが、ひと回り下の莉子に叱られるのもまた嬉しかったりした。

こうしていつものように朝九時まで営業して一人で片付けを終えた晃成は、すぐに帰宅して布団に潜り込んだ。今日は夕方まで仮眠して、再び食堂に行かなければならない。一昨日、雅代に代理人の名刺を見せたとき、明後日の夜八時過ぎにおいで、と言われたからだが、莉子には内緒にした。今日も施設で働いている彼女に無理をさせたくなかった。

夜八時、約束通り鮨屋仕様の食堂へ行くと、

「待ってたわよ、晃成」

なんと葉月がいた。隣では見覚えのある客が湯呑み酒を傾けているが、その白髪頭と白い髭で思い出した。初めて来店した晩、晃成に席を譲ってくれたおやじだった。

「こちらは山藤さん。根っからの鮨っ食いで、鮨まさよの大常連なの」

葉月に紹介されて山藤と挨拶を交わしていると、また客が来た。晃成と同年代っぽい男女二人連れで、和食白衣姿の雅代が親しげに、

「お久しぶり、椋太も佑衣も元気そうね」

と声をかけて山藤の隣の席を勧めた。二人は東京の人形町で『ｖａｓｃｏ　Ｒ＆Ｙ』というバスク料理店を営んでいる夫婦だそうで、二年前、雅代に間貸ししていた間柄だという。

「そのときまでうちの店は、ぼくのせいで迷走してたんすけど、雅代さんと山藤さんのおかげで立ち直れたんすよ」

夫の椋太が照れ笑いした。いまでは雅代の伝手で能登の漁師と葉月夫婦からバスク海鮮料理用の魚を直送してもらっているそうで、

「だから今夜は皆さんにお礼参りっす」

そんな椋太の言葉を受けて妻の佑衣が、これ、本日のデザート、と手土産を取りだした。

「あら、自家製のバスクチーズケーキね」

包みを開けた雅代が相好を崩し、改めて全員に湯呑み酒を注いでくれて乾杯した。

そもそも今夜は、山藤と一緒に雅代の鮨を食べたい、と椋太夫婦が企画したのだという。ところが一昨日、葉月と食堂の料理人も呼びたいんだけど、と雅代から打診されて快諾すると、だったら貸切にしちゃうね、と雅代が言ってくれたそうで、

「すみません、そんな大事な席に東京でしくじった料理人が紛れ込んじゃって」

自虐ジョークのつもりで晃成が言うと、

「そういう言い方しちゃダメ。あなたはしくじりの責任を取った上で、故郷に帰って栄えある四方田食堂の後継者になったんだから」

胸を張らなきゃ、と雅代にたしなめられた。すると佑衣が笑いながら、

「そうそう、うちの椋太なんか、どんだけ失敗してきたことか」

と現在のバスク料理店に行きつくまでの夫婦の波瀾《はらん》万丈を話してくれた。

それを受けて椋太が、雅代のおかげで立ち直れた店の近況を語り、雅代もつまみを作りながら、その後に間借りした金沢と富山のエピソードを披露して賑やかに盛り上がった。

こうして小一時間ほど過ぎたところで、

「そろそろ握りはじめる頃合いなんだけど、その前に晃成さん、あなたの話も聞かせて」

厄介事があるんでしょ？　と話を振ってきた。え、いま？　と晃成は困惑を露にしたが、

「大丈夫よ、みんなちゃんとした人だから」

雅代が微笑みながら言い添える。それでも躊躇っていると、葉月が焦《じ》れったそうに、

「じゃあ、とりあえずあたしからお話ししますね。いま晃成は、過去の失敗を乗り越えて新たな挑戦をはじめたところなんです」

と前置きして勝手に話しはじめた。

今回、晃成は四方田夫婦の意向通り食堂を受け継いだ。と同時に、四方田食堂には〝現代版漁師小屋〟として地元を盛り上げる拠点になってほしい、と願う地元漁師たちの期待も背負っているのだが、

「ただ問題は、最近、東京から厄介な業者が進出してきたんですね」

と言いながら葉月は晃成に目配せする。この先はあなたが話して、と促している。

仕方なく晃成は土地買収について打ち明けた。ここにきて業者の代理人が食堂を訪ねてきて、女将の入院でさらに衰弱している大将に代わって晃成が応対したが、今後のことが思いやられる。

そう吐露すると、黙って耳を傾けていた山藤がふと、

「椋太くん、きみはどう思うかね？」

さらりと問いかけた。椋太は隣にいる佑衣と目を合わせてから、

「まあ他人事じゃないっすよね。業者の商売のために自分たちの大切な店を閉めるなんて耐えられないし、まして四方田食堂は漁師さんたちの拠り所なんすよね？」

と晃成を見る。

「そうなんです。なのに、話がこじれて地上げ屋のダンプカーに突っ込まれた、なんて事件もあったらしいし、どう対処するのが正解か、わからなくなっちゃってまして」

晃成が嘆息すると、佑衣が受けた。

「だったら、四方田食堂の存続運動とかはじめちゃったらどうです？　地域ぐるみで抵抗して業者を追い払った話を聞いたことがあるし、その運動が成功すれば、現代版漁師小屋にも繋げやすい気がする」

「ああ、それはあるかも」

葉月が大きくうなずいた。

「でも、そこまで話を大きくしちゃうと、おれ的にはきついんですよね。いまは食堂の仕事で手一杯だし」

異を唱えた途端、葉月が気色ばみ、

「晃成、それは違うわよ。できない理由を言い立てるより、どうやればできるか、それを考えることが大事なの」

ぴしりと言い返されて言葉に窮していると、湯呑み酒を片手にしばらく聞き役に徹していた山藤が、おもむろに口を開いた。

「そういうことなら晃成くん、一度、わしのところに来ないかね」

唐突な話だった。何かお役に立てるかもしれん、と付け加えられて戸惑っていると、雅代が種箱の蓋を開けながら、

「それ、いいかもよ。せっかくだからお邪魔してらっしゃいな。こんな白髭おやじだけど、意外と頼りになるのよね」

にっこり笑って小鰭《こはだ》を取りだした。

7

その雑居ビルを訪ねたのは、三日後の午後二時だった。

食堂の閉店後、手早く片付けを終わらせて莉子の軽自動車で出発。アクアラインを飛ばして東京の新橋に辿り着き、近隣のコインパーキングに車を置いてやってきた。

最初は一人で出向くつもりでいたのだが、

「あたしも行くー」

と莉子が言いだした。山藤たちとの話を葉月から聞いたらしい。無理しなくていいよ、と晃成は制したものの、

「あたしのほうが大将と女将のことは詳しいし、二人に代わって同席したいのよー」

そう言われては断れない。結局は、急遽、施設を休んだ莉子とともに来訪したのだった。

新橋駅日比谷口から程近い古ぼけた雑居ビルに入ると、案内板の八階に『山藤法律事務所』と表示されていた。あの白髭おやじが弁護士先生だったとは、と改めて緊張しながら八階に上がった。女性秘書に新橋の街を見渡せる応接室へ案内され、年季の入った革張りのソファに腰を下ろして待っていると、

「わざわざ新橋まですまんね。この手の案件は、うかつな場所じゃ話せないもんだから」

白髪頭に手櫛を入れながら現れたスーツ姿の山藤に、まずは莉子を紹介した。

「おお、よくできた娘さんだと聞いとるよ」

山藤は三日前と変わらぬ笑みを浮かべ、秘書が給仕してくれた紅茶を勧めてくれると、

「で、具体的には何を迫られたのかね？」

すぐ本題に入った。あの場ではざっくりとしか話せなかったこともあり、晃成は持参した業者側の代理人の名刺を見せた。

「この弁護士の話では、リゾート開発で地元が活性化するなら、と多くの周辺住民が土地売却に前向きらしいんですね。このままでは孤立しますよ、と言われて心配になりまして」

「なるほど」

山藤はそう呟いて紅茶を啜り、晃成と莉子を交互に見ながら話しはじめた。

「まず最初にわかってほしいんだが、漫画や映画だとチンピラに脅されたり、ダンプカーに突っ込まれたりして地上げされるシーンを見かけるが、その手の卑劣な地上げは三十年前のバブル時代の話でね」

いまや平成四年に施行された暴力団対策法によって、暴力団の地上げ行為は禁止されている。宅地建物取引業の免許がない者が不動産の売却を求めたり、脅迫したり暴力を行使したりした場合は即刻逮捕だという。

「要は、暴力的な手口はまず使われない。その代わり最近は、法律に疎い素人を手玉に取りながら追い詰めて土地を売らせる業者が増えとるから、おそらく〝イソ弁〟を使って揺さぶりをかけてきたのかもしれん」

山藤は思わせぶりに言った。イソ弁とは居候弁護士の略で、弁護士事務所の新人のことだそうで、業者の顧問弁護士が新人を鍛えるために投入したんだろう、と言う。

「けどー、揺さぶりって何するのかな？」

莉子が不安げに口を挟んできた。弁護士相手でもタメ口の莉子に晃成がひやひやしていると、山藤はなだめるように答えた。

「なあに、怖がることはない。基本的には、嫌なものは嫌だ、と突っ撥ね続けていればいい話だ。ただ、素人さんは弁護士が出てきただけでビビるんだよ。そんな心理を突いて業者の思惑通り丸め込もうとしてるのかもしれんなあ」

「思惑通りって、どんな？」

莉子がたたみかける。

「まあ、これはわしの勝手な想像だが、さっきの話からすると今回の場合、同調圧力を利用して四方田夫婦を揺さぶって追い詰める。そんな感じじゃないかな」

「同調圧力」

「そう。日本人ってやつは、周囲の人と同じように行動するように暗黙のうちに迫られると、弱いんだよ。とりわけ地方の狭い地域の人たちほど、その傾向が強くてね。地元活性化のためにみんながリゾート開発に協力的なのに、おたくだけ抗《あらが》って和を乱すのか。なんて空気を醸成されて、結果的に土地売却を捻じ込まれた、なんて話もなくはないし」

うーん、と晃成は腕を組んだ。そこまで先方が見越して動いているのだとしたら、ますます厄介なことになる。莉子もうんざりした顔でいるが、ただね、と山藤は続ける。

「ここでひとつ注意せんといかんのは、周辺の民家の多くが本当に土地売却に前向きなのかどうか、という点だ。代理人がどう言ったか知らんが、そこは疑ってかからんとね」

そう言うと山藤は、隣の執務室に引っ込み、書類を持ってきて広げた。ネットで落とした四方田食堂周辺の住宅地図だった。

「さっき数えてみたら八十軒近い民家があるんだが、代理人が言ったことは本当なのか、まずは検証したほうがいいと思う」

「検証、ですか」

「そう。この手の業者の言い分を鵜呑《うの》みにしてたら思う壺《つぼ》だ。仮にその話がブラフ、つまりこけ威《おど》しだとすれば何も恐れることはないし、淡々と突っ撥ねていればいいだけの話だ」

「でも、もし本当だとしたら？」

「それならそれで、また対応策を考えるが、まあ八割方はブラフだろうと、わしは睨んでいる。だからまずは検証してみることをお勧めするが、どうかね？」

晃成たちの反応を窺っている。

「わかった、やってみる」

莉子は即答したが、晃成は懸念を口にした。

「ただ、それを検証してるうちに、また代理人が来る気がするんですよ。そうなると今度は、大将に取り次がないわけにいかないし」

「だったら大将も代理人を立てればいい」

「ただ適任者が」

「目の前におるだろう。一応、法律と交渉事を生業にしとるんだが、わしじゃダメかね？」

「いえもちろん、そう言ってもらえると嬉しいですけど、食堂の懐事情もありますし」

まともに報酬を払えるかどうかわからない、と率直に伝えると、山藤が身を乗りだした。

「もちろん報酬はいただく。ただ、これでも鮨っ食いだ。四方田食堂が現代版漁師小屋として地元漁師の拠り所として存続し、若い漁師志願者がこぞって集い、旨い魚を獲り続けてくれるのであれば、それがわしの報酬だと思っとるんだが、それでもダメかね？」


新橋のコインパーキングを出発したのは一時間後だった。

そのまま近くの汐留ジャンクションに入ったところで、ハンドルを握る莉子が漏らした。

「かっこよかったよー」

「は？」

「今日の晃ちゃん、めっちゃかっこよかったって言ってんのー」

焦れったそうに繰り返されたが、まだ意味がわからないでいると、

「だって晃ちゃん、今日もきっぱり宣言したじゃん。病院で〝四方田食堂はおれが守る！〟って言ったときもそうだけど、惚れ惚れしちゃったよー」

と持ち上げられた。

「いやそれは違う。かっこよかったのは山藤さんのほうだ。あんなこと言われたら、だれだって腹を括るだろう」

晃成は照れ笑いした。

〝旨い魚を獲り続けてくれるのであれば、それがわしの報酬だと思っとる〟

あの言葉が飛びだしたとき、晃成は鳥肌が立つほど胸を打たれ、つぎの瞬間、

「みんなのために、おれが先頭に立って頑張ります。竹岡の力になってください！」

と頭を垂れていた。山藤の器の大きさを前に、雅代から指摘された自己破産の負い目など瞬時にして吹き飛び、覚悟を決められた。

「晃ちゃん、変わったね」

「え？」

「もちろん、いい意味でだよー。だって晃ちゃんって最近、顔つきが変わってきた。いつも憂鬱そうな顔して、みんなの気持ちも、あたしの気持ちもわかってくれなかったのに、マジで変わってきたからびっくりしてる」

屈託なく言われた。おれってそんなに変わったんだろうか。うまく理解できずにきょとんとしていると、莉子はハンドルを切りながら続ける。

「だからあたしも、そんな晃ちゃんを見てたら覚悟が決まったの。今月末で施設を辞める」

「え、いや、それはまずいよ」

「だけど晃ちゃんが腹を括ったのに、身内のあたしが片手間ってわけにいかないでしょう。いつかは大将と女将の介護もあるんだしー」

「でも莉子が辞めたら施設も困るだろう」

「大丈夫だよー、晃ちゃんが食堂を手伝いはじめた頃から施設長に相談してたんだよね。施設にはほかの職員がいるけど、食堂にはあたしと晃ちゃんしかいない。お弁当の配達は続けるから、お願いします、って」

実は施設長も地元出身で、四方田食堂の存在意義はわかっている。女将の入院にも心を痛めていて、老夫婦だけで食堂を営めなくなったら莉子の退職も致し方ない、と理解を示してくれていた。もし老夫婦の二人暮らしが厳しくなったときには施設の夫婦部屋に入居できるように計らう、とまで言われたという。

そこで大将の実妹に当たる莉子の祖母にも相談したところ、願ってもない、と喜んでくれたそうで、莉子がそこまで考えて動いていたことに胸を熱くしていると、

「だからお願いなんだけどー、帰りに女将の病室に寄りたいの」

山藤からもらった代理人契約書を女将に見せたいのだという。これに大将が署名すれば業者に煩わされることはなくなる。四方田食堂は今後も晃成と莉子が本気で守り続けるから、大将に代

理人契約を勧めてほしい、とお願いしたいそうで、

「わかった、ぜひ寄っていこう。おれもバタバタしてて見舞いに行けてないんで」

晃成は即答した。

「ありがとー。だったらついでに、女将が退院したら夫婦で施設に入って、って、それもお願いしちゃおうかな。女将がその気になってくれれば大将も説得しやすいし」

「それもわかった。おれも後押しする」

これまた即答して話がまとまった。

気がつけば車は東京湾のアクアラインに入っていた。そのまま海の底を軽快に飛ばし、午後四時過ぎには富津市街の病院に到着した。

女将は四人部屋のベッドに、ぼんやりと横たわっていた。莉子が声をかけると、

「なんか長引きそうなのよ」

しわがれた声で呟いた。長年の立ち仕事が響いたのか術後の経過が悪いらしく、最低でも一か月の入院になりそうだという。

これでますます大将との二人暮らしは難しくなった。そう悟った晃成と莉子は、代理人契約と施設入居についてお願いした。すると女将は力なく微笑み、

「大将も弱ってきてるから、これからのことは二人にまかせる。あたしが退院して夫婦で施設に入ったら、食堂の二階は現代版漁師小屋のために自由に使ってちょうだい」

と皺に埋もれそうな目を潤ませた。

やがて検査の時間になったので長居はできなかったが、女将たちのためにも頑張ろう、と心し

て病室を離れ、莉子の車に戻ったところで、

「ついでに姉の家に行ってくれないかな」

今度は晃成のほうから頼んだ。実は母親と喧嘩しちゃってさ、と初めて打ち明け、食堂に全力投球するためにも今日のうちに決着をつけたい、と事情を話すと、

「うん、一緒に連れて帰ろー」

莉子は病院から十五分ほどの君津市にある、多喜子の自宅マンション前で降ろしてくれた。

「近くのファミレスで待ってるから、おかあさんと仲直りしたら電話ちょうだい」

そう言い置いて走り去っていく莉子を見送った晃成は、マンションの三階に上がってドアホンに呼びかけた。

「やだ晃成？」

スピーカー越しに声を上げた多喜子が、すぐにドアを開けてくれた。

恐る恐る居間に入ると、母親は孫娘の唯香とビーフシチューを食べていた。帰宅が遅い多喜子の夫より先に夕餉《ゆうげ》を囲んでいたようだが、母親は晃成に気づいても知らんぷりしている。一方の唯香は晃成を覚えていたらしく、怯《おび》えた顔でスプーンを止めている。

そんな二人を目の当たりにした晃成は、

「母ちゃん、ごめん！」

反射的に詫びていた。母親はまだ仏頂面で食べ続けているが、かまわず続けた。

「母ちゃんから〝おめえは人の気持ちってもんがまるでわかってねえ〟って怒られた意味が、やっとわかったんだ。とりわけわかってなかったのは、母ちゃんの気持ちだったって」

無意識のうちに言葉が湧きだしてきた。こう謝ろうとか、こう釈明しようとか、何も考えていなかったのに、母親とぶつかった日以来、晃成の周辺で起きたすべての出来事が母親への懺悔となって噴出した。

しかし母親は口を開かない。息子の豹変《ひょうへん》ぶりに気持ちが追いつかないのか、スプーンを手にしたままシチューの皿を見つめている。

唯香が再びシチューを食べはじめた。祖母と叔父の張り詰めた空気から逃れるように黙々と口に運んでいるが、そのシチューの牛肉と野菜は細かく刻んである。多喜子の親心だ、と気づいて母親の皿を見ると、大きな牛肉がゴロゴロ入っている。

ふと忘れていた記憶がよみがえった。かつて魚一筋の漁師だった母親は、その反動からか食事は魚より肉で、ハンバーグや酢豚といった肉料理を好んでいた。胃が軽いほうが仕事が捗る、と朝食はお粥《かゆ》にしていたが、具材はほぐした蒸し鶏で、やはり肉だった。

だから多喜子は牛肉をゴロゴロ入れたのだ。母親が先日〝肉なんぞ売るからバチが当たったんだ〟と晃成を腐したのは母親自身への皮肉でもあったのだ。なのに晃成はあの翌日、魳《かます》の塩焼きと野菜サラダの朝食を作った。その翌日の朝食も年寄りは魚だろうと甘鯛、鮪、しらす、イクラ、蛤《はまぐり》を使った魚料理の豪華版にして、その後の食事も魚メインは変えなかった。

〝料理には作る人の心が映っちゃうの〟

雅代の言葉が重く響いた。たまらず晃成は、

「母ちゃん、本当にごめん」

這いつくばるように床に両手を突いた。

「ママ、おじちゃん泣いてる」

唯香が当惑している。大人の男が涙する姿を初めて見たのだろう。

晃成も母親の前で涙したのは幼子のとき以来だったが、当の母親はまだ黙っている。

8

結局、ゆうべ母親は家に帰らなかった。

涙の懺悔も空しく、晃成は母親と何の会話も交わせないまま姉の自宅を後にして、ファミレスで待ってくれている莉子に電話を入れてマンションの前で待っていると、多喜子がエレベーターで降りてきた。

「ごめんね、お母さんは、その気になったときにあたしが連れて帰るから。ただ」

そこで言葉を止めると声を低め、

「ただ晃ちゃん、さっきは謝ってたけど、お母さん、まだ信じてないんだと思う。何年か前に晃ちゃんが外車を飛ばして帰ってきたとき、お母さんが忠告したことを覚えてる?」

晃成は首をかしげると、多喜子は嘆息した。

「やっぱりね。そのときお母さんは、何で竹中さんが小学生の晃ちゃんに小遣いをくれてたかわかる?　って聞いたんだって。そしたら晃ちゃんが、豪快な人だから、って答えたもんだから、がっかりしたって」

「そうだったっけ」

「んもう、竹中さんは若くして奥さんを亡くして大漁を喜び合える人がいないから、寂しかったんだよ。晃ちゃんみたく調子に乗ってたんじゃないことぐらい、子どもにだってわかるじゃん。なのに晃ちゃんったら、お母さんがそう説明しても軽く流して、どう勘違いしたのか、小遣いだ、って札束を渡してきた。お母さんはもう呆れ返って、もっと人の気持ちを考えな、って諭したわけ。なのに、それをすっかり忘れてた晃ちゃんが、ちょっと謝ったぐらいで信じられると思う？」

晃成は俯いた。そういえば、小遣いをもらった話をしたときに葉月が、複雑な気持ちになっちゃって、としんみりしていたが、彼女はちゃんと竹中翁の気持ちがわかっていたのだ。

「だからお母さんは、今回、晃ちゃんに毎日二食作れって言ったわけ。四方田の大将が昔から〝旨いおいしいは一人一人違う〟って言ってたのを思い出して、あたしの気持ちを酌んで料理してみろ、って試したのよ」

にもかかわらず晃成は、いつまでたっても独りよがりな料理を作り続けていたわけで、

「そうか、そうだったのか」

もはやそれしか言えずに下唇を噛んでいると、莉子の車がマンション前に戻ってきた。気まずさを抱えたまま多喜子と別れ、竹岡の実家まで送ってもらった。すぐに二階に上がって布団に入ったものの、身も心も憔悴しきっていてなかなか寝つけなかった。

それでも翌朝は三時に起床して、万が一でも母親が帰ってきたときに備えてお粥を炊いた。母親が好きだったトッピング用の蒸し鶏とトマトのざく切りも添えて冷蔵庫に入れ、

『中国粥をレンジで温めて食べてください』

とメモを置いて朝四時に食堂入りした。

「晃ちゃんおはよう、ちゃんと寝れた？」

莉子は早くも店内を掃除していた。

「まあどうにか」

晃成は苦笑いして厨房に入った。あとは成りゆきにまかせるしかない。そう開き直って野菜の仕込みをはじめると、

「ねえ、あの話、いつ大将にするの？」

莉子に聞かれた。もう起きているという。

「だったらすぐ話そう」

仕込みの手を止めて二人で二階に上がり、

「おはようございます」

晃成が挨拶すると、パジャマ姿で寝転んでいた大将が焦点の定まらない目を向けてきた。

まずは事の経緯を話した。業者の代理人がやってきた一件を契機に、今後は二人が食堂を継いで地元活性化の拠点にしていく意志を固めたこと。その実現のために大将にも代理人を立てて業者を追い払うと決めたこと。さらには女将が、退院後は夫婦で施設に入りたい、と希望していることも伝えると、じっと話に聞き入っていた大将は、

「ありがとな、二人ともいい子に育ったなあ」

と涙ぐみ、覚束《おぼつか》ない手で代理人契約書に署名してくれた。

かつては涙など見せたことがない人だったのに、と一抹の寂しさを覚えたが、大将は大将で老

いという現実と闘っている。感傷に浸っている場合じゃない、と晃成は自分に言い聞かせて再び仕込みに戻り、朝六時ちょうどに漁師たちを迎え入れた。

　それからは、

「今日も大漁ですか、おめでとうございます」

　と声をかけて定食の盛りをよくしたり、

「お疲れのようですねえ」

　と塩加減を調整したりしながら莉子と切り盛りした。途中、大将が莉子に肩を支えられて下りてきたが、もう体力的にきついのだろう。厨房の安楽椅子に三十分ほど座っていただけで再び莉子と二階へ上がっていった。

　午後からは気持ちも新たに食堂周辺の民家を一軒一軒、訪ね歩いた。山藤から助言されたように、周辺の住民たちは本当にリゾートホテル建設を歓迎して土地を売る気でいるのか、その本音を探るためだ。

　ただ、本音なんてものは簡単に引きだせるものではない。そこで表向きは、四方田大将の使者として訪問し、

「このたび、高齢の大将と女将の意向を受けて食堂を継承いたしました」

　と丁重に挨拶した上で、

「今後は食堂だけでなく、若い漁師を育てて地元を盛り上げる拠点にすべく精進します」

　と明日に向けた展望も伝えた。

　周辺住民の中には、晃成が幼い頃からの顔見知りも多いし、地元で愛されてきた大将の使者と

もなれば無下に追い返したりしないはずだ。そう考えて継承の挨拶を名目に一軒ずつ慎重に探りを入れていった。

　事はデリケートな問題だ。ややもすると反発を呼ぶ恐れもある。これは長期戦になる、と心して一日目二日目と一人こつこつ訪問して歩いた。すると三日目の朝になって莉子が、

「今日からあたしも行く」

　と言いだした。施設は今月末で退職予定だったが、晃成の奮闘ぶりに刺激されて施設長に即時退職を願い出たところ、だったら早いほうがいい、と特例で認めてくれたという。

　おかげで民家訪問が、よりスムーズに運びはじめた。そもそも莉子は大将の身内だけに、

「へえ、莉子ちゃんも一緒に受け継ぐのね」

　と最初から友好ムードで迎えてくれて、デリケートな会話も和やかに交わせた。

　ただ訪問は、相手の迷惑にならないよう夕方までと決めたから、多くても一日七、八軒しか回れず、最低でも十日は続けなければならない。一方、食堂のほうも朝四時の仕込みから片付けが終わる正午近くまでフル稼働しているため、民家訪問を終えて帰宅するとくたくたになる。夕食はカップ麺などで済ませ、風呂から上がるなり床に就く毎日が続いた。

　しかし体は疲れても心はまだまだ元気だった。莉子と一緒の時間が長くなったことで客席と厨房を阿吽《あうん》の呼吸で回せるようになり、

「最近、二人とも頑張ってるじゃねえか」

　と常連の漁師から褒められるようになった。それが嬉しくて、訪問六日目になる昨日の帰り際、

「これも莉子のおかげだよ」

照れながらも感謝の気持ちを伝えると、

「違うよー、晃ちゃんが変わったおかげだよ」

と莉子は笑った。すべての客に晃成が積極的に声をかけはじめた頃から、料理も人当たりも格段によくなったそうで、

「あたしもすごく接客しやすくなった」

ありがとー、と逆に感謝された。

こうして十日間。食堂周辺の八割方の住民を訪問し終えて莉子と別れた晃成は、あの人に報告の電話を入れた。

「山藤さん、ありがとうございます。周辺の家に土地売却の探りを入れてみたら、え、ここにリゾートホテルを建てるの？　と大半の人がびっくりしてました」

最初は、代々の土地を手放す後ろめたさから驚いてみせているのかと疑った。ところが、よくよく聞いてみると本当に知らない人が多く、

「なるほど、やはりそういうことか」

山藤は我が意を得たりとばかりに笑った。

「ただ、食堂に隣接している民家の人たちは、ちょっと違う反応だったんですよね」

大方は高齢者だったが、晃成が食堂を受け継いだと告げるなり、

「ほんとかい？　四方田さんは地元の発展のために土地を売るって聞いたけど」

と別の意味で驚いていた。隣接する民家に限っては業者側が〝内密の話ですが、四方田さんのようにいま売れば、優先的に介護付きマンションに入居できます〟と囁《ささや》きかけていたらしく、四

方田さんが売るならうちも、といった空気が醸成されつつあった。

これには慌てて、大将は土地を売りません、ときっぱり否定してきたものの、

「なんだか妙な空気になっちゃいまして」

晃成が嘆息すると、

「つまりやつらは、地元に影響力が強い四方田食堂を陥落させるために、二重の同調圧力をかけようとしてるわけか」

と電話の向こうの山藤が分析してくれた。

まずは隣接する民家をフェイクの同調圧力で揺さぶって土地を売らせ、外堀ならぬ〝内堀〟を埋める。その圧力によって本丸の四方田食堂を陥落させたら外堀の民家にも、地元活性化のために四方田食堂も売ったんだから、と圧力をかける。この二重の同調圧力で周辺の土地の一挙買収を目論んでいるに違いないという。

「となれば、四方田食堂は絶対売却しない、と周辺住民に発信すべきだろうな。その上で、わしから代理人のイソ弁に今回の検証結果を投げ返せば、これ以上は仕掛けてこんだろう」

「それでもイソ弁がガタガタ言ってきたら？」

「そのときは、虚偽情報の拡散による脅迫として警察に通報する手もある。しかしそれよりは、この際、地元の漁師たちと一緒に、食堂内に現代版漁師小屋の運営母体となるＮＰＯ法人を設立してはどうだろう」

ＮＰＯ法人とは特定非営利活動法人の略称で、利益を追求しない社会貢献活動と規定されている。活動内容は二十分野に限られるが、現代版漁師小屋の場合〝農山漁村又は中山間地域の振興

を図る活動〟に当てはまるという。

「つまりNPO化によって、四方田食堂は地域発展に寄与する地元住民の拠点である、という志を公に標榜《ひょうぼう》できる。そうなれば、今後、つまらん業者は近寄ってこんだろうし、地元漁師にも鮨っ食いのわしらにも、心身両面の拠り所ができる、というわけだ」

「なるほど、それは素晴らしいですね」

急に視界が開けた気がして昂揚《こうよう》していると、

「ただし、ひとつだけ難しい問題がある」

山藤が一転、声を曇らせた。

「何でしょう」

携帯を握り直しながら晃成が問い返すと、山藤は思わぬことを口にした。


山藤と話した翌日の定休日。晃成は莉子と申し合わせて朝十時前に食堂へ向かった。

ここ最近は毎日早朝から昼過ぎまで働き詰めだから、二人でじっくり話せる機会がなかった。午後の民家訪問も終わったことだし、改めて今後のことを話し合おう、と晃成が提案して二人で定休日を返上した。

「せっかくだから朝ビール、軽く飲《や》らない？」

いつも朝ビールのお酌ばっかりだから、たまにはいいでしょ、とせがまれて瓶ビールを抜いて乾杯すると、

「そういえばー、山藤さんから連絡は？」

と莉子が聞く。

「実は昨日、電話で話したんだけど、業者の件は山藤さんにまかせとけば大丈夫そうだ」

それだけ答えた。山藤から提案されたＮＰＯの話は、正直、目から鱗《うろこ》だったが、実際に設立となると厳しい現実が立ちはだかる。晃成の苦渋の決断なしに設立は不可能と山藤から告げられただけに、あえて莉子には伏せた。

「だから当面、業者の問題は山藤さんにまかせて、おれたちは四方田食堂の名に恥じないように料理も接客もきっちり承継していこう。そして地元客の信頼を得られたところで、独自色も加えていきたいと思うんだ」

「そうだねー、そこまでやって初めて大将と女将のＤＮＡを受け継いだことになるし」

莉子はうなずいてビールを口にした。

「となれば、とりあえずは今後、どんな新しいことをやっていくか考えてみようか」

晃成もビールを喉に流し込み、アイディアを書き留めるメモ帳を手にした。

「あたしー、四方田食堂のＳＮＳをはじめて常連さんのコミュニティにしたい」

「だったら、ホームページも作ろうか」

「あと若い人向けの料理も開発したいなー」

「確かに、若い漁師を増やすには、料理も若返らせないとな」

「けどおじさんも大事だから、若い人向けとおじさん向け、両方開発しちゃおー」

「うん、それもありだね」

朝ビールの後押しもあってアイディアはどんどん膨らみ、メモ帳が走り書きで埋まっていく。

莉子とこんな話をしたのは初めてのことだったが思いのほか楽しい。

　途中からは雑談も交えて二人で盛り上がり、いつしか瓶ビールが三本も空いていた。

「ごめん、もうお昼過ぎちゃったね。明日も早いし、今日はこのへんにしとこうか」

　我に返った晃成は、現代版漁師小屋については、またの機会に、とお茶を濁し、冷蔵庫に作り置いてあったカレーを温めた。頬を紅《あか》く染めた莉子は名残惜しそうだったが、二人で締めのカレーを食べ終えたところで、

「じゃ、片付けはおれがやるから、また明日」

と告げて莉子を帰した。今日は打ち明けられなかったが、一人居残ってNPO化の難題について打開策を探ろうと思ったからだ。

　ところが、片付けを終えて再びテーブルに着いて考えはじめたものの、ほろ酔い気分のせいか頭が回らない。うーん、と腕を組んで呻吟《しんぎん》していると、不意に格子戸が開いて、

「あら晃成さん、どうしたの？」

　ジャージ姿の雅代が入ってきた。

「雅代さんこそ、どうしました」

「包丁の研ぎ直し。いつもチャチャッと研ぐだけだから、刃先の歪みを修正したくて」

「定休日なのに頑張りますね」

「晃成さんこそ、定休日に深刻な顔してどうかした？　あんまり考えすぎないで山藤さんを信じて待つことよ」

　餅は餅屋なんだから、と心配そうに言う。

「いえ、山藤さんのことは信じてますけど、ただ、そっちの話じゃなくて」

思わず言いかけて、はっと口をつぐむと、それで雅代は察したのだろう。

「悩み事があるなら莉子さんに相談すればいいじゃない。せっかくの相方なんだから」

「でも、これ以上、若い彼女に負担をかけたくないし」

「だったら葉月さんにぶっちゃけて相談しなさいよ。大人の考えを持ってる女性だし、彼女も四方田食堂を守っていく同志じゃない」

　今日は休漁のはずだから電話してみたら？　と微笑むと、愛用の包丁を何本も取りだして研ぎはじめた。

　それもそうだ、と雅代に背中を押されて携帯を手にした。すぐに応答してくれた葉月に、また相談したいんですが、と告げると、

「だったら、いま船を掃除してるから、夕方六時頃、また船まで来てくれる？」

　何も聞かずに時間を作ってくれた。

　ふっと心が軽くなった。帰郷した晩に再会して以来、思いがけなく深い付き合いになった葉月だが、こうなったら葉月にだけは苦悩をぶつけてしまおう。そうと決めたら一筋の光が射した気がして、

「じゃ、お先します」

　研ぎ師のごとく包丁と向き合っている雅代に挨拶して晃成は食堂を出た。

　いったん休んでから港へ行こう。そう考えて実家に向けて歩きはじめた晃成は、ほどなくして、あ、と足を止めた。

テレビの音が聴こえる。以前のように狭い路地に響き渡っている。いつにない昂揚感に駆られながら実家に帰り着くと、

「おや、今日はえらく早いじゃないか」

テレビの前にいる母親が、にやりと笑った。

「いや、あの、心配してたんだぜ」

「心配だとお？　せいせいしてたくせに」

早々に毒を吐かれたが、これって母親の照れ隠しなのかもしれない。初めてそうと気づいた晃成は、

「マジでほっとしたよ、帰ってきてくれて」

素直な気持ちを伝えた。すると母親も、はにかみながら、

「おめえの言葉に嘘がねえとわかったんでよ」

「え、どういうこと？」

「ここんとこ頑張ってるらしいじゃねえか。いつまで続くか知らんが、葉月も喜んどるらしいな。今夜も会うんだろ？」

驚いた。何で知ってんだ、と問い返した。

「さっき自宅に着いたって多喜子から電話があって、そんとき教えてくれたんだよ」

それでやっと合点した。晃成が自宅マンションを訪ねて以来、多喜子はかつて同級生だった葉月と連絡を取り合っていたに違いない。ということは、おれの情報は筒抜けだったのか、と焦っていると、母親が座卓に両肘をついて言葉を繋いだ。

「晃成、この際言っとくが、世の中には知らず知らず神輿《みこし》に担ぎ上げられる人間がいるもんなんだ。いまのおめえがまさにそれで、こんなありがてえ話はねえんだぞ。ただし、人の気持ちを考えねえと、こっちの気持ちも人は考えてくれねえから、担ぎ上げられてもいずれ裏切られる。だからおめえは東京でしくじったわけで、ここは気合いを入れねえとな」

それだけ言うと、どれ、そろそろ多喜子が作って帰ったハンバーグでも食うか、と母親は座卓から立ち上がった。

9

正月丸の甲板に上がると、葉月が一人、夕陽に煌《きら》めく東京湾の海を見ていた。今日は防水サロペットではなく、ふだん着のパーカーにジーンズ姿で佇んでいる。

すでに船内の掃除は終わったらしく、待たせてしまったのかもしれない。

「すみません、忙しいところ」

晃成が詫びると葉月が振り返り、

「全然。あたし、こうやって海を眺めてるのが好きなの。出漁するときは景色どころじゃないけど、きれいだよね。海辺の町に帰ってきてよかったって、つくづく思う」

と顔を綻ばせ、座ろ、と甲板に腰を下ろした。晃成も隣に座り、話を切りだすタイミングを計っていると、

「また何かあったの？」

葉月のほうから促された。

「例の土地買収の件、山藤さんが大将の代理人になってくれました」

「ああ、莉子から聞いた。おかげで何とかなりそうなんでしょ？」

「そうなんです。しかも、もうひとつ、現代版漁師小屋の実現のためにＮＰＯ法人を設立してはどうかって提案してくれたんですね。そうすれば、四方田食堂が地域の発展に寄与する拠点として認知されるし、外部業者を撥ねつける力にもなる、って」

「ああ、それはいい考えね。でもお金は？」

葉月は頭の回転が早い。法人の設立には出資金が必要になるが、それでなくても中高年の漁師が多い地域だからと心配している。

「その点も山藤さんが助言してくれました」

ＮＰＯ法人の資金源は会員からの会費、賛同者の寄附金、民間財団からの助成金、行政機関からの補助金などがあるが、まずは四方田食堂の常連や周辺住民に地元活性化の意義をアピールして会員や寄附を募る。それだけでは足りないから、全国の若い釣り好きや、鮨まさよの常連のような漁業に危機感を抱いている魚好き、さらには竹岡への移住を考えている脱都会派にもネットで呼びかけ、クラウドファンディングによる資金調達も進める。

「ただ、資金的な支援だけだと一過性の祭りで終わるから、人的な支援も重要なんです」

若い漁師志願者を呼び集めるために、地元の中高年漁師が漁の奥義から船舶免許など資格取得のコツまで、ボランティアで伝授する支援も欠かせない。資金的支援と人的支援の両輪が機能してこそ血の通った活動ができる。

「要は、単にＮＰＯ法人を立ち上げるだけじゃなく、いまで言う持続可能な支援体制の確立こそが成功の鍵で、法人幹部の舵取りは何より重要だと山藤さんから言われました」

「なるほどね。けど晃成ならＮＰＯ代表として立派に現代版漁師小屋を牽引していけるよ」

声を弾ませはじめた葉月を前に、

「でも実は、ここからが本題なんです」

晃成が切りだそうとしたそのとき、

「待たせたな、お二人さん」

夕焼け空が広がりはじめた甲板に、だれか上がってきた。薄闇に目を凝らすと、一升瓶を手にした竹中翁だった。背後には缶ビールを一ケース抱えた正孝と莉子もいる。

「え、あの、どうしました？」

晃成が狼狽えていると、

「こんな話になるだろうと思って、元気づけに来てもらったの」

葉月がにっこり笑った。すると竹中翁が一升瓶の栓を開けながら、

「で、いま言ってた本題とやらは？」

と胡坐《あぐら》をかいて甲板に座り、莉子と正孝も車座に腰を下ろして缶ビールを配りはじめる。

想定外の展開だった。今夜は葉月にだけ苦悩を告白するつもりだったのに、突如、逃げも隠れもできない状況に置かれてしまった。

もはや腹を括るしかない。晃成は再度、三人にＮＰＯについて説明してから意を決して、

「ただ、おれはＮＰＯの代表にはなれません」

喉から絞りだすように告げた。

「やだ晃成、ここで逃げてどうすんの！」

葉月が声を上げた。

「いまさらズルいよー」

莉子も憤りを隠さない。

「ちょ、ちょっと待ってほしい」

いきり立つ二人を制してぶちまけた。

「実はおれ、自己破産者なんです。自己破産者は一般人に復権するまでＮＰＯの役員になれない。そういう決まりなんです」

隠しててすみません、と謝罪した。葉月が息を呑んでいる。莉子は目を見開いている。

そのとき突然、はっはっはっと笑い声が響いた。え、と顔を上げると竹中翁だった。

「なあ晃成、自己破産者だったら、おれの仲間にもいるぞ。でかい漁船を借金して買ったはいいが首が回らなくなって破産したやつが」

事もなげに言って、そんなこって悩んでる場合じゃねえだろが、とまた笑う。

愕然とした。まさか笑われるとは思わなかった。どう応じたものか言葉を失っていると、竹中翁は一升瓶の酒をドボドボと紙コップに注いで、ぐいと呷ってから続けた。

「いいか晃成、なんでしくじったか知らんが、自己破産ってやつは公に認められたしくじり救済制度だ。せっかく救済されたからには、いじけてねえで迷惑かけた人たちに恩返しするつもりで、正々堂々、前向きに生きてくしかねえだろが。おれの仲間もその後、小せえ船を借りて、量より質の一本釣りに転向して精進してたら、いまや赤坂や築地の料亭から直々に注文が入る達人になっちまった。おめえだってそうだ。代表になれねえからって諦めてどうする。そんなもな、やり方しだいだ。めそめそ謝ってねえで、どうやれば地元の役に立てるか、一緒に考えようじゃねえか！」

七十代とは思えぬ声量で発破をかけられた。

甲板に静寂が広がった。黄昏《たそがれ》どきの薄闇の中、先夜と同じくチャプン、チャプンと船腹にあたる波音だけが聴こえてくる。

晃成は固まっていた。竹中翁の叱咤《しった》が突き刺さり、身じろぎひとつできないでいた。

すると葉月が缶ビールをプシッと開け、ひと口喉に流し込んでから晃成の顔を覗き込み、

「ちなみに、いつ一般人に復権できるの？」

と問いかけてきた。顔を伏せたまま答えた。

「復権は、自己破産が決定してから十年後です。おれの場合は破産決定から二年経ってるから、八年後に復権できます」

晃成の説明に葉月は、そっかあ、と大きくうなずいてから竹中翁に向き直り、

「だったら竹中さん、こういうのはどうかな。ＮＰＯ法人の設立から八年間だけ、竹中さんが代表になってくれません？　ただし、実務に関しては晃成が代表直属の職員として一切の責任を持つ、ということで」

やけに芝居がかった口調で問い質した。竹中翁が、にやりと笑ってまた酒を口にして、

「なるほどな、いまから八年後といったら、おれも傘寿《さんじゅ》だ。ちょうどいい引退どきだし、よっし

や、それでいこう！」

　高らかに宣言した。

「異議なし！」

　葉月夫婦と莉子が声を上げて拍手しはじめた。その温かい賛意を耳に、晃成は奥歯を噛み締めた。こみ上げるものを堪えようとしたのだが、堪えきれずに涙が滲んだ。

　そのとき、また一人、だれかが甲板に上がってきた。宵闇の薄暗がりに、ぽっちゃり丸い顔が浮かび上がる。特大サイズの鮨桶を両腕で抱え、そのまま車座の真ん中に割って入ってきたかと思うと、ドンと甲板に置き、

「ママ、おじちゃん泣いてる」

　だれから聞いたのか姪っ子の唯香を真似ておどけてみせると、

「さあ、今夜は巻き物三昧よ！　お腹も空いてきたろうから、どんどん食べて！」

　と声を張った。

　すかさず正孝が甲板の作業灯を点けた。特大鮨桶に盛り込まれた色鮮やかな巻き物たちが、明かりを浴びて輝いている。


　食堂の格子戸を開けたときには夜九時を回っていた。

　いつになく酔っ払った莉子が、あたしも片付け手伝うー、とごねたものの、明日もあるんだから、と運転代行を呼んで帰宅させ、雅代と二人、空になった鮨桶と空き缶を詰め込んだゴミ袋を抱えて食堂に戻ってきた。

「それにしても、みんなよく食べましたね」

厨房の流し台で、まず十人前は盛れる鮨桶を洗いながら晃成は笑った。

「ああいう場だと巻き物のほうが、ひょいひょい手軽につまめるからね。でも、ふつうの干瓢《かんぴょう》巻きや太巻きばっかじゃ飽きちゃうでしょ。だから日韓融合の巻き物三昧にしたわけ」

正解だったわね、と雅代も微笑みながら大量の空き缶を踏み潰している。

実際、素晴らしい盛り込みだった。干瓢巻き、鉄火巻きのほか、トロたく巻き、おぼろ巻き、海鮮太巻きといった正統派に加えて、干瓢と青菜、でんぶを厚めの卵焼きで巻いた千葉名物〝卵太巻き〟。塩と胡麻《ごま》油で味つけしたご飯でナムルに牛肉、卵焼きなどを巻いて白胡麻を振った韓国風海苔巻き〝キンパ〟。さらにはキンパを天ぷらにしてトッポギソースをかけた変わり種〝キムマリ〟、胡麻油味の野菜を細巻きにした〝コマキンパ〟などなど。本格江戸前職人の雅代が楽しく遊んだ巻き物は酒のアテにもぴったりで、みんなでぺろりと食べてしまった。

「いろいろとありがとうございました」

まだほろよい気分の晃成は改めて頭を下げ、

「今夜のことって雅代さんが仕組んだんでしょ？」

悪戯っぽく尋ねた。なにしろ、葉月さんに相談したら？　と助言してくれたのは雅代だ。晃成と葉月の電話にも雅代は耳を傾けていたから、晃成が帰宅した合間に葉月とやりとりして段取りを整えたに違いない、と思ったのだが、雅代は思わせぶりに肩をすくめ、

「さあ、どうだかねえ。でも山藤さんには、よーくお礼を言っとかないとね」

その言葉ですべてを察した。自己破産者はＮＰＯ法人の役員になれない、と山藤から電話で告

げられたとき、自己破産者と知られていたことに晃成は仰天し、なぜ知ってるんですか？　と聞いた。それに対して山藤は、

「晃成くんが事務所に来る前に、どんな人物なのか雅代さんに尋ねたら、焼肉チェーンを倒産させた人って言われてね。その手の倒産に自己破産はつきものだから、失礼ながら調べさせてもらったんだよ」

　自己破産者の個人情報は官報に掲載されているそうで、念のため雅代にも伝えたのだろう。そして晃成の負い目を知った雅代は、葉月と相談して今夜の段取りを整えた。

　もちろん、あくまでも晃成の憶測だ。雅代も葉月も本当のことは明かしてくれないだろうし、晃成も掘り下げて聞くつもりはないが、そこまで気遣ってくれた雅代には感謝しかない。

「だけど、いい名前がついてよかったわね」

　空き缶を片付け終えた雅代が言った。葉月の機転でＮＰＯ化の目途がついたこともあり、あれからみんなで飲みながら法人の名前を考えたのだ。

「〝漁師塾〟ってどうかな？」

「それ、どっかの自治体が使ってる」

「じゃあ〝漁師の学校〟」

「学校だと堅苦しいかも」

「だったら〝四方田食堂別館〟とか」

「別館を英語にして〝四方田アネックス〟」

「二階の座敷でやるのにアネックスはなあ」

わいわいやる中、晃成がふと思いついた。

「〝ＮＰＯ法人 四方田漁師小屋〟は？」

それ、直球でいいね、とみんなが賛成してくれて決まったのだった。

「左利きの人は天才肌とか昔から言われてるけど、やっぱ晃成さんって何か持ってるわね」

雅代がしみじみと言った。

「え、何かって？」

「人とかチャンスとかを惹き寄せる不思議な力。あたしの父親もそうだったし」

「お父さんもＮＰＯをやってたんですか？」

「違うの、もともと父は東京の羽田で漁師やってたんだけど、羽田空港の拡張で漁師を廃業して鮨屋を開いたの。早い話が、リゾート開発で竹岡の漁師が追われたみたいな感じ」

その鮨屋が、かつての漁師仲間や市場関係者に評判となり、やがて羽田の名店として都内の鮨好きが集まる人気店になった。

「でも父は、それでよしとしなかったの。自分の店だけ繁盛すればいいってもんじゃない、って言って、ほかの鮨屋の親方や市場の仲買人の相談に乗ったり、産地の漁師たちと交流を深めたりしていったのね」

おかげで周囲から推されて東京鮨商組合の世話役に就任。さらには同じ魚介類を扱う日本料理屋や居酒屋、フレンチ、イタリアンの店とも交流しはじめ、いつしか多くの料理人や仲買人、生産者から敬愛される存在になった。

「そんな面倒見のよかった父が、いつも言ってたの。商売ってもんは自分が儲けることだけ考えてちゃダメだ。店も客も地元も取引先も産地も、みんなが幸せになってこその商売だ、って。だから父と付き合ってた仲買人も漁師も、いまだにあたしに魚を送ってくれるし、逆にあたしも、いろんな土地で関わり合った人に何かできたらって、いつも思ってる」

雅代の言葉に晃成は大きくうなずいた。

「おれ、東京で焼肉チェーンをやってたとき、周りの人の気持ちが全然わかってなかったんですね。だから、あのときは失敗すべくして失敗したと思うし、雅代さんのお父さんのようになれてたら、とつくづく思います」

「いまからでもなれるわよ。あたしは、のほほんと笑いながら生きていきたくてこうしてるんだけど、のほほんと生きていくにも、いろんな人と関わっていかなきゃならないのね。だからあたしも父のように、関わった人たちを心から応援していきたいし、みんなからリーダーシップを期待されてる晃成さんにも、ぜひそうなってほしいと思う」

なんて、また偉そうにごめん、と雅代は笑ったが、とんでもない、と晃成は首を横に振った。

初めて雅代と会ったときは変わった人だと思ったものだが、こんな真っ当な人はいない。のほほんと笑いながら生きるには、数多《あまた》の葛藤を乗り越えて自立しなければならない。何をすべきか、何をすべきでないか、常に人の気持ちを察しながら関わっていかなければならないわけで、おれに足りなかったのはそこだったのだ、と改めて自戒していると、

「ただ晃成さん、もうひとつだけ言わせて。せっかく人の気持ちがわかってきたあなたなのに、まだわかってないことがある」

眉をハの字に寄せて晃成を見る。

「何でしょう」

「女心」

「は？」

「どうしてあなたは、いつまでも莉子さんを放っとくの？　いま彼女がどんな気持ちであなたについてきてるか、わかってあげなきゃ。葉月さんから聞いたけど、莉子さんは六歳の頃からあなたに憧れてたんだから」

　言葉に詰まった。そういえば、莉子自身から、高校生の晃成が四方田食堂でがつがつカツ丼を食べてる姿を、かっこいいなー、と見ていたと言われた。そのときはからかわれたと思っていたのだが、本心だったとは。

　もちろん晃成だって、莉子の車で二人きりになったとき、山藤の事務所を訪ねたり多喜子の自宅に行ったりしたとき、そして莉子がスパッと介護施設をやめたときも含めて、事あるごとに彼女に惹かれ、ときめいていた。ただ、四方田夫婦の親族でもある彼女に、ひと回りも上の男がその気になっても、と自分を諌めていたのだが、

「そんなこと気にしててどうするの。ここまできたら、ちゃんと口説いてあげないと、知らないうちに振られちゃうわよ」

　ふふんと笑いながらたしなめられた。

三週間後、晃成のもとに朗報が届いた。

午後一時半、食堂の営業を終えて携帯をチェックすると山藤から着信があった。急ぎ折り返すと、土地買収問題の話だった。

山藤が代理人になってからも、エステート足立はイソ弁を通じて交渉を持ちかけてきたという。建物の解体費用は負担する、と言ってきたり、買収価格の上乗せに言及したり、あげくは『リゾートホテルには飲食施設も開くので、四方田氏を相談役にお招きする用意があります』と土地買収後の生活保障まで匂わせてきた。それでも大将の意向通り山藤が突っ撥ねていると、最終的にはイソ弁が、代理人契約を終了した、と伝えてきたそうで、

「要は、今回の計画は諦めたってことだろうが、今後も業者の動きには要注意だな」

と山藤は苦笑していた。

これにはＮＰＯ法人の立ち上げメンバー、竹中翁と葉月、そして莉子も安堵したようで、

「あとは、いかに四方田食堂とＮＰＯ法人四方田漁師小屋を盛り上げるか、それだけだ」

と改めて朝ビールで乾杯して結束を固めた。

以来、ＮＰＯ法人の活動方針をまとめて着々と準備を進めている。食堂の二階という小さな拠点ながら、竹岡の現役漁師を発信源に全国の漁師、市場関係者、飲食店主とも交流を深めて多方面の若者の耳目を集めていく。いわば四方田漁師小屋自体が雅代の亡き父親のような存在になれ

れば、きっと竹岡は盛り返せる、と信じて突き進んでいる。

　これには晃成の母親も、

「おめえもたまにはいいことやるじゃねえか」

　口調こそ毒舌っぽいままだが、誇らしげに笑いかけてくれた。

　食事に関しても母親の好みを小まめに聞きはじめたことで、旨《うめ》えな、と言われるようになった。テレビの音を手元で聴けるスピーカーを晃成がプレゼントしたときも、近所の人がやさしくなった、と母親は喜んでくれて、

「おめえは、えらく変わったなあ」

と莉子と同じ褒め言葉まで投げてくれた。

　実際、こんな短期間で自分が変われるとは思ってもみなかった。三か月前、竹岡駅前に着いたときの惨めな自分からは想像もできない激変ぶりと言っていい。

「そういうのって期間や時間じゃないのよ。その人が何に気づけるか、それだけなの」

　雅代からはそう言われたが、その雅代のおかげで、もうひとつ大きな変化があった。

　莉子との仲だ。つい十日前、二人で賄いを食べているとき、結婚を前提に付き合ってください、と晃成は胸中を明かした。

「やだもう、もっとロマンチックな場所で言ってよー」

　莉子はふくれっ面をしてみせたものの、すんなり受け入れてくれて、それからはちょくちょく晃成の実家に来るようになった。どこで聞きつけたのか、母親が何かにつけて勝手に莉子を呼んで食卓を囲むようになったのだ。

定休日の今日も、たまには鰻《うなぎ》の出前をご馳走してやる、と母親が言いだして、昼ビールと上鰻重を堪能した。そればかりか食後には、

「莉子ちゃん、今夜は二階に泊まっていきな」

とまで言いだした。母親の気持ちもわからなくはないが、結婚はＮＰＯ設立後、と晃成は考えている。なのに莉子は、

「ありがとー、おかあさん」

と喜んでいる。でもまあ、結婚前から嫁姑関係が良好なら御の字なのかもしれない。じきに女将も退院できるというから、大将と一緒に施設でのんびりしてもらえるし、これからは莉子とともに食堂とＮＰＯに注力しながら楽しく生きていこう、と晃成は心新たにしている。

こうして莉子が泊まった翌早朝、二人で食堂に出勤すると、厨房がどこか違って見えた。

何が違うんだろう、と見回しているうちに気づいた。大きなクーラーボックスがない。どこかに持ちだしたのか、と訝っていると、ほどなくして葉月がトロ箱を手にやってきた。

「雅代さん、もう間借りは終わりにするって。これ、雅代さんから四方田食堂にお餞別《せんべつ》」

トロ箱に詰めた葉月の朝獲り魚を見せる。

「ええっ、聞いてないですよ」

「でも最初からそういう約束だし、もう四方田食堂は大丈夫だから身を引くって」

「いや急すぎますよ。どこに移転したんですか？」

「あたしは知らない」

今後も竹岡の魚を送る正孝は知っているそうだが、雅代から口止めされているという。

「でも、また日本のどこかで間借りしてるから心配しないで、って言伝《ことづて》された」

「それはないでしょう」

晃成が口を尖《とが》らせると葉月は肩をすくめた。

「んもう、ちゃんと考えてみなよ。また雅代さんに会いたければ、晃成も知ってる鮨っ食いの追っかけおやじに聞けばいい話じゃん」

ああ、と白髪白髭の顔を思い出した。

「だから、これも渡しとく」

ポケットから手紙を取りだして差しだす。晃成様、と宛書してある。

『のほほんと笑って暮らせるように、莉子さんと手を取り合って頑張ってください。あたしもどこかで、のほほんと笑いながら鮨を握ってます。雅代』

参考資料

『バスク料理大全』作元慎哉・和田直己
（誠文堂新光社）

この物語はフィクションであり、実在の人物、店、企業、団体等には一切関係ありません。

初出

バスクの誓い　「小説推理」'22年5月号、6月号
能登栗の声　「小説推理」'22年7月号、8月号
四方田食堂　「小説推理」'22年9月号、10月号

原 宏一●はらこういち

1954年長野県生まれ。茨城県育ち。早稲田大学卒業後、コピーライターを経て、97年『かつどん協議会』でデビュー。書店員の熱心な応援により、2001年に文庫化された『床下仙人』が、07年にベストセラーに。同書は啓文堂書店おすすめ文庫大賞にも選ばれた。16年「ヤッさん」シリーズがテレビドラマ化。その他の作品に「佳代のキッチン」「閉店屋五郎」「星をつける女」の各シリーズ、『握る男』『ねじれびと』『うたかた姫』などがある。

間《ま》借《が》り鮨《ずし》まさよ

2023年1月22日　第1刷発行

著　者——原《はら》 宏一《こういち》

発行者——箕浦克史

発行所——株式会社双葉社
東京都新宿区東五軒町3-28　郵便番号162-8540
電話03(5261)4818〔営業部〕
03(5261)4831〔編集部〕
http://www.futabasha.co.jp/
(双葉社の書籍・コミック・ムックが買えます)

DTP製版——株式会社ビーワークス

印刷所——大日本印刷株式会社

製本所——株式会社若林製本工場

カバー印刷——株式会社大熊整美堂

落丁・乱丁の場合は送料双葉社負担でお取り替えいたします。
「製作部」あてにお送りください。
ただし、古書店で購入したものについてはお取り替えできません。
［電話］03-5261-4822（製作部）

定価はカバーに表示してあります。

ISBN978-4-575-24595-0 C0093

好評既刊

ヤスの本懐
ヤッさんファイナル

原宏一

「誇り高き宿無し」にして、食の達人として多くの料理人を救ってきたヤッさん。しかし、そんなヤッさんがある日、パートナーのオモニとともに姿を消す。シリーズ完結となる表題作を含め3編を収録。ヤッさんの運命はいかに？

好評既刊

落ち着いたあかつきには　蜂須賀敬明

学校に行けない自粛生活のなか、自分の性自認に悩む男子高校生・ゆう。実は大学生の姉も性自認が男だと発覚し、兄弟で男女逆転の大騒ぎに。コロナ禍の高校生の青春と苦悩、春夏秋冬の様々な転機を描いた連作短編。

好評既刊

きときと夫婦旅

椰月美智子

中三の息子が家出した。行き先は氷見。慌てて連れ戻しに向かった母親のみゆきと父親の範太郎だったが、二人は倦怠期真っただ中。無邪気にはしゃぐ夫と、そんな夫に不満を募らせる妻。夫婦のドタバタロードノベル。

好評既刊

晩秋行

大沢在昌

バブル崩壊とともに消えた二十億円のクラシックカー。その目撃情報とともに蠢き出すバブルの亡霊たち。三十年のときを経て、名車とともに消えた恋人を捜し出すため男は動き出す。大沢在昌がたどり着いた「男と女の真実」を描くハードボイルド長編。